公元787年，唐封疆大吏马总集诸子精华，编著成《意林》一书6卷，流传至今
意林：始于公元787年，距今1200余年

花羽季
时光有你，花开羽季

意林

花羽季
时光有你，花开羽季

时光有你，花开羽季

HUA YU JI

花羽季

4

青恋×果人

《花羽季》编辑部◎编

吉林摄影出版社
·长春·

图书在版编目（CIP）数据

青果恋人 /《花羽季》编辑部编 . -- 长春 : 吉林摄影出版社 , 2018.11

（花羽季系列 ; ④）

ISBN 978-7-5498-3854-7

Ⅰ . ①青… Ⅱ . ①意… Ⅲ . ①短篇小说 – 小说集 – 中国 – 当代 Ⅳ . ① I247.7

中国版本图书馆 CIP 数据核字 (2018) 第 241721 号

花羽季 ④ 青果恋人

Hua Yu Ji ④ Qingguo Lianren

出 版 人	孙洪军
总 策 划	安 雅 张 星
责任编辑	施 岚 胡晓路
特约编辑	杨 宁
图书统筹	蓝 焰 啾 啾 丁蓦然 鹿鸣昔 洛师兄 夏耳耳
书籍装帧	胡静梅
美术编辑	袁 萌
作家经纪	卢晓凤
开 本	889mm × 1194mm 1/16
字 数	290千字
印 张	8
版 次	2018年11月第1版
印 次	2018年11月第1次印刷

出 版	吉林摄影出版社
发 行	吉林摄影出版社
地 址	长春市泰来街1825号
	邮编：130062
电 话	总编办：0431-86012616
	发行科：0431-86012602
网 址	www.jlsycbs.net
经 销	全国各地新华书店
印 刷	北京中科印刷有限公司

书 号 ISBN 978-7-5498-3854-7 **定价**：23.80元

花羽季 4

目录

CONTENTS

花羽季

4

目录

CONTENTS

我想去你心里，住一生

连载 4

文 / 凌霜降
图 /DS

上期回顾：面对舍友姚冉的一再挑衅，那幽幽开始了她的反击行动。一个养尊处优的大小姐跟她这个八岁就摸爬滚打求生的“野丫头”斗，结局自然不必多说。接下来的两个月里，那幽幽终于可以不被打扰地好好复习了。虽然最后她的中考成绩一般般，但已经算是奇迹了。

1 Wo Xiang Qu Ni Xinli，Zhu Yisheng

梁晓湛走在前面，那幽幽紧紧地跟着，每当经过那些看起来贵得要命的饭馆时，她就一阵惊心。

那幽幽的进步奖学金不过才三百块钱，枫叶女中虽是私立学校，奖学金却并不高，因为对在校的绝大部分学生来说，更看重的是奖励背后的意义。

但对于那幽幽来说，这却是她十几年来赚得最多的一笔钱了。她原本计划好请林染白姐弟吃一顿饭花掉一百块，剩下的钱自己买两条裤子和一件上衣。昨晚梁晓湛既然帮她省了饭钱，那今天就请他好了，梁晓湛应该不会故意选一间贵的餐厅吧？

幸好，在经过了七八间高级餐厅之后，梁晓湛走进电梯，把她带到了商场顶楼的美食广场，在一排排麻辣烫、牛肉面、煲仔饭、海鲜粥、小笼包之类的小吃美食中，梁晓湛看了一眼那幽幽，在湖南牛肉面的柜台前停下了。

那幽幽相当自觉地凑过去："好，这个好吃！你吃什么面？"她兴奋地抬头看着墙上的菜单，闻到了牛肉面的味道，瞬间觉得饿了，"我要牛肉米粉！哥……哦不，叔叔，你要吃什么？"梁晓湛这么年轻，非让自己叫他叔叔，她偶尔不注意，就会忘记他的要求。

"一样。"梁晓湛淡淡地说。

"两碗牛肉米粉！要大份的！"那幽幽兴高采烈地掏钱付账，两碗牛肉米粉一共才二十四块钱，太划算啦！

梁晓湛看着那幽幽付账时开心的样子，嘴角不自觉地微微扬起：真是个小气的姑娘。

那幽幽则在心里盘算着剩下的七十六块钱能做点儿什么，唇角微扬地埋头吃得飞快，梁晓湛趁她吃得欢，悄悄起身又去多买了一碗。面送过来的时候，那幽幽刚好吃完。梁晓湛把满满一碗的牛肉米粉推到她面前时，根本没意识到自己的嘴角挂着宠溺的笑："吃吧，吃不完归我。"

那幽幽也不客气，接过碗又吃了一大半，这才觉得有点儿饱了，于是很大方地把剩下的小半碗推到对面："我饱了，给你。"

梁晓湛没作声，接过碗便吃了起来。

肚子吃饱了，那幽幽原本饿得空白的脑子好像也有点儿回过神儿来：梁晓湛在吃自己吃剩下的米粉……

那幽幽觉得自己的耳根有点儿发热。她伸手整了整自己的头发，试图用头发遮住发热的耳朵。

吃完饭，梁晓湛带着那幽幽径直去了一家运动品专卖店，却在门口被那幽幽拉住："叔叔，你看我是买得起这种衣服的人吗？"

梁晓湛回头看了她一眼："我买。"

那幽幽顿觉尴尬，松开扯住他袖子的手，"嘿嘿"傻笑两声："那……那你买你的，我就不进去了，在外面等。"

梁晓湛也没再坚持，自己进去了一会儿就出来了，手里提着三四个袋子。那幽幽确认他已经全都买完之后，领着他直接转到商场一楼角落里的打折区，在一堆尾货衣服堆里，三下两下便挑了三四件。有条牛仔裤看起来实在是太大、太长了，那幽幽往自己身上比了比，咬了咬牙依然拿去了结账处。梁晓湛实在没忍住，把那条差不多可以装下她整个人的裤子给扯了出来："你是打算当连体裤穿吗？"

那幽幽一把又扯了回去："裤子不会长大，但我会长大的嘛。"她说话的时候，小脸上有笑容，没有尴尬，也没有自卑。

此时的那幽幽，还没有精力去想关于漂亮与品位这样的事情，她刚艰难地从生存的泥沼里爬出来，也不知道自己会不会重新掉回去，未来是惶恐不安的，她无暇顾及其他，只要能吃饱饭有学上，有可以独立生存的希望就好。但又正因为这点儿单纯的欲望，她在梁晓湛眼里更显珍贵且令人心疼。

梁晓湛没再阻止她，只是在心里暗暗地给自己定下一个行程表——以后每个季度，都要记得安排一天时间给她买换季的衣服。

离那幽幽大姑家的巷子还有两条街的时候，那幽幽便坚持要梁晓湛停车，自己走回去。梁晓湛也没再坚持，停好车后，手往后座上一伸，把那几个运动品牌的购物袋全拎过来放到那幽幽的怀里：“暑假要报补习班吗？”

那幽幽看着袋子里的衣服，愣了一会儿才反应过来：“这个，是给我买的？”

梁晓湛没有回答她，而是继续说补习班的问题：“我和枫叶女中的老师联系过，她们都说你很聪明，只是基础不好。建议我利用暑假给你报个补习班。”

“啊！不用，不用，我自己看书就行。”嘴上虽然这么说，但其实那幽幽是想去的，不过，暑假的全科补习费，大概又是一笔不小的花销吧？

“你的老师向我推荐了学校里一个全日制的补习班，和平时上课一样。我觉得挺好的。”梁晓湛顿了一下，直接说出了自己的要求，“我希望你能去。这样上高中之后，不会这么吃力。”

“但是……”那幽幽不知道还要不要和梁晓湛提起钱的问题。梁晓湛开的车是一辆不到十万块的二手车，很旧很老；他用的手机也是很普通的国产手机，千把块钱的那种；手上戴了一块表，看起来是不错，但好像也特别旧了。不管从哪一个细节看，他根本不像是个有钱人。她不知道他为什么愿意花那么多钱送她去读枫叶女中，也不知道他为什么要给她买看起来很贵的衣服。难道就是因为他单纯、善良到傻，所以对她特别好？

2 Wo Xiang Qu Ni Xinli，Zhu Yisheng

那幽幽的犹豫，在梁晓湛看来却是心智未开的混沌，他认为她需要有一个目标：“你有梦想吗？或者说，愿望？如果你有梦想或者愿望，你就知道你需要怎样做才能最快地实现它。我对你说过，想要做自己想做的事情，首先要做的就是寻找最直接、最迅速的途径。如果你读了高中却无法顺利地考上理想的大学，你又怎么去做你想做的事情呢？”

那幽幽再次听梁晓湛提起目标这件事情，她看着他年轻、好看却也认真、严肃的脸，不知道为什么突然有点儿想笑，但好在她忍住了：“那好吧。”

暑假两个月，那幽幽在枫叶女中上补习班，和平时上课时没什么两样。她过得很充实，每天像打了鸡血一样跟着老师认真做题，记知识点，外加参加“魔鬼”英语训练。令她觉得舒心的是假期里的伙食很不错。

梁晓湛到底还是觉得枫叶女中的管理与教学更适合那幽幽，所以坚持让她直升枫叶女高。开学当天，要办理入学手续，梁晓湛上班前特意去了那幽幽的大姑家，穿着制服。

果然，他刚进门，那幽幽的大姑那嘉英便吓得差点儿夺门而出，反应过来这是在自己家之后，才战战兢兢地问梁晓湛为什么而来。梁晓湛将早已想好的理由脱口而出，说局里展开了社区帮扶活动，调查后发现李家在供那幽幽上学方面有困难，就让梁晓湛与李家结对子，供那幽幽上学读书，直到她经济独立。

那嘉英想了想，若是梁晓湛将那幽幽这累赘接了去，对她也是件好事，当下便爽快地把户口本拿了出来。

那幽幽这时候也收拾好了大包小包从房间里出来，她在房间里时早就听到了梁晓湛的声音，暗暗佩服这个小警察还挺机灵的，梁晓湛则笑着冲她眨了眨眼睛。

八月底的上海还很热，知了不知道藏在哪一个角落里，像疯了一样地叫着。看着沉默地提着自己的大包小包走在前面的那个年轻男子的背影，那幽幽的心又沉又热。

3 Wo Xiang Qu Ni Xinli，Zhu Yisheng

梁晓湛帮那幽幽把行李提到宿舍门口，接了个电话便走了。他的背影消失在楼梯转角之后，那幽幽长长地出了一口气，觉得自己莫名地紧张到身体发软，差点儿瘫在地上。

那天之后，那幽幽与梁晓湛再见，已经是两个多月之后了。

梁晓湛接手了一个大案子，特别忙。

那幽幽不仅要适应学校的生活，还要帮林染白照看着时不时就生病发烧甚至可能随时昏倒的林染墨，也是忙得不可开交。

期中考试之后要召开家长会。这是高中生涯的第一次家长会，老师要求每一位学生都要有家长参加。那幽幽犹豫了一整天，才给梁晓湛打了电话。

“喂，你好。”

“梁……哦不，叔叔，”那幽幽本来想直呼梁晓湛的名字的，但想起他强调过，只好又改口叫他“叔叔”，不知道梁晓湛有没有时间来参加她的家长会，也不知道他愿不愿意参加，所以她犹豫了一下才说，“周五下午有家长会……”

“几点？”梁晓湛竟没有丝毫犹豫。

年轻帅气的梁晓湛在家长会上极其引人注目，几乎所有人都猜他是那幽幽的哥哥，还有好几个女生悄声讨论：“那幽幽的哥哥真是帅极了！”

新学校新学期才刚刚开始，那幽幽有了梁晓湛这种给钱爽快又开明的“家长”，没了大姑那种经常去校务处闹的丢脸事，因此学校里没人知道那幽幽是个孤儿，也自然没有人怀疑梁晓湛的身份。

梁晓湛似乎对自己的引人注目并无察觉，他专注地看着那幽幽卷子上的分数，几个月过去，她的字写得好看了一些。只是，不知道她是故意还是怎样，“那幽幽”三个字却写得漫不经心，远没有卷面上的答案整齐好看。

家长会之后，便是周末。那幽幽想让梁晓湛在回去的时候捎自己一程，梁晓湛看了她一眼，淡淡地说：“你要回宿舍收拾东西吗？”

“不用。”那幽幽有点儿紧张，怕被他看出来她其实不想回家，只是莫名其妙地想和他多待一会儿。

“走吧。”梁晓湛人高腿长，尽管他的步速并不快，可是那幽幽依然需要小跑着才能与他并肩。两个人穿过花园走向校门外的停车场，经过一排金黄的银杏树，有秋风悠然吹过，一片银杏叶经过了梁晓湛的肩膀，落在了那幽幽的书包上，那幽幽看了一眼那片叶子，心忽然“怦”地狂跳了一下。

心脏当然是随时都在跳的，但那幽幽无比肯定，这一刻的跳动，因为梁晓湛在身边而与众不同。

车子到了上次送她回家的那个街口，那幽幽就赶快叫梁晓湛停车，梁晓湛微抿了一下嘴角，似乎在表达不满，但还是停了下来。那幽幽刚要下车，梁晓湛长臂往后座一伸，同样的动作，同样拿出来几个袋子：“给你。”

“呃？”

“天气凉了，秋天的衣服。”梁晓湛的声音不带一丝情绪。

那幽幽抬头看着他的脸说：“那个，其实不用的……”

“期中考比月考有进步，就当是奖励。”这次梁晓湛的语气里带着不容拒绝的坚持。

“幽妮儿，在这儿干啥呢？”梁晓湛走后，那幽幽看着手中的几袋子衣服，在想怎么躲过大姑的询问，正踌躇间，大姑那嘉英不知道从哪儿忽然出现，劈手就夺过了她手里的袋子翻看，“这是啥？新衣服？你有钱买新衣服就不知道给你姑买一件？”

那幽幽想也没想就把袋子一把夺了回来：“这是我同学的，我就帮她拿一下，要是弄坏了要赔的！可贵了！”

“你这么好心帮人拿东西？人家给不给你钱？”那嘉英嘴上问着，心里却信了，袋子上的LOGO（标志）她认识，儿子曾经吵着要她给买过，一件最普通的款式都要好几百呢，那幽幽一个穷丫头，估计也买不起。

“幽妮儿和那个同学要好不喽？”一直站在一旁看着那幽幽没吭声的姑父李福怀忽然问了一句，他说话有家乡口音，很多句子都习惯加“不喽”两个字，他自己觉得这样很特别，很有亲切感，其实却让人感觉有些矫情。他不高也不胖，戴着眼镜，穿着也很干净、得体，像个老师一样，看起来很斯文。

如果不是那幽幽和他一起生活了那么久——特别了解他，一定会觉得这人挺不错的，至少比起大姑来算是个君子。但其实，大姑一家三口里，最容易对付的就是整天大吵大闹的大姑，反而表哥和姑父，一个比一个奸恶、狡猾。

“还好。”看到姑父狡诈的目光，那幽幽已经在心里决定今晚去林染白家。

“幽妮儿好久不回来了，我和你大姑去买点儿菜，今晚给幽妮儿做点儿好吃的。”李福怀拉了拉老婆，一副很关心那幽幽的样子，那嘉英还有点儿不明所以，但她向来都猜不透丈夫的心思，就没想太多，挥挥手让那幽幽先回家：“我们去买菜，你先回家把碗刷一刷，把卫生搞一搞。”

那幽幽正要拒绝，肩膀却被人一把大力揽住：“妹妹！”

是比她大四岁的表哥李小帅，李小帅长得一点儿也不帅，身高遗传了姑父的矮个头，一张脸遗传了大姑和姑父的所有特点：小眼睛、厚嘴唇、鹰钩鼻。其实每一项单独看都不难看，但是放到李小帅的脸上，就会觉得白瞎了他名字里的那个“帅”字。

李小帅比那幽幽大四岁，最爱做的事情就是捉弄那幽幽，久而久之，那幽幽也从俩人的相处中找着了应对的法子。她条件反射一般扭转身体，用了一招跟林染白学来的逃脱术让自己脱了身。

4 Wo Xiang Qu Ni Xinli，Zhu Yisheng

在大姑家里隐忍地生活了八年，一直以来，都是林染白教会她如何保护自己的。所以这八年来，那幽幽是靠着林染白姐弟的帮助，才在夹缝中长大。

吃饭的时候，姑父又开始喝酒了，已经有些醉意的他面红耳赤，看起来像随时要发火的样子。

因为害怕姑父又对自己找碴，那幽幽迅速吃完饭后，便回到自己的房间，仔细地检查了门锁。但她还是不放心，她走到窗户边看了看，决定还是要准备好第二个计划。

果真，喝到半夜的姑父开始吼骂，踹门的声音也随之而来，那幽幽背起书包，使劲儿拽了拽用床单和旧衣服绞成的“绳索”，慢慢地爬出了窗户。

那幽幽在踹门声中顺着墙角一点点地往下爬，总算成功逃了出来。

在跑出巷子的时候，那幽幽回头看了看这座房子，眼睛不自觉地有些湿润。

这房子是那幽幽爷爷奶奶留下的，那幽幽的父母结婚后有了新房，便把它留给了没有房子的大姑一家。那幽幽的父母刚去世的时候，大姑口口声声说会抚养那幽幽，结果在接管了那幽幽父母的遗产和房子后，转身便拿着钱和李福怀一起去赌，不到一年就输了个精光。如果不是大姑还有一丝理智，大概爷爷奶奶留下的房子也要被他们拿去赌掉了。

爷爷奶奶还在世的时候，那幽幽逢年过节都会跟着父母回来过节。爷爷奶奶很疼爱她，那些快乐的日子，那幽幽偶尔依然会想起。这房子虽然承载了近几年许多不好的回忆，但她和爷爷奶奶、爸爸妈妈在这里的小快乐、小幸福她都牢牢地记在了心里。那是她在孤独中能坚持下去的光与暖。

那幽幽知道，今天这一走，她以后不可能再回这里生活了。但是，她必须走。这个“家”已经越来越没有她的容身之地了。

那幽幽想去找林染白，可她忽然记起，上周林染白告诉她，因为她和林染墨都住校，已经把租的房子退掉了。

夜色已深，那幽幽在公交车站踯躅了半晌，才决定去找梁晓湛。

幸好，梁晓湛住的小区没有门禁，只是那幽幽还不知道梁晓湛家的门牌号。

不过这也难不倒她，上次来这里的时候，她看到梁晓湛把微醉的白悠然交托给门卫，由此猜测门卫可能与梁晓湛相识，于是便决定说自己是梁晓湛的亲戚，问他住在哪儿。

门卫看她一个小姑娘，穿着宽大的校服还背着个大书包，一点儿都没怀疑，把梁晓湛住哪幢哪层哪号一股脑地告诉她了。

其实那幽幽在来之前是给梁晓湛打过电话的，但是一直无人接听。她努力地想了又想，不知道还能找谁。最后还是觉得，就算在梁晓湛家门前蹲一晚，也比回到大姑家安全多了。

那天梁晓湛忙完回家的时候已经凌晨两点了，他身心俱疲，只觉得脑袋里面有东西突突地跳着，像浸了水的木头般又重又痛。最近因为同时有两个案子，他已经连续加班好几天了，昨天下午特意申请了半天的休假，给那幽幽开了家长会，买了新衣服，然后又回局里忙到现在。他很累，并且，忽然怀疑把自己搞得这样累的意义何在。

梁晓湛看到那幽幽的时候，那幽幽就靠坐在他家门口，身边放着她的书包，借着走廊的灯，正在一边看书一边写着什么。

她缩成瘦瘦小小的一团，可那双看着书本的眼睛闪闪发亮，像遥远的冷夜尽头燃着一束火光。

梁晓湛不知道为什么，觉得自己的眼睛涩得厉害，他眨了一下眼睛，确认并不是幻觉之后，心里莫名泛起的一丝暖意，莫名地让嘴角毫不掩饰地扬起："你怎么在这里？"

姑父喝醉了骂我，我逃出来了。

我没有地方可去。

我只想到你。

我今晚可以在你家借宿一晚吗？

可不可以收留我？

这一句又一句可以明确回答梁晓湛的答话在那幽幽的喉咙里转了转，最后出来的时候，却倔强地变成了："我和大姑吵架，跑出来了。"

不知道为什么，她就是不想让他知道，她一直在遭遇的一切。

梁晓湛只是愣了一下，竟也不疑有他："小孩子和大人吵架就跑出来呀？"他弯腰提起她的书包，"走吧，我送你回去。"

这回换那幽幽愣了一下，梁晓湛没有表现出要收留她的意思，她也不敢提。她不知道梁晓湛是自己住还是和别人住，但不管是哪一种，这样的深夜，总归是难为情的打扰。

凌晨的街道空无一人，路上偶尔才会遇到一辆车，一路寂静。梁晓湛的心情却与刚才回家时的疲惫与沮丧完全不一样。

他看到那幽幽，忽然觉得心情很好，不忘叮嘱她两句："女孩子不要半夜往外面跑。这样不安全。"

"嗯。"那幽幽轻轻地"嗯"了一声，脑子里飞快地盘算着在梁晓湛离开之后，她如何从大姑家脱身并度过天亮以前的这几个小时。

梁晓湛把车子开到巷口，他下车提着她的书包示意要亲自送她回去。

那幽幽有些无措，只得沉默地跟在他的身边。从巷口到大姑家，不过三百来米，但那幽幽却觉得似乎只有三米，很快便走到了头。她正想开口让他先走，屋里忽然传来一声巨响，似乎是什么东西摔碎了，然后便是李小帅很大声地叫嚷着："妈，你干吗打我？"

"你竟然敢把房产证偷走！你这个浑蛋！我要打死你！"那嘉英的声音中气十足，充满愤怒和绝望，"你知道这房产证代表着什么吗？没了这房子我们去睡街头吗？"

"只要二十万！只要这个月能还上二十万，他们就会把房产证还给我们了！我不是说了吗？把那幽幽签约给他们当模特，他们说可以抵这二十万！"李小帅一边呼痛一边振振有词，"哎呀！妈，你别打了！爸，你倒是帮帮我呀！你不是也一直惦记着那幽幽吗？那丫头以前又瘦又小，现在都长大了，像她妈一样好看，她肯定值钱呀！"

"你胡说什么！"李福怀的声音有点儿恼羞成怒。

"啊，爸，你干吗也打我？是你说的，要帮我去谈这件事情的！那个人手里的女孩，个个都是很赚钱的模特，有的还成了明星呢！"

听起来，李福怀似乎也加入了"教训"儿子的行列，但是，依然没能阻挡住李小帅的口无遮拦："爸！你再打我，我就把你让我踹那幽幽房门吓唬她的事情告诉我妈了……呀！痛呀！”

那幽幽没有办法再听下去，她觉得尴尬又丢人，她不知道梁晓湛在想什么，他会不会看轻自己？如果会，那是她最不愿意见到的。虽然她也知道，有这样的家人并不是她的错。

5 Wo Xiang Qu Ni Xinli，Zhu Yisheng

夜色都难以掩饰梁晓湛阴沉至极的脸色。他一动不动，站得笔直。那幽幽站在他身后两步开外，都能感受到他浑身像钢铁岩石一样僵硬地压抑着的愤怒。

她心里有点儿期待他会做些什么，但是更多的是害怕他做什么。她很了解大姑一家，他们是那种会狗急跳墙的人，她害怕他们会因为梁晓湛的冲动做法而赖上他，进而打扰甚至破坏他的生活与人生。

那幽幽年纪虽不大，但心思可不少。她不敢再细想，急忙伸出手拉住梁晓湛的衣角：“那个……要不你送我回学校吧，我在门口那儿等等就天亮了。”

那幽幽的想法很简单，她不想他被大姑一家缠上，那不值得。他帮了她很多，是真心待她，她不想连累他。

梁晓湛低头看了看昏黄路灯下的那幽幽一眼，她那双清亮、幽静的眸子像一汪清泉一般动人。她对上了梁晓湛的眼神，不由得微微瑟缩了一下，像是在害怕，又像是为自己的家人感到难堪。

想到在自己出现之前她一直与这样的家人生活在一起，梁晓湛的心一下子就软了。

梁晓湛反手抓住她的手腕，大步拉着她往巷口走去。那幽幽在经历了片刻的惶恐过后，真切地感受到了久违的安全感。

梁晓湛拉着她走到车边上，打开副驾驶的车门，松开她的手让她上车。

在坐进驾驶座后，梁晓湛的面色已恢复如常：“今晚先到我那儿住吧，明天一早我再送你回学校。”

他是绝对不可能让一个小姑娘在这样冷的秋夜冻到天亮的，他心无旁骛，便不怕别人说他的闲话。

路上，车窗外的路灯一盏一盏地后退，梁晓湛一直沉默着，那幽幽很怕梁晓湛会因此看轻她，但是，她又很清楚自己并没有做错什么，她已经很努力地活下去，并且始终保持着属于一个女孩的尊严。

这么想的时候，似乎是为了证明自己那般，那幽幽假装毫不在意，“嘿嘿”地笑了一声，说：“那个……我姑父他们大概是想钱想疯了，居然觉得我能卖钱？我现在每天还都在花叔叔你的钱呢。”

听出了她话里难以掩饰的难堪与尴尬，也听出了她在故作轻松，一直沉默开车的梁晓湛转头看了她一眼，她的脸小小的，眉眼里透露出来的刻意的倔强，让梁晓湛的心不禁微微一紧。因为心里这一抹莫名的酸涩，梁晓湛又快速地移开目光：“不要计较钱的事。只要你好好用功读书就行。”

“我一直很用功呀。”那幽幽似乎怕他不信似的，又给他讲了最近几次测验自己的成绩排名。

凌晨三点多，马路上空无一人，连车都没有几辆。过了两三个路口，梁晓湛才终于勉

强控制好自己愤怒的情绪，对那幽幽说了自己对于这件事情的处理办法：“我会想办法把你的户口独立迁出来。以后你就住在学校，放假就到我那儿去住。我单位里有宿舍，只要你放假，我都会住在宿舍里。我住的小区虽然旧，还挺安全的，晚上你自己把门窗反锁好，自己住没问题吧？”

“没问题！谢谢你，呃……谢谢叔叔！”如果能把户口本单独拿出来，那幽幽倒是很庆幸。她的户口簿大姑一直攥在手里，大约是抵押以及拍卖她父母留下的房屋之类时要用到，抑或是其他原因。所以她一直没能摆脱大姑一家的控制，甚至直到现在她还没有身份证。

“一会儿到家之后，我会把钥匙给你一份。以后周末要回家的时候，提前给我打电话，我去接你。如果我走不开，你就自己回去。”

“嗯！”那幽幽的脸上堆满笑容，在路灯映照过来那些微弱的光线下，那笑容似皓月般明亮动人。梁晓湛只看了一眼，便觉得心全都化成了一汪水那般，又软又柔。

6 Wo Xiang Qu Ni Xinli，Zhu Yisheng

大约是一直紧绷的神经一下子放松了，车子开到梁晓湛家楼下的时候，那幽幽已经睡着了。她睡得很熟，梁晓湛叫了几声居然都没能把她叫醒。

她似是在睡梦中遭遇了什么惊吓那般，全身猛然缩紧，双腿蜷起用力抱住自己，整个人就像一只卷起来的小球，她的肩膀似乎还在微微颤抖。

梁晓湛想起了方才她姑父与表哥的对话，眼神顿时冷厉起来。

梁晓湛把她的座椅慢慢放低，变成了躺椅，又拿出薄毛毯给她盖上。

梁晓湛是被冻醒的，刚睁开眼睛就忍不住打了个喷嚏，声音大得连自己都吓了一跳，他赶紧捂住嘴转头看向副驾位上的那幽幽。

那幽幽大概是太累，盖着薄毛毯，还睡得很熟，她的小脸被毛毯盖住了一半，他怕她呼吸不畅，伸出一根手指轻轻地把毛毯往下拨了一点点。即便是在睡梦中，她也敏锐地感觉到了，头又往毯子里缩了缩。

车窗外天色已经大亮，深秋的早晨气温很低，梁晓湛怕车里的空气不流通，车窗都是留了缝的。大概是冻到了，梁晓湛忍不住又打了一个喷嚏，这一次，终于把那幽幽吵醒了。

她忽地坐直了身体，动作异常敏捷，双手也下意识地抱紧了“怀里的书包”——并没有书包，她抱住了毛毯，然后，她才反应过来现在的状况：“叔叔。”

“吵醒你了？”看着穿着警服衬衣的梁晓湛眉眼微弯地看着自己的模样，简直就是那幽幽这八年里经历过的最美好的早晨：“没有。是我自己醒的。对了，你怎么不叫醒我？”

“你睡得太熟了。”

“抱歉。”那幽幽将怀里的薄毛毯递还给梁晓湛，伸手拿起自己脚下的书包，“天亮了，我该回学校了。你有空吗？没有空的话我自己搭公交车回去就行。”

“今天不是星期天吗？”梁晓湛打开车门下车，“今天正巧我倒休，吃了午饭再送你回去。”

“哦。”那幽幽也抱着书包下了车，昨晚的对话一句一句地回到了她的脑海，她赶紧确认一件她觉得非常重要的事情，“叔叔，你真的可以帮我把户口簿要回来吗？”

“嗯。”梁晓湛将她手里的书包接了过来，“走，吃早餐去。”

“去哪儿吃？不是到你家了吗？”

“要回家吃吗？”梁晓湛微微有点儿愣，工作忙碌的单身汉的房子，自然不会利落到哪儿去。

“嗯！”那幽幽也不多解释，自己直接就往楼道里走。

7 Wo Xiang Qu Ni Xinli，Zhu Yisheng

这房子是个两居室，是老旧小区的一套二手房，连电梯都没有。因为离单位近，就买了下来，简单装修了一下搬了进来。他在市区的公寓离单位太远，他很少回去。这一两年，这间有些简陋的房子倒也住习惯了。

刚打开大门，那幽幽就迅速地找到了卫生间钻了进去，梁晓湛则松了一口气，然后以在警校时急行军般的速度收拾了客厅里肉眼能见的垃圾。等他终于扔得差不多的时候，那幽幽也从卫生间里出来了。

梁晓湛刚想笑着招呼她，脑海里忽然又闪过前天他加班回来后换下的脏衣服，他的脏衣服是不是就扔在洗衣机盖子上了……

在梁晓湛正出神的时候，那幽幽已经率先开口："叔叔，冰箱里有什么？我们自己做早餐吧。"

"厨房在这边。"梁晓湛默默地深呼吸了两次，领着那幽幽往厨房走去。

梁晓湛打开冰箱门，那幽幽的小脑袋凑过去一看，还有几个鸡蛋和一盒牛奶："叔叔，你家里有面粉吗？"

梁晓湛在厨柜里找了一下，还真找出来一袋没开封的面粉，他想起来了，好像是过年时单位发的年货，不知道还能不能吃。

那幽幽的生活经验比梁晓湛丰富得多，她动手把面粉袋子拆开："叔叔，我来做早餐，你去洗漱吧。"

梁晓湛如获大赦般从厨房出来径直进了卫生间，将所有的脏衣服都扔进洗衣机，把连续加班了两天两夜的自己收拾好走出来的时候，那幽幽已经把鸡蛋煎饼配牛奶的早餐做好了："吃早餐啦！"

看着那幽幽端着盘子从厨房走出来，梁晓湛看了一眼那幽幽的校服，瞬间想到什么似的说："一会儿我给你一张卡，家里缺什么你就去买。"

"嗯。好。"那幽幽在糟糕的环境里生活久了，对于各种环境的适应能力很强，就好比她进门的瞬间就已经想好了，吃完早饭之后她要搞一下卫生，然后，还要到小区门口的超市里买一点儿菜回来做午饭。

那幽幽忽然像想起什么似的，问："你喜欢吃什么菜？"

"我都喜欢。" 他并不是一个挑食的人，或者正因为这样，他的家人认为他很难讨好。

"没有特别喜欢吃的？"那幽幽有点儿不相信，她经常挨饿，都还有不喜欢吃的菜呢。

"这个就很好。"梁晓湛确实不挑食，听家里的罗妈说，他从小就是一个特别好照顾的孩子。倒是她，几个鸡蛋、一点儿面粉就能做一顿早餐，小小年纪就会做这些，是因为这些年来什么事都要靠她自己吧？想到这里，梁晓湛心里微微有点儿难过："吃完饭带你去超市，需要什么你看着买。"

在超市门口，梁晓湛推着购物车走了两步，发现那幽幽没跟上来，他回头刚要叫她，却又被她脸上的表情刺痛了一下心脏。

那幽幽在发呆，她看着旁边的一家三口，看着那个爸爸把已经七八岁的女儿抱进购物车里坐着，然后还低头检查她是不是坐好，顺便吻了一下女儿的头发的时候，她眼底的那丝伤感与羡慕再也掩饰不住了。她上一次和家人逛超市，已经是很久之前的事情了。大概可以追溯到她还像那个女孩那么大的时候，那个时候他们一家三口去超市，爸爸也是那样抱着她让她坐进购物车里，然后推着她走呀走，买她喜欢吃的东西和玩具。那时候……真幸福呀。

下期预告：那幽幽开始了在枫叶女高的高中生活，那幽幽有了新舍友，还从新舍友那里听说，如果家庭困难，是可以减免学费的。于是她自作主张向学校提交了申请。梁晓湛知道后虽然有些哭笑不得，却无暇顾及，因为他从陆之杉那里得知了那幽幽父母的死因……花

文／龟心似贱　图／高梦雪

『甜蜜护驾』

（一）

"我讲过多少次了，侧方停车时不要左顾右盼，透过后视镜把打轮点判断好就立刻打轮，不许慢吞吞地拨弄方向盘，更不要停车查看……"

当萧海怿第三次扯着嗓子对着庄俏大声训斥的时候，坐在驾驶位子上的庄俏紧咬牙关，双手抓着方向盘，愤懑地翻了个白眼，顺便在心里默念了两个字：消音！

从警校毕业两年的庄俏，一毕业便被分配到交警大队。

肩膀瘦小的她留着一头短发，大眼睛灵动如水，声音清清脆脆的，看上去十分乖巧。不过，大队长在驾车面试环节却被吓了一跳——这警校小学妹开车劲头未免过于生猛，这对即将成为交警的人……特别是女人来说，可不是什么靠谱的事，所以便要求她在实习期间重返驾校，强化安全交通知识。

对于大队长的安排，庄俏虽然有点儿不满，却还是乖乖听话，隔天去队里打卡过后，便来到驾校。

小队长明明对她说什么都交代好了，只要浑水摸鱼来驾校晃荡几天就行了，庄俏心领神会，来的路上还自我感觉良好，觉得自己的技术都可以来驾校教别人了，哪里想到，这个叫萧海怿的家伙，一见她就板起脸，没好气地说了句："你迟到了。"

驾校教练脾气差——庄俏早有耳闻，如今终于轮到自己领教，先前还没有生气，只觉得萧海怿看着年轻，这次带的学员里不乏年长者，估计是不好表现得太恶劣，便对着比他小的自己发发脾气立威。

但是，当他接二连三在她操作的时候出声教训，庄俏开始觉得状况有些不对，甚至有些怀疑，莫非这人记性差，不记得她身份特殊这件事了？

想到这儿，庄俏忍不住下车，走到萧海怿面前，客气又讨好地冲他笑了笑："萧教练，借一步说话……"

"你借几步都没用，程队说你驾车不规范，在我看来根本就是不达标，照我教的乖乖练够学时，不然别想从我这里毕业！"

看着萧海怿这副不近人情的模样，庄俏气得简直想举起拳头将他暴揍一顿，她耐着性子在心底劝自己冷静再冷静，自己将来好歹也是一个为人民服务的交通警察，还没上岗就跟一个驾校教练起冲突，传出去影响不好。

心里正郁闷得难受，闺蜜小陶发微信说她们老板请大家去温泉度假山庄，问她要不要来蹭玩。陶小妞在一家合资的证券公司工作，几个年轻高层"一言不合"就在休市的时候带员工集体出游，庄俏抬头看了看远处正在黑脸训斥学员的萧海怿，又低头看了看小陶的微信软萌头像，心里一横，发了一句："时间地点统统发来！"接着便悄悄退出了驾校教练场。

（二）

可是，让庄俏不可思议的是，她刚跟小陶在郊区的度假山庄会合，两人嘻嘻哈哈换了泳衣正准备凹造型拍照，手机忽然响了起来，陌生的号码，熟悉的声音："你的车子我开走了，还想要的话就立刻给我回到教练场！"

什么？

庄俏对着已经被挂断的手机愣了足足三秒钟，才想起什么似的转过身去，一口气跑到停车场——果然，自己停在那里的白色轿车，已经魔术般地消失无踪。

庄俏的脑海里不自觉地浮现出萧海怿的面孔来：舒朗深刻的粗眉黑目，长期在风吹日晒侵蚀下黝黑粗糙的皮肤，简单粗暴的短平头……明明是年轻的模样，偏偏没有那种青涩厚道的亲切感，个性桀骜又固执，特别是对待自己的态度，认真得有些刻薄。

庄俏一脸丧气地回到更衣室换好衣服，告别小陶重返教练场的时候心里还百思不得其解：萧海怿怎么知道她来度假山庄了？或者……就算他知道她的去向，又是怎么把她的车开走的？

身为即将"走马上任"的交警，自己的车竟然被人"偷"走，庄俏对自己的职业前景表示担忧。

对萧海怿，则是愤怒有之，好奇更甚。

郊区不好打车，等庄俏好不容易赶到教练场的时候，已是黄昏时分，驾校其他的教练车已陆续收回，只有萧海怿把所有学员召集到一处，认真总结每个人练习时出

[illegible]驾驶习惯，赶早纠正。

“这些习惯不在违章与违规范围内，考试也不会考，可我还是希望你们能纠正过来，且时刻谨记自己身为驾驶者，在参与交通的时候，多一分谨慎，就是对自己与他人的生命多一分珍重……”

如果排除个人情绪，萧海怿这一本正经的模样还是蛮酷的，可惜庄俏没什么心情欣赏，强忍着不耐在一旁听完他的说教，当他宣布解散后，她扬起下巴耀武扬威地朝他走过去，问：“萧教练，当偷车贼好玩吗？”

萧海怿像是听不懂她的暗讽，抬手看了看手表，道：“你回来得太晚，一会儿至少要练到七点才算达标。”

“喂，你别跟我扯东扯西，偷车犯法你懂不懂啊？信不信我报警？”庄俏话音未落便觉得自己实在弱极了——她自己就是警察啊，竟然说出“报警”这种话。

接着，她又不甘心地问了句：“你到底是怎么把车开走的？”

萧海怿看着庄俏，从前天接到程队电话的那一刻，他就听说了这个飞扬跋扈的骄傲小女警，果然就连驾车她也是毛毛躁躁的，很激进。

她确实飞扬跋扈，那是来自天性中的活泼自信，但她不胡搅蛮缠，识时务，乐于探索，在其他学员练习的时候也愿意帮忙指点，身上有种纯天然的正气，就像个来自古代初涉江湖的小侠女。

“小侠女”变身“飞车女”可不好玩，萧海怿深吸一口气：“我没义务跟你解释，但有必要通知你一声，在我判定你驾驶技术达标以前，你的车别想开了！”

说着，不等庄俏反应，他一把拉开副驾驶位的车门坐进去，下巴往驾驶位那边一撇：“不想浪费时间就快上来！”

啥？达标之前不能开车？庄俏脑子一时没转明白，又急又恼地坐进车里：“萧海怿，你凭什么扣我的车？”

“凭你不够资格上路。”萧海怿表情淡淡，指着手表对她说道，“你多磨蹭一天，就晚一天拿到车。”

“你……”庄俏愤愤地压下不爽，正要启动时，却见萧海怿忽然皱眉，厉声喝道：“停车！”

庄俏觉得这人就是故意为难她的，脖子一梗：[illegible]吗停——”

不等庄俏说完，萧海怿便咬牙切齿地打断道：“安全带！”

意识到自己犯了低级错误的庄俏，立刻一脸愧色，急忙去抓安全带，嘴里小声嘟哝着：“系就系呗，那么凶干吗……”

感觉到萧海怿凶煞的目光似乎瞪过来，庄俏吓得急忙闭嘴，不敢再言语。

小心翼翼之下，车子竟开得平稳了不少，萧海怿虽然坐在车里，却也没再说什么。

时间到了七点整，他一声令下：“好了，可以收车了。”下车时，还轻描淡写地夸了她一句，“练得不错。”

庄俏愣了一下才走上前准备趁热打铁，硬挤出一丝谄媚的笑容：“那个……萧教练，我的车……”

“练够学时就给你。”萧海怿利落地上了车，看样子是准备回家了。

“可是，每天早晚打车，很贵的！”庄俏不依不饶，甚至冲他撒起娇来。

“那上车吧，我送你。”

萧海怿仰仰头，从置物箱里拿出墨镜戴上，样子……还挺酷的。

三

你送我？

庄俏飞快地扫了他一眼，本想高冷地拒绝，最后还是决定识时务者为俊杰。

坐进副驾驶位的时候，她把整件事情的来龙去脉捋了捋，最后总结道：这个萧海怿处心积虑地没收我车子不肯还，现在还要送我回家，莫不是……

他想接近我？

想法一出，庄俏不自觉地抓紧了衣角，不停地胡思乱想，直到——

“喂，你到底要不要回家了？”

在一处车况简单的交叉路口前，萧海怿忽然停下车子，冲她大声问道。

庄俏回过神来，只见周围人烟稀少，萧海怿咄咄逼人地看着她，立刻戏精上身一般向外缩了缩：“你……你想干什么？”

“你发什么呆啊？我问你回不回家？”

“回啊，当然回，不回家你想干什么？”

萧海怿没好气地看着她，一字一顿道：“那你倒是把地址告诉我啊，问了你三遍都不吭声，让我往哪儿开？”

“……”庄俏觉得自己今天一定是中邪了，想法和行为都怪怪的，更重要的是在萧海怿面前接二连三地出糗，还都是无力翻身的那种。

庄俏讷讷地报完地址，耳边却忽然响起一阵车鸣声，她跟萧海怿几乎同一时间往左边看去，那里停着一辆黑色商务车，摇下的后车窗露出一张英俊的脸，这张面孔正绽出一抹温暖而惊喜的笑意：“小怿？真的是你！”

“大哥！你怎么来了？”看见萧海慎，萧海怿忽地露出一副小孩儿般开心快活的表情，眼里亮晶晶的，但转瞬，目光里又忽然涌上一抹浅浅的戒备与疏离。

“刚下飞机，我看离你们驾校很近，想直接去找你，没想到在这里遇到了！”萧海慎一边说着，一边走下车子，看到弟弟副驾驶位上的庄俏，神色立刻变得有些暧昧，言简意赅地冲他问，“女朋友？”

“不是！一个学员而已。”说着，想划清界限似的转身冲庄俏道，“我今天有事不能送你了，你自己打车回去吧。”

庄俏险些觉得自己听错了，哪有这么不靠谱的男人？遇见大哥了不起啊？竟敢这么打发她，也太没风度了吧！

对比之下，萧海慎就绅士多了，见她满脸愤愤，温声冲她解释：“小姐，你别生气，我这弟弟就这么个脾气，不如这样，晚上我请你们一起吃顿便饭……”

“不要！”

“不用了！”

萧海怿与庄俏异口同声，萧海怿甚至飞快地从钱包里拿出一张百元钞票递给她：“这样可以了吧？”

庄俏感觉自己快被这家伙气炸了，可当着外人的面也不好发作，只得恨恨地咬着牙走下车，翻着白眼到路旁拦了一辆出租车，心里暗暗发誓，这辈子都不要理这个混账男人了。

四

却没想到，当天晚上，两人竟然再度碰面。

成功通过公司试用期的小陶，晚上就拉着庄俏吃了一大锅麻辣小龙虾，揉着肚皮走出饭店的时候却还嫌不够热闹，一定要拉着她去酒吧再续几杯小酒。作为朋友圈仅有的两个单身少女，庄俏没有理由不奉陪，只不过身上的装扮太过寡淡，两人忙回家精心打扮，花了将近两个小时才再度出门，一同出现在酒吧。

凌晨刚过，酒吧氛围逐渐升温，小陶点了两杯招牌鸡尾酒，庄俏目光四顾，还未来得及打量周围，视线一扫便发现萧海怿的身影近在咫尺，就在她身后的散台，手里捏着一杯加冰威士忌，面上的表情不似平时那般森严冷峻，样子颓颓丧丧的，目光游离，有种说不出的忧郁感。

“搞什么？平时不都是木头一块吗？到这里装悲伤花美男？”庄俏腹诽，忍不住一脸鄙夷，嘴角也不自觉地撇起来，哪知萧海怿却像背后长了眼睛一般回过头来，看见她，眸色明显一怔，庄俏却是落落大方地朝他举起酒杯，打了个招呼。

萧海怿倒没有那种戏精上身却被熟人撞见的尴尬，视线在与庄俏对视的一刹那似乎有些惊讶，但转瞬即逝，目光里完全没有白日里的飒爽神采，自顾端着酒杯，闷闷地埋头痛饮。

小陶是个自来熟，很快就招来一帮人聊天跳舞，庄俏有些不自在，便任由小陶胡闹，从人群中退出来回到座位，却不忘看一眼萧海怿。

一来有些好奇，回想几个小时以前，他刚跟那位大哥重逢，莫非两人闹了什么不愉快，所以他晚上一个人出来借酒消愁？二来……二来她私心作祟，琢磨着自己的车还在他手上，如果现在趁机过去跟他套套近乎，大不了忍着恶心多拍他几句马屁，最要紧的是把车要回来！

思忖再三，庄俏终于下定决心，朝萧海怿走了过去。

——当然，在她迈着坚定的步伐走向萧海怿的时候，并不知道，自己这个决定会让她对两个成语的含义领悟颇深，一个是“欲哭无泪”，另一个则是……“偷鸡不成蚀把米”。

庄俏活了二十四年的人生里，最难堪的，莫过于大晚上的，被两个“活宝”扯着手臂争来抢去，小陶搂着她的脖子冲萧海怿大叫：“俏俏是我的，你别想抢走她！”

萧海怿面对小陶的挑衅，竟然也不甘示弱，指着小陶回击：“胡说，这丫头明明是我的学员，怎么就成你的了？你走开，我还要教她开车呢！”

……

“好了，都给我闭嘴吧！”

庄俏被这两个家伙吵得头痛，不耐烦地怒斥一声，拦了辆出租车，好歹把几个人都塞进去，一起带回了家。

路上，她的太阳穴还跳得厉害，回想两个小时前，她走到萧海怿桌前，看着他正托着下巴，望着酒瓶发呆，看见她，深邃黯然的眼睛忽然眨了眨，嘴角扬起：“你来啦，小侠女！”拍拍自己旁边的座位，示意她坐过去。

小侠女？

庄俏不知自己什么时候多了这么个绰号，但她最不该忽略的，是萧海怿已经初现端倪的古怪模样，就这样毫无防备地坐了过去。

萧海怿似乎很满意她的顺从，就像看着一个听话的宠物，脸上漾起一抹欣慰又满意的笑容，还抬手摸摸她的头发，点头说了句：“乖。”

庄俏终于觉察出他的不同寻常，怀疑他喝多了，心里不禁生出一股侥幸，假意迎合着冲他笑笑，旁敲侧击地打听车子的下落，谁知车轱辘话说了好久，萧海怿竟然关键信息一句都没有透露。

庄俏傻了。

但她更傻眼的，是大汗淋漓的小陶从舞池上下来，发现她“私会帅哥”，嚷嚷着坐到她跟萧海怿中间，跟他划起拳来。

就这样，两人推杯换盏到最后，纷纷扯着庄俏不肯撒手，就有了后来抢人那一幕。

五

这一夜，庄俏睡得极不安稳。

想也知道，一个单身女生的小公寓能有多大？小陶一进门就熟门熟路霸占了她的床铺，萧海怿则一头栽倒在沙发上，庄俏看着一睡不起的“两只磨人精”，恨恨地抱起枕头走到飘窗处，辗转反侧了大半夜才勉强睡着。

清早，看着醒来的萧海怿跟小陶不约而同地揉着太阳穴，脸上又不约而同地浮上一层心虚与不安，庄俏胸口的那团火气总算稍稍疏解了一些。

小陶看了眼时钟，立刻号叫一声跳起来去洗漱，接着飞快地溜走赶去上班，狭小的空间顿时只剩庄俏跟萧海怿，气氛越发古怪起来。

萧海怿正襟危坐，想起昨晚发过的疯，心中闪过了三分懊恼七分无奈，脸上佯装镇定，却根本不敢看庄俏的眼睛，恨不得将那被子盯出几个窟窿，好钻进去。

呵呵。庄俏看他那样子，嘴角浮起一抹冷笑——驾校教练呵？扣她的车呵？他那份刚正不阿、板着臭脸教训人的气势哪里去了？倒是拿出来啊！

腹诽了好半天，庄俏眼见萧海怿一动不动地装傻发呆，终于按捺不住，故意清清嗓子，问了一句：“萧教练，我们今天还练车吗？”

“啊？”冷不防听到她的问话，萧海怿条件反射地抬起头来，却在撞见她眼睛那一刻急忙低下头，咬咬牙，“练……当然是要练的。”

“要练哦，时间好像有点儿晚了呢。”

这个女人，她绝对是故意的！先前他一直强调时间观念，提醒每一位学员要练够学时，自己好不容易树立起的威信，就这样被她挖苦得“渣”都不剩，好在……他灵光一闪，忽然有了主意：“不会，我叫人把教练车开到你家楼下，然后开始计时，应该不会晚的。”

不是吧？还有这种操作？庄俏目瞪口呆地看着仿佛换了个人一般的萧海怿，怎么也没有想到，自己已经是稳占上风的局面，竟然会这样轻而易举地被他翻了盘。

在教练车送来之前，萧海怿还恬不知耻地借了她的浴室一用。

虽然心里百般不情愿，但她还是从储物柜里找了套新毛巾和牙刷给他，十分周到。

浴室很小，粉蓝色调，很符合独居小女生的风格，萧海怿掬了把冷水在脸上，整个人立刻清醒了不少，看着镜子里疲倦的自己，回想昨晚的任性与荒诞，心里暗想——若不是遇见她，恐怕自己也不会那么肆意妄为吧。

不知道为什么，他就是笃定，就算自己醉得不省人事，那个小警花庄俏，也不会不管他。

初见大哥，萧海怿就已经猜到，他的出现并非偶然，果然，晚饭时他义正词严地向他下达“最后通牒”，赶紧辞了驾校的工作滚回老家。

算起来，自己已离家三年，大哥的要求亦是父母的意思，他们只是想让他回家看看，这个要求并不过分，只不过，当初他好不容易下定决心逃离，就是为了不再被沉重的往事套牢，他想远离那段人生，如果可以，他永远永远都不要再想起。

有些沮丧时，低头瞥见她拿给他的牙刷，上面有粉色的小猪“佩奇”造型，憨态可掬又有点儿萌，惹得他哑然失笑，心里不自觉地涌上一股暖意。

快速洗漱完毕，走出浴室恰好接到电话，教练车已经送来了。两人一起下楼，在电梯里碰见好几个与庄俏相熟的邻居，他们看见她，神色立刻变得有些暧昧，热心肠地拉着萧海怿扯东扯西的。终于，电梯到了一层，他们才回头冲她大声说道：“小庄呀，眼光不错，阿姨等着吃你的喜糖哟！”

望着那两个“古道热肠”的身影，庄俏的脸“唰”地火红一片，想要开口解释，却发现阿姨们的语言艺术堪称完美，人家只用了几个关键词，就旁敲侧击地把想要说的都说了，听起来却又什么都没说，庄俏根本无从反驳。

再看旁边那个泰然自若的身影，眼角、眉梢分明藏着一股盈盈笑意，却一言不发，一副“我什么都不知道，我可是正经人”的模样。

哼，大尾巴狼！庄俏愤愤地在心里冲他翻了个大白眼。

教练车就停在社区门口，萧海怿去取车，庄俏指着对面的早点摊说要去买几个包子，摊主陈婆跟庄俏很熟，她独居，平时大家都是能帮就帮衬一点儿。庄俏正一边走一边翻零钱时，耳边却忽然听见陈婆惊声一叫，接着便看见一个瘦长身影自眼前飞快跑开，陈婆则一把抓住她的胳膊：“小庄，我的钱袋……钱袋……”

庄俏不假思索，飞身跑进教练车里，指着那个已经消失在巷口的身影冲萧海怿大喊：“快追小偷！”

萧海怿却不顾她火急火燎，慢条斯理地四下察看一番，才冲他摇摇头：“不行，这里是居民区，又是早高峰，小偷专挑巷子里跑，我们这样追，危险系数太大。”

“别磨蹭了行不行？只要一路鸣笛，很容易就能追上小偷的！”庄俏激动地伸手抓着方向盘，恨不得自己来开，偏在这时，萧海怿摁住她的手严肃道：“你别逞能行不行？”

“我没有逞能！”庄俏狠狠地一拳砸在方向盘上，“我只知道陈婆每天辛苦守着早点摊很不容易，不管是作为街坊还是警察，我都非常非常希望能够抓住那个小偷，你却让我错过了最佳追捕时间！”

话音落，庄俏转身下车，失望地别过头去，朝着小偷消失的方向跑去。

六

结果追了半天，庄俏也没有抓到那个偷走陈婆钱袋的浑蛋。

当她回到社区门口的时候，萧海怿的车子不见了，陈婆也收了摊子，想也知道老人家心里一定十分难过，庄俏不自觉地握紧了拳头，心里对那小偷的憎恶自不必说，但更令她感到气愤的是萧海怿那个不通人情的家伙！

越想越觉得窝火，庄俏干脆直接打车去交警队报到，想把那家伙的“恶行”统统向大队长汇报，却在经过交警队办公室附近时，看见了萧海怿的……大哥！

见到她，萧海慎竟然主动走过来打招呼，十分客气地邀请她有空一起喝咖啡。

喝咖啡？

庄俏忍不住在心里翻了个白眼，因为对萧海怿生气，连带着对他这位大哥也不十分待见，草草应付了几句，便跑到领导面前告状：态度不好、强行扣她的车、不作为导致小偷溜走……可任凭她义愤填膺，说得振振有词，领导却沉吟不语，久久才叹气道：“小庄啊，刚才跟你说话那人，是萧海怿的亲哥，矿冶集团大公子。而且萧海怿平时表现很好，你说的那些情况会不会是误会？”

庄俏万万没想到萧海怿背后竟然会冒出这么一股神秘力量……

颓废地在办公室坐了一天，庄俏百无聊赖地看着矿冶集团几年的业绩报表。“咦？”看到最后，庄俏终于觉察到有什么不对劲，嘴里喃喃念着，“他家那么有钱，他居然心甘情愿来当驾校教练？”

最终猜测出的结论很是八卦：他……该不会是萧家流落在外的私生子吧？

好不容易熬到下班时间，庄俏愤愤地搭公交车回家，一下车就看到拎着菜篮子满载而归的陈婆，庄俏想起早上的事，还有些惭愧，陈婆却喜滋滋地凑上来：“小庄啊，你那个男朋友可真不错，早上把我摊子的所有东西都包下来说是送给学员吃，还推荐我到驾校食堂去做饭，有薪水拿，还给我交医疗保险呢……”

陈婆后来又说了什么庄俏都没太注意，貌似对自己帮忙追小偷的事表示了感谢，又说了些驾校待遇不错，自己以后再也不用辛苦摆摊之类的话，最后还请她去家里吃饭，庄俏急忙委婉地推辞了，望着陈婆欢快离去的背影，那张冷酷的面孔再度浮上眼前，心里涌起一股奇怪的感觉——白天，她还跟领导大吐苦水，数落他的不是呢，没想到他竟然悄悄地来了个大逆转，怪不得他今天一整天都没有催她去练车，原来是给陈婆帮忙去了。

可仅凭这些，只能说明他良心未泯，对于早上的事，她依然觉得他少了些男人应有的血性和气概。

但不管怎么说，萧海怿那家伙，也并没有很差劲……

这种想法终结于庄俏接到他的电话之后。

刚对这个人的印象有所改观，他却又在电话里恢复了刻薄本性，对她“无故旷课”的行为给予严厉批评，接着让她立刻去驾校报到，把欠下的学时补上。

“现在？立刻？”庄俏一脸不可置信。

“你的车……”

“好，我马上过去！”

去驾校的路上，庄俏还在愤愤地想，这萧海怿莫不是对这种威逼利诱的把戏玩上瘾了吧？他堂堂上市集团的二公子，不去分公司混个总裁当当，偏要到驾校作威作福“欺压民女”，真是满满的恶趣味。

七

终于赶到驾校，萧海怿还在给一位学员做示范动作，身上的教练服已经被汗水浸透，庄俏正有些奇怪，旁边的一个学员告诉她，再过几天就有一场考试，所以萧海怿把大家都留下来加课时恶补。

夕阳渐渐落下，偌大的教练场里，萧海怿沙哑的声音不时在庄俏耳边回荡，她远远地望着他，这男人一如她第一次在驾校遇见时一般严厉苛刻，却又跟以往不太相同……他的眉宇间，好像多了一层不舍与眷恋。

不舍？眷恋？

抱歉，庄俏也不想用这种慈爱老母才会流露出的表情形容萧海怿，但事实上，她真的能感受到他身上的那种古怪的情绪，就好像，他要离开一样……

庄俏被自己这种想法吓了一跳，再抬头时，看见萧海怿已经向她走了过来，见他一脸疲惫，庄俏不忍再添麻烦，低眉顺眼地坐进教练车，系好安全带、启动、踩离合、挂挡……每个动作都认真做好，一旁的萧海怿忽然轻笑一声，哑哑地夸了一句：“很好。”

庄俏简直有些受宠若惊，却不敢大意，稳稳地把着方向盘，将车子开得更稳了些。

“今天的这批学员，是我带的第十六期学员。”

不知是不是因为车里的气氛太安静了些，萧海怿竟然主动开口，既像是在跟她谈心，又像在自言自语，因为他根本不等她回应，便自顾自继续说道：“从我这里出去的学员，都是百分之百拿到驾照的！”

“百分之百？那你很厉害哦。”料想他应该不是吹牛，这个成绩，倒也值得庄俏赞叹一句。

“那是当然！”萧海怿十分得意，“不放走一个马路杀手，是我的教学宗旨。”

虽然眼睛直视前方，没办法看到萧海怿的面孔，但她分明感觉到这人脸上必定满是赤诚，有着少年般的热血与澎湃。

跟那个一心向往当警察，立志要为民除害的自己，何其相似。

心下微微有些动容，庄俏的姿态也不自觉放软了些，两人之间的气氛终于不再像从前那样剑拔弩张。课程结束的时候，萧海怿用温和轻快的语气说道：“以后也要像今天这样，好好开车，知道吗？”

庄俏心脏一紧，抬起头，看着萧海怿突然绽放的笑脸，喉咙也是一紧，左思右想了好半天，终于鼓起勇气开口问了一句：“教练，你刚刚，是表示对我有好感吗？”

萧海怿非常稀有的笑容，就这样僵在了脸上。

隔天一早再练车的时候，两人都有一点点尴尬。

特别是庄俏，从坐进车子开始便目不斜视，拿出十二分的认真与专注，生怕一个不留神，被萧海怿看出自己心怀鬼胎。

但是，一个人如果太过刻意地去掩饰什么，是很容易被另一个人发现的。

萧海怿看出了她的不自在，却没有戳破，因为此刻，他也在一种莫名的焦虑中煎熬着。

庄俏昨天的那句问话，虽然有些唐突……但是，萧海怿回家以后认真地思考了一下，此刻已经有了答案，所以……

“是。”

耳边忽然传来这短促有力的一个字，庄俏吓了一跳，不知道他是何用意，急忙踩住刹车，偏头冲他问了一句：“啥？”

“昨天的问题……”萧海怿不紧不慢地解释道，“我说是，我是对你有好感，有什么不可以的吗？”

车厢内一阵冷风吹过。

庄俏简直哭笑不得，真的很想撬开萧海怿的脑壳，看看他的脑回路是不是跟鳄鱼一个构造，这反射弧，也太长了吧！

偏偏，这位“鳄鱼先生”说话的时候眼睛一直盯着她，清澈而坚定的目光越发蒙眬，像一个古怪又神秘的旋涡，搅得庄俏一颗心上蹿下跳，竟有点儿不知所措。

在“狼多肉少”的警校，外形可爱的庄俏一直是团宠一般的存在，男孩子的表白更是十分常见，但是，像萧海怿这样不按套路出牌的家伙，她还真没有遇到过。

客观地说，萧海怿外表有型，工作认真负责……虽然有时候过于严肃刻板，做事方式也无法让她百分之百认可，但如果作为交往对象来讲，也不是没有考虑的余地。

但是，局面尴尬就尴尬在，萧海怿只是承认他对自己有好感，并不算真正意义上的表白，庄俏的处境就变得被动起来，脑子里一团乱麻。

而就在这时，萧海怿的手机忽然响了起来，庄俏下意识地看了眼他的手机屏幕，上面显示的分明是个女生的名字——“小绮”，而让她更好奇的是萧海怿的反应，他将手机摁下静音键，并没有接听。

什么情况下，一个男人会不想接一个女生的电话？

女生本就想象力丰富，庄俏现在又对萧海怿有那么点儿“动心”，因此不免思绪横飞，好在，一通来自总队的电话打断了她的猜测：“霍北区峡山路南段今晨发生一起重大交通事故，需要全体出动，到现场支援……”

庄俏挂了电话便跟萧海怿要车，在一旁听见消息的萧海怿指着方向盘示意：“就开这辆吧，我跟你一起去！”

庄俏也不矫情，一边点头一边启动车子，萧海怿则打开广播调到交通新闻台，两人均是一脸忧心忡忡。

广播里很快就传来峡山路的紧急新闻。

本市的南部郊区是很多周边驴友最感兴趣的“探险

区域”，山区内路途险峻，风景优美，因为未经开发，保持着原始风貌，每年自发成团的游客不计其数，以前也发生过旅客失散事件，不过一般很快就通过定位找了回来。今天发生的意外却有些复杂，两组独立成团的游客以竞赛形式进行“探险”，有十余人与大部队走散，其余人等又兵分两路开车沿途找人，因为不熟悉路况，外加昨晚下了一场雨，道路湿滑，两辆车分别在凌晨发生了事故。

峡山路原本就是盘山道，现已基本瘫痪，有二十多名伤者需要救助，另有失联人员尚未找到……一时间，市里能调动的警力都被调到现场待命。

交通队的主要任务是恢复道路运行，以及协助民警寻找失踪人口，但难度比较大的还是山路湿滑，还有浓重的团雾，开车上山十分困难。

“我来吧！”

面对众人一筹莫展的样子，萧海怿挺身而出。

“你来？”庄俏抬抬眉毛，指指蜿蜒的山路，“太危险了，会出人命的！”

“就是免得出人命，所以，还是我开车比较保险。”萧海怿回头看了看那群刚被安顿好的游客，皱眉道，“不是还有两个人失联吗？早点儿过去，就多几分希望。”

看着萧海怿认真的模样，庄俏有点儿看不懂他：“之前让你帮忙抓小偷，你推三阻四怎么都不肯，今天的行动比抓小偷危险百倍……萧海怿，在我印象里你可不是个搞个人英雄主义的人，我还真有点儿看不懂你哎。”

“你不能理解？”萧海怿像是很意外似的，忽然意味深长地冲她勾勾嘴角，“庄俏，你那么聪明，不应该不懂我。”

说着，不等她琢磨话中深意，便抓起她的手腕：“好了，我们快出发吧！”

庄俏在得到领导批准后，跟萧海怿一同出发救人。

两人费了好大一番周折，才将车子开到山路尽头，进山寻人更是艰难无比，直到傍晚时分，终于在一处废墟里，找到了两个失足跌落在石洞中的游客。

这对落难情侣伤得不重，但因为缺乏工具，庄俏跟萧海怿无法将二人顺利救出，而且眼看天色就要暗下来，此时要求队里增援恐怕也是危险重重，正踟蹰时，萧海怿已经果断做出决定，对那两名游客说：“咱们四个就在这儿将就一晚吧，明早再一起回去！”

庄俏将情况汇报给队里，表示自己也赞同萧海怿的决定，两人拿出随身携带的保暖衣物和食物，往石洞里丢了一些，自己留一些。月亮慢慢爬上来，月光弥漫，星光舒朗清明，周围虫鸣不断，草木幽香，倒也不乏山野之趣。

但山林之夜清冷无比，庄俏与萧海怿不约而同地越靠越近。庄俏想起上山之前萧海怿的那句“你那么聪明，不应该不懂我”，忽然有所领悟，抓小偷也好，遇见找碴的也罢，跟救人比起来，都是无关紧要的小事，他不在乎别人怎么看他，他看重的是以人为本的大义。

可是，他真的有这么伟大吗？庄俏不禁有些怀疑，借着月光再次打量他的面庞，还是那张年轻倔强的面孔，时而刻薄，时而忧郁，眉眼间有淡淡的疏离感，那里有庄俏猜不透的秘密。

“为什么要当驾校教练？”她没头没脑地问了一句。

“喜欢。”他竟毫不犹豫地脱口而出。

“少来了，到底为什么？我想不通。”

萧海怿看着庄俏，她依然是一副认真专注的模样，明明奔波了一天，却看不出任何疲惫，忽闪的眼眸里带着强烈的求知欲，有种简单明朗的可爱，让他的心里微微有些发抖。

“我不知道怎样跟你解释，我只知道自从做了这份工作以后，我每天晚上都睡得很安稳。”这是事实，没有经历过那种长夜辗转、身心焦虑到无处安放的人，是无法体会到可以安稳地入睡，是多么宝贵又奢侈的事情。

庄俏若有所思地看着萧海怿，她还是不知道他有什么秘密，却不想问，反正他想聊的时候，她总会知道。

他柔软的神情令她莫名地心慌，鬼使神差地伸手拍拍他的脸颊，点头冲他说了句：“那就好。”像个善解人意的“小姐姐”。

萧海怿以为她在公然挑衅，于是眉毛一挑，还在琢磨着如何反击，再定睛看她，已经轻轻地伏在他肩上睡着了。

难道……只是临睡前神志不清？

八

救援大队是在隔天抵达的，庄俏跟萧海怿协同众人将石洞中的情侣救上来之后便匆忙下山，却没想到，从新闻中得知消息的萧海慎竟在山下等候，一看见萧海怿便大发雷霆："这么危险的决定，你竟然不跟我商量一下！"

不难理解这位大哥的"护弟心切"，昨天驾车进山确实十分危险，庄俏眼见他们兄弟俩吵得面红耳赤，却不好插嘴，尴尬又无奈地站在一旁。

"不是你想的那样！昨天事发突然，我只是……"萧海怿焦急地向大哥解释，萧大哥却不为所动："不是我想的哪样？萧海怿，你所谓的'赎罪'应该适可而止了，爸爸这次让我来的目的你也清楚，不希望你在这里毫无意义地'流放'自己，后天跟我回去，如果你不答应，那不只爸爸，我也要跟你断绝关系！"

啥？庄俏瞪大眼睛，不可思议地看着这对萧家兄弟，怎么说着说着，竟然严重到"断绝关系"这么戏剧化的地步了？

而且，什么赎罪？什么"流放"啊？

联想起网上看到的那些豪门恩怨，庄俏暗暗猜测，莫非这就是有钱人的日常，她 get（抓）不到重点也是正常的？

"如果你想要知道些什么，我倒是可以告诉你。"

峡山路事件解决以后，庄俏在回家时累得险些在公交车上睡着，顶着困意撑到下车，忽然被一个不算陌生的声音叫住。

转身，看见从宾利车里走下来的萧海慎，庄俏的困意瞬间消退了大半。

咖啡厅里，萧海慎神情冷傲，丝毫不像之前见面时的客气友善，甚至……有些怒气。

生气？

萧海慎当然很生气了，他这次来看弟弟，首要任务就是想办法劝他回去，回到家人身边。上次遇到庄俏，他特地调查过她，见习交通小警花，跟小怿并没有什么特殊关系，因此他也就放松了警惕……却没想到，短短几天，她竟然跟小怿走得那样近，还蛊惑他去峡山路参与那么危险的救援行动！

此刻，如果庄俏知道萧海慎的这些想法，绝对要大呼冤枉，她哪里有什么"蛊惑"萧海怿的手段，是萧海怿自告奋勇上山救人，她还曾出面劝阻，后来实在拗不过才同意的好不？

情绪失控的萧海慎认定了弟弟最近有些"鬼迷心窍"，又认定了他迟迟不肯跟他回去是因为这个小女警，那么，就干脆从她身上下手好了。

料想她跟小怿的感情还不深，恐怕对很多事情都毫不知情，为了让小怿的人生顺利回到正轨，他不介意来给她一点儿提醒。

可是，让萧海慎意外的是，庄俏居然拒绝了他的"好意"。

"不，关于萧海怿的过去，虽然好奇，但我并不需要别人来告诉我。"

萧海慎不禁重新打量起眼前的这个女孩，自己或许有些低估了她——但尽管如此，如果仅凭一时意气和孩子般的单纯倔强，她就幻想能跟小怿开启一个美好的未来，那就太过天真了。

所以，他改变了想要吓退她的主意，改成了试探："既然你不在意小怿的过去，那我们要不要聊聊，他在老家的未婚妻？"

不知道为什么，当萧海慎说出这句话之后，庄俏脑海中立刻浮现出"小绮"这个名字。

九

"那个家伙竟然有未婚妻！"

傍晚，小陶带着一大份打包的卤味跟冰可乐来找庄俏，名义上是给她"压惊"，实则早就对萧海怿满腹狐疑，只等有机会对老友来个大追审。

可是，小陶的"逼供"大法根本没机会亮相，因为庄俏早已按捺不住心中的压抑和委屈，将她对萧海怿日益加深的纠结情愫和盘托出——原以为，他们俩接下来只需随时间自然发展，现出圆满的答案。可不承想，萧海慎的那句话，让她如遭雷击。

萧海慎应该不会无聊到编谎话骗她，如果这是真的，庄俏觉得自己的处境就太可笑了，那些她越想越觉得温暖感人的互动，不过是配合他玩了一场暧昧的游戏。

最可悲的是，无论这消息是真是假，她甚至没有资格去跟萧海怿对质——她是他的什么人呢？

"喂，庄俏，既然喜欢他，就去问问他未婚妻到底是怎么回事，万一……"小陶郑重其事地看着庄俏，"万一有什么误会或隐情呢？"

"我不要……"

在小陶出现之前，庄俏不止一次想给萧海怿打电话问个究竟，但她担心的是，如果萧海怿轻描淡写地抛给她一句肯定的回答，或者根本就不屑解释，那她岂不更加难堪？

庄俏此刻完全没了平时潇洒磊落的飒飒风采，倒像个只会胡思乱想的小女生，小陶不耐烦地一把揪起庄俏："你对自己喜欢的人就这么没信心吗？"

另一只手，酷酷地将她的电话丢过来，激将道："你到底是不是那个铁骨铮铮的'女侠'庄俏了？"

果然，一个女生一生当中，至少得有一个头脑清醒的闺蜜。

小陶的话，让庄俏如遭当头一棒，脑力值瞬间恢复，对自己戏精上身的一下午简直不堪回首。

虽然小陶还等着她给萧海怿打电话，可庄俏已经改了主意——她最想做的，不是在电话里质问他有没有未婚妻。她想见他，告诉他因为在峡山路事故中的出色表现，自己不仅受到了局领导的夸奖，还以实习生身份被破格提名为优秀女警，这可是本市交警队十年来都未曾有过的殊荣。

而这份荣誉里，一大半，都是他的功劳。

庄俏又忍不住想起那个山上的夜晚，星星很亮，萧海怿的眼睛也很亮，他们温暖而踏实地靠在一起，彼此信任，亲密无间。那样的他，从头到脚，都是让她心动的样子。

小陶说得对，她不应该对他没信心。

看着庄俏眼睛里的神采越发飞扬，小陶有种不祥的预感，想要阻止，奈何庄俏手疾眼快，已经抓了外套跑到门外，丢下一句"欠你一顿小龙虾"后便逃之夭夭。

"庄俏，我跟你没完！"

小陶歇斯底里的怒骂响彻空荡的楼道。

十

庄俏火急火燎地赶到教练场，却有点儿悲催，平时总是加班加点带学员练车的萧海怿，今天竟然不在。

庄俏狐疑地拨了他的电话，通了却没人接。

一连打了十几个，电话那端仍然毫无回应，庄俏想要干脆去他家里抓人，却忽然想起，她好像并不知道他住在哪里。

沮丧不已地走到驾校门口，庄俏有种欲哭无泪的心塞之感，就好像自己志气满满地准备为爱狂奔，抬眼却发现面前忽然竖起一块"此路不通"的大牌子。

"你是学员吗？怎么在这里，不去考场参加夜考？"

夜考？看门大爷的一句话提醒了庄俏，她忽然想起，今天正是萧海怿第十六期学员考试的日子，所以他应该是去了考场！

庄俏来不及感叹自己大起大落的心情，急忙赶去考场。在那里，她看到了那个仿佛分别了一个世纪的人。

直至最后一名学员考试结束，萧海怿终于放下心来，嘴角扬起一抹旁人不易觉察的笑意，悄悄退出了考场。

他正要将手机调至正常模式，却见"小侠女"的未接来电纷纷飘来，他赶紧摁下回拨，几乎与此同时，耳边传来一个清亮而熟悉的声音："萧海怿！"

抬头，像做梦一般，他的"小侠女"就站在对面的不远处。

庄俏也觉得像在做梦，此时天色已暗，清冷孤寂的夜灯下，她一边叫着他的名字，一边笑着朝那个向往的身影跑去，萧海怿被她感染，大方地张开双臂，迎接她的到来。

拥抱到来的一刹那，夜空中，一颗流星悄悄滑落。

只是，这份浪漫来得快去得也快，庄俏很破坏气氛地问了一句：“喂，你干吗抱我？”

萧海怿连忙解释：“十六期学员全员通过，为了庆祝拥抱！”

为了庆祝？就像是被人当头泼了一盆冷水，庄俏整个人都僵硬起来，看向萧海怿的目光里尽是失落，想要问出口的话，也变得艰难无比。

女人心，果然是海底针。

萧海怿看着上一秒还开开心心的庄俏，下一秒忽然沉着脸推开他，转身就要离开。

好在他手疾眼快，上前一把抓住她，有点儿无奈地看着她：“至少要告诉我，你为什么生气吧？”

“为什么？”庄俏看着他满眼懵懂的模样，口气略带讽刺地说了句，“萧教练，你似乎忘了自己有位身在老家的‘未婚妻’吧？”

如果说，在说出这句话的时候，庄俏尚有一丝侥幸——也许萧海慎是骗她的，也许这件事另有隐情。但，当她话一出口，便见萧海怿如遇惊雷般变了脸色，终于连最后的侥幸也破灭。

庄俏觉得自己难堪至极，终于落荒而逃。

看着庄俏仓皇离去的背影，萧海怿愣了许久才回过神来，他没有追上去，而是怒气冲冲地将车子开往了另一个方向。

凯悦大酒店的皇家套房，萧海怿刚走到门口，就看见一个仪态优雅的私人管家为他打开门，将他引到萧海慎面前。

虽然气愤，但在他最尊敬的大哥面前，萧海怿还是压住了脾气，只愠声冲他问了一句：“大哥，为什么要那么做？”

“她曾让你身处险境，我只是小小地回敬她一下。”萧海慎耸耸肩膀，十分不以为然，“而且，如果她在意你，又怎么会因为一句‘未婚妻’就溃不成军？”

萧海慎顿了顿，又语重心长道：“如果你对这个女孩子动心，就更应该告诉她姚绮的事。”

“大哥，不管是我的过去或是姚绮，我都没想过要瞒她！”萧海怿生气的并不是萧海慎走漏风声，而是，“但不是现在啊……我还没有说服爸妈，也没有安顿好姚绮，现在把她牵扯进来，只会让她觉得烦恼……”

“她为什么就不能跟你一起承担呢？”萧海慎满是心疼地看着他唯一的弟弟，“作为男人，你愿意担起责任，这当然很好。但是，既然你选择的人生注定比别人艰难一些，那个站在你身边的女人也一定是不同寻常的，她要跟你一起去战斗，而不是被你保护得密不透风，当一朵单纯、脆弱的小花。”

话音落，萧海慎长长地叹了口气，意味深长地提醒道：“那样的小花，你不是亲手栽培了一枝吗？”

如果说刚刚萧海怿对大哥的话还有些许不认同，但听到他的最后一句话，心里像是挨了一把钝刀，周身上下涌来一股猝不及防的闷痛。

十一

萧海怿是在一家大排档附近找到庄俏的。

他打电话给她的时候，是小陶接的电话，她劈头盖脸对着他一通挖苦，最后还是不忍心，透露了店家地址。

“既然来了，那就把话说清楚吧。”看见萧海怿，小陶忙拉住想要逃开的庄俏，依旧不忘打个响指，“再来两份十三香小龙虾！”

长夜漫漫，八卦和小龙虾一个都不能少。

有这样的小姐妹，庄俏的生活应该一直过得很惬意吧。萧海怿之前踟蹰不定，极尽克制，正是担心他给不了她简单、温馨的小日子。他想解决好一切，再回来找她，以驾校教练的身份，而不是矿冶集团二公子的身份。

但是，经过大哥一番点拨，他忽然明白，如果他想要庄俏融入他的人生，那不管他是谁，她都要有接纳的准备。

他的过去并不复杂，却足够沉重，每一次开启，都好像结痂的伤口被利刃划开，布满鲜血。

“她叫姚绮……”

萧海怿年少时，因为优渥的家境，他过得十分恣意，也结识了一帮酒肉朋友。萧海怿那时夜夜跟着他们去玩赛车，直到有一天，他坐朋友的车跟另一帮人比赛时意外横生，一个下夜班回家的少年误入了赛道，被撞翻在他眼前……浑身是血的少年瞪大眼睛，在他面前停止挣扎的模样，就这样刻进了他的脑海里，再也挥之不去。

后来，是梦魇一般的时光，虽然萧海怿没有开车撞人，但是参与地下赛车亦是要受到严厉处理。后来萧海怿听说，被撞死的少年家里只有一个妹妹，兄妹俩一直相依为命，哥哥去世对妹妹的打击很大。萧海怿偷偷去看了几次，终于决定，把那个女孩接回家。

那女孩，就是姚绮。

爸妈自然是不同意他这般胡闹，无奈之下，萧海怿以同意去国外留学为条件，交换姚绮留在萧家生活。家里人多口杂，不多日便传出姚绮是他女朋友的消息，彼时萧海怿身在国外，自然是无心理会这样的花边新闻，但他当时跟大哥通电话的时候确实有说过——“如果那么做能让姚绮从阴影中走出来，我无所谓的。”

他在澳大利亚待了两年，却一直深陷不安与自责当中，夜夜惊醒的他再也忍受不住那种无处释放的痛苦与无力感，思忖再三，想到最好的“赎罪”方式，是尽己所能，去教会更多人在驾车时多一分谨慎与郑重。

他选择了远离家乡，一切从头开始，生活竟然过得很踏实。

父母对他的选择自然十分震怒，但拗不过他的恳求，答应给他三年自由生活的时间，期限一到，就回到他本来的位置上。

原本，当父母在电话中催他回去的时候，萧海怿也曾想过妥协。但是，大哥的到来却让他觉察到事情有些不同寻常，果然，他带来了姚绮的一句话：“萧海怿，我不想在萧家没名没分地住下去了。”

印象中，姚绮还是在阴暗房间里痛哭流涕的小女孩，当年他牵着她的手走回萧家，出于同情与怜悯，许下了“以后我会照顾你”的诺言。在他看来，旁人的误解都是无稽之谈，却没想到，姚绮竟也当了真。

如果他还像当年那样一心陷在愧疚里，碌碌无为又满心厌恶，那么面对姚绮的任何要求，他都可以答应。可是，自从成为驾校教练，他已经慢慢找到了人生的目标与乐趣，明白自己究竟想要过什么样的生活，他不会，也不能再陷入迷茫。

更何况，他现在又遇见了庄俏。

这个单纯热血的“小侠女”，像清晨最亮的那道阳光，简单而直接地照进了他的生活，跟她的每一次相处，都让他觉得充满乐趣，忍不住心生向往……而正因为将她看得珍贵，他不想给她太多压力，所以先前一直计划着，自己先说服父母，再安顿好姚绮，让那个懵懂、脆弱的女孩坚强起来，真正踏上属于自己的人生轨迹。待他整理出一个清爽明媚的自己，再来迎接他心仪的“小侠女”。

可是，他忘了，人与人之间之所以会产生感情，除了彼此相吸，还有一点，就是要彼此坦诚，彼此信赖。

坦诚你是个什么样的人，让她去选择要不要信赖——而不是，让她去信赖一个没有伤痕的你。

萧海怿现在才明白，大哥亲自跑这一趟的目的，他支持自己的任何决定，但前提是——要尽可能让自己幸福一些。

萧海怿现在就觉得很幸福。

将所有秘密在庄俏面前和盘托出，他现在十分笃定，就像之前在酒吧里遇到她一样，庄俏不会不管他。

那么，最重要的一句话来了。

“庄俏，我必须要回去一趟，也许要花很长时间，所以，你愿不愿意等我回来？”

“我……”庄俏刚从“未婚妻”的误会中恍然大悟，也顺便解开了“为什么他当驾校教练”的疑惑，难过、失落的情绪刚刚恢复，却没想到马上就接到萧海怿的表白，一时有些不知所措。

求助的目光看向小陶，哪知道这家伙之前只顾对着小龙虾大快朵颐，此时已经在虾壳堆里打起了瞌睡，求助失败。

注意到她的犹豫，萧海怿虽然有一点儿落寞，却没有表现出来，仍是笑着说："没关系，你不用急着回答我……或者，就算你不愿意也没关系，十六期学员的考试结束，我正好有时间，明天就先飞回去……"

萧海怿后来又说了什么，庄俏都没有听清楚，脑海里一直盘旋着那句"明天就先飞回去"，心里空落落的，却又不知道该说些什么。

十二

"直接去追他啊，笨蛋！"

隔天一早才醒来的小陶，听见庄俏失魂落魄的求助，立刻"恨铁不成钢"地戳了一下她的脑门儿："他分明是想听你一句肯定，那你就告诉他，你会等他呀！"

小陶本想再说几句，但一想到昨晚自己的表现太差劲，顿时有些心虚，干脆查了一下航班信息："我是你的话就去机场给他个惊喜，干吗要待在家里坐以待毙？虽然他说什么不喜欢那个'未婚妻'，但谁知道回去以后会发生什么事，万一……"

"万一他对那个女孩'二见钟情'，不回来了……"

这句没等小陶说出来，庄俏自动脑补了一下，就觉得受不了。她一把抢过小陶的手机，看到本市飞往萧海怿家乡的航班只有一班，她毫不犹豫地买了张商务舱的票，接着飞快地抓起外套闪身离开。

商务舱的票价不便宜，小陶撕心裂肺的哀号再次响彻楼道。

不过，小陶的伤心没过多久就止住了，因为，庄俏忙中出错，出门没有带证件，无法登机，只好将机票退了。

但好消息是，她见到了萧海怿。

熙来攘往的机场大厅，两个年轻的身影慢慢靠近，卸下了所有防备与顾虑，终于拥抱在一起。

"我不愿意。"

在他耳边，她说出了自己的答案。

这个反射弧，跟萧海怿上次有一拼，杀伤力却是一样的，萧海怿整个人都要僵住了。

"我不愿意等你，但我愿意跟你一起去面对。"

对，这才是她的答案。

萧海怿脑海里飘过两个成语：虚惊一场、劫后余生。

故事从这里，正式开始。

尾声

既然庄俏无法登机，萧海怿当然不能自己走，可怜萧海慎大哥，原本是"兄弟双双把家还"，变成了"孤家寡人独自飞"。

从机场回来的路上，庄俏解开了一个小疑惑。

"我还有个问题，你那天到底是怎么知道我在哪里的？又是怎么开走我的车的？"

"我十五岁开始玩车，一把万能钥匙就搞定了。而至于怎么知道你在哪儿的……你知道追踪定位这种事其实并不难，重点是，我一直都有注意你……"

……

"你为什么一直在注意我？总不至于……那个时候就喜欢我了吧？"

"这位小姐，请你自重。什么时候喜欢你这件事，对我来讲也是个谜，不要随便往脸上贴金好吗？"

"萧海怿，我在警校的格斗成绩一直是年级第一。"

……

"优秀的你走到哪里都在发光，第一次见到你，我就被你深深吸引了。"

嗯，不错，很强的求生欲。花

樱花之久

文/韩十三 图/三夏清风

烟袋长街的浑小子

“樱七”不是一款软饮。

亦不是四月烟袋长街尽头老花树掉落的第七枚花朵。

“樱七”是一个名字。

很长一段时间里，这个名字在烟袋街代表了各种玩世不恭，各种暴烈与浑不吝。

午后，身穿一件短袖大T恤、破洞牛仔裤的樱七，叼着从周姨小超市门口冰柜里抢来的冰棍，摇摇晃晃地走向正在樱花树下拍婚纱照的一队人。先是掏出手机给他们的车牌拍了一张照，然后拍拍摄影师的肩膀，摊开手掌：“樱花树是我奶奶种的，拍了照要交钱，五十！”

他说话的口吻流里流气，不容拒绝。

在听到摄影师拒绝后，他索性掏出手机，将手机上的照片举到对方面前：“影楼的车不便宜吧？某天晚上被人划一道，五十块够不够修啊？”

于是，当天中午，樱七顺利地拿到了五十块钱。

他的手机透明壳里塞着一张二维码，一旦被敲诈者未带现金，方便扫码支付。

当然，这样的樱七也有怕的人，比如烟袋街36号独院里从部队退休的郑爷爷。喜欢穿一身摘掉领章的旧军装的他，每次看到樱七都会大吼一声：“樱七同志！”

而这个时候，本来松松垮垮的樱七立马站得笔直，大声答：“到！”

伴随着那个“到”字的尾音，郑爷爷的迷彩鞋便重重地踢在了他的屁股上：“汇报一下，今天又干什么坏事了？”

郑爷爷的脸上虽然是带着笑的，但那种笑明显与身边孙女脸上的笑不同，有种不怒自威的感觉。而孙女脸上的笑，却是一种鄙夷的感觉。

“报告首长，我早就改了。”

回话时的樱七，还忍不住用眼角的余光瞄了郑爷爷的孙女郑久久一眼，左边嘴角微微上扬，露出一个好看的弧度。

“哼，谅你也不敢！”

郑爷爷的表情就像个游戏中得胜了的孩子，把手中的布袋往樱七面前一举：“喏，拿两个，给你奶奶吃。”

郑爷爷逛市场时从来不用塑料袋，据说那只缝缝补补的军绿色布袋已经跟随他好多年，从他才当连长时就有了。

布袋里装着很多圆滚滚的橙子，还有丑得像韩冬家的沙皮狗一样的丑橘。樱七自然不会客气，在裤子上蹭了蹭手，拣了两个最大的握在手中，没心没肺地对郑爷爷大喊：“谢谢首长。”

而正欲转身离开的樱七，却被郑久久一把抓住，一下子将他手中的橙子夺了过去，重新塞回爷爷的布包，一脸嗔怒。

以全市第一名的成绩考入烟海唯一一所重点大学的郑久久一向跟樱七不睦，这是烟袋街上的居民全都知道的事情。一个是高高在上的公主，一个是灰头土脸的浑小子，两个人如果能成为朋友才是天底下最滑稽的事情。

好在对于郑久久，樱七并不生气，摸着后脑勺，咧开嘴，露出两排整齐、雪白的牙齿。

跟郑久久面对面时，樱七总不自觉地有种卑微感，这种感觉并不仅仅源于她在重点大学，而自己在技校，而是源自郑久久周身散发出来的某种气场。仔细想来，这种感觉似乎还有一点儿像草莓一样酸甜口味的美好。

握着被郑爷爷夺过来重新塞回自己手中的水果，望着爷孙两人离去的背影，樱七一时间失了神。接着，他便被一辆单车直直地撞了屁股。

“看什么呢，阿七？癞蛤蟆适当有点儿梦想是无伤大雅的，可要是整天梦想着吃天鹅肉似乎就不自量力了。”

骑在单车上的韩冬一句话把樱七重新拉回了现实，丢过来一只鼓鼓囊囊的背包，包里装着一套沾满五颜六色的油漆的肥大迷彩装。

奶奶从樱七咿呀学语时就照顾他，如今，老人家上了年纪，樱七便主动担当起了照顾家的任务。

他和韩冬报名加入了技校里一位校友组建的家政公司，而家政公司职位中收入最高的，非高空作业的“蜘蛛人”莫属。

当然，樱七趁节假日去当“蜘蛛人”的事情是瞒着奶奶的，所以，才会每次把“工作服”丢给韩冬。

韩冬就不同了，他冒着生命危险当“蜘蛛人”最主要是为了最新款的游戏笔记本，那款以性能著称，长得像咸蛋超人的笔记本电脑，他曾不止一次地去电脑城试玩过，一直念念不忘。

韩冬的父母与溺爱孙子的樱七奶奶不同，从小就秉承“男孩子就要放养”的原则，特别是在韩冬上了技校以后，对他的事情更是很少插手。

樱七拿出一只丑橘塞到韩冬手中，把剩下的那个塞进背包里，转身扫码打开了花坛边的一辆单车，跨了上去。

如果记得没错的话，今天是去帮一个高档小区粉刷外墙，据说这次干完，每人能有 2000 多块钱的提成。

“家里的老房子该彻彻底底做一次防水了。”

想到这里，樱七的嘴角不禁露出微笑，那样的话，等到雨水丰沛的夏季，他就不用和奶奶拿着瓶瓶罐罐到处接屋顶上滴下来的雨水了吧？

相忘于江湖

樱七跟一个七八岁的男孩一般见识，是在那天下午。

一向挺尊老爱幼的他，之所以跟一个孩子发那么大火，是因为那个小家伙差点儿把他害死。

当时，樱七正吊着安全绳，悬在半空中当一个勤劳、勇敢的粉刷匠，无奈半空中的风大些，牵引绳拉着他屁股下面的小凳子不住地撞击着墙壁，发出“咚咚”的声响。结果，这响动影响了 17 层独自在家看动画片的男孩。他先是推开窗子朝樱七大喊一声，还往下泼了一杯水。樱七恶狠狠地瞪了他一眼，看到男孩缩回了脑袋，本以为他是怕了自己，结果，等他感觉到安全绳有规律地颤动，再次抬头看时，差点儿被吓得魂飞魄散——刚才缩进屋子里的男孩，此刻正拿着一把小刀子，卖力地割着樱七头顶的安全绳。

后来，要不是正好在男孩家楼层上方的韩冬在听到樱七的惨叫后，及时从天而降，一下子踢关了窗子，狠狠地夹了那男孩的手臂一下，樱七恐怕已经凶多吉少了。

于是，那天下午，心有余悸的樱七在那个小区里猫了很久，傍晚，在男孩的奶奶带着男孩去小区游乐场玩时，他以雷霆万钧之势冲上前去，不由分说地从对方手中夺下变形金刚，摔了个粉碎。

是的，他承认，小孩子是没有是非之分的，他们的年龄还不足以让他们做出正确的判断。

所以，身为大人，一定得帮他做出抉择，让他牢牢记住这一刻。

然后，樱七就被老奶奶挥舞着痒痒挠赶出了小区。

他和韩冬狼狈地冲出小区时，恰巧遇到了郑久久。

直到那一刻，樱七才得知，原来每到周末就会到老城区看望郑爷爷的郑久久是住在那里的。他听说过郑久久的爸爸自己做生意，但没想到会那么有钱，据说，那个小区光是物业费，就跟其他地方的租金差不多。

樱七打了一个趔趄，拉住韩冬，对着迎面走来的郑久久呵呵傻笑，郑久久冷冷地剜了他一眼，转身走进一旁的便利店。便利店巨大的玻璃幕墙上，倒映出郑久久好看的碎花连衣裙，擦得一尘不染的黑色小皮鞋，以及樱七那套沾满涂料的迷彩装，那一刻，樱七觉得他们两个人之间的距离似乎变得更加遥远了。

“看什么呢？快跑啊，追上来了！”

在被韩冬猛拽了一下后，樱七回过神来，在老奶奶的痒痒挠成功挠到自己屁股之前，他跟韩冬一前一后，闪进了旁边那条逼仄的，开满红白两色蔷薇花的小巷。

小巷尽头的拱桥边，韩冬将一根冰棍递到樱七面前，坐在台阶上，跟樱七一起抬头望向被柳条割成一缕缕的夜空，长长地叹了一口气：“别想了，阿七，其实这个世界本来就不是完全公平的，谁都无法选择自己的出身……”

虽然韩冬没有明说，但意思樱七了解，其实就是在说他跟郑久久永远不可能成为朋友。

在他出生的前三个月，爸爸因为一场洪水变成了桌子上一张单薄的遗像。随后，妈妈也因为承受不了生活的巨大压力，选择离他和奶奶而去。

事到如今，他对妈妈都没有丝毫怨恨，能让一个突然间失去了丈夫，带着孩子和婆婆的弱小女人怎样呢？毕竟，她选择离开的时候，把爸爸的抚恤金全都留给了奶奶。

想到这里，叼着冰棍的樱七苦笑一下，双手撑在背后伸了一个懒腰，顺便对着路过的美女吹了一个口哨。对于他这个叼着冰棍吹口哨的异能，韩冬百思不得其解，最终也只能感叹——有些人生下来就是有某些天赋的。

“对了，郑爷爷跟你说的事你想得怎样了？这眼看就快要毕业了！”

对于韩冬的问话，樱七没有正面回答，而是长长地舒了一口气，摇了摇头。

奶奶是死活不愿意让自己去当兵的，纵然郑爷爷认定樱七是个当兵的好苗子，还答应樱七会在他去当兵时，让自己的警卫员帮忙照顾奶奶。郑爷爷曾信誓旦旦地跟樱七保证过，只要他愿意去当兵，一退伍，就能帮他找到很好的工作，但是樱七始终没有答应他。

“要不说你傻呢，你知道老郑有多厉害吗？他原来可是大领导。要不然，怎么可能退休了还给配警卫员呢？”

面对韩冬的质问，樱七不想为自己辩白，只用一种低到似乎只有自己能听到的声音自言自语：“也许，有些人生来就只能生活在井底，而不在江海吧。”

讨厌下雨天

樱七再次看到郑久久时，学校里已经开始组织实习了，像他们这种学机电的家伙，是要一整年在厂子里度过的。

当时，他正跟韩冬在二楼闷热的厂房里，汗流浃背地调试一台铣床。

“快来看，董事长的迈巴赫！”

也不知道是谁先喊了一声，樱七抬头看时，人群已经呼啦一下围到了窗边。

“迈巴赫哎！”韩冬猛地把扳手扔在操作台上，跟着人群跑了过去。等樱七慢悠悠地挪到窗边时，那辆巨大的轿车已经在对面的办公楼前停稳，一个穿着烟灰色运动装，穿着一点儿都不正式的中年男人正从车里下来，跟在他身后下车的，是一位跟樱七年龄相仿的女孩。一开始，樱七只是觉得女孩的背影似乎有些熟悉，但没有多想。半个小时后，当董事长带着女儿来看望厂房里新分来的员工时，樱七才恍然大悟，那个乖顺地站在董事长爸爸身旁，下巴微微扬起的女孩，可不正是郑久久？

夏日猛烈的阳光从窗外射进来，使人无处遁形。

那一刻，身上沾满油污的樱七心中有两种想法激烈地碰撞着，要么找个地缝钻进去，要么再弄些机油把自己彻底涂黑。

他下意识地往韩冬身后躲了躲，只听见韩冬从牙缝里挤出几个字：“别躲了，早就看见你了。”

是的，跟在爸爸身旁的郑久久早就看见了自惭形秽的樱七。

她穿了一身网球装，更显得身材姣好，高高在上。看样子，领导只是顺便到厂子里看一看新来的员工，说不定，一出厂房就会跟女儿奔赴某家高档的网球会所。

樱七的眼神由上而下，渐渐地缩回到地面上，紧盯着自己那双沾满油污的工鞋，突然觉得时间变得好慢。

他听见了董事长跟其他人的寒暄客套，听见了组长字字句句的恭维，嘴角泛出一个冷笑。

接着，他居然听见董事长叫了自己的名字：“顾樱七，哪位是顾樱七？”

他简直不敢相信自己的耳朵，他想，一定是郑久久在她爸爸面前说了自己的坏话，这位董事长迫不及待地想要清理门户了。也罢，早就不想在这种地方多待一秒了。

“快去啊，董事长叫你呢。”

在被韩冬猛推了一下后，樱七只能极不情愿地上前几步，站到郑久久父女面前。那天的樱七摆出了一副无所畏惧的架势，那样的话，起码可以留下最后的尊严——“死得其所”。

可令人万万没想到的是，那天的郑爸爸居然特礼贤下士地拍了拍他的肩膀。

要知道，当时樱七的工装上沾满了机油，而他却一点儿也没嫌弃。他的眼神不像是在看一名不听话的“刺头”员工，而是充满鼓励。

“好好干！”

说完这句话，郑爸爸便“唰”地回转身，快速走出了那间因这一系列动作而变得一片死寂的厂房。

樱七记得清清楚楚，走到走廊尽头的郑久久是回身向这边看了一眼的，那一眼也满满都是疑惑。很明显，她也想不明白，爸爸为什么会那样对待樱七。

想来，樱七也就是在那一刻决定离开郑爸爸的工厂的。他敢确定，一定是郑爷爷在儿子面前打了招呼，自己才会得到这种“如芒在背”的特殊照顾。让他感到无比郁闷的是，自己生活中仿佛时时处处都有郑家人，特别是郑久久的存在。

调试结束的机器轰隆隆地转动起来，站在窗边的樱七看见那辆迈巴赫的车尾灯消失在工厂大门外，苦笑一下，伸脚踢了踢正聚精会神盯着主控屏的韩冬：“我要申请换实习工厂了。”

听了他的话，韩冬伸了个懒腰，仿佛早就想到了似的，脸上没有丝毫惊讶的表情，只是轻轻地点了点头。

随后，韩冬才想起什么似的劝道：“你没觉得郑总挺器重你的吗？反正我觉得现在离开挺可惜的。”

从小到大，除了奶奶之外，韩冬可以说是最了解樱七的那个人了。但他不了解，当樱七脏兮兮地站在郑久久面前时心里到底有多窘迫，感觉多一无是处。

没等樱七回答，韩冬便捶了一下他的肩膀，大咧咧地笑道：“无论你做什么样的决定，我都支持你啦，索性，我也跟你一起申请，反正董事长又不看好我。”

事实上，樱七和韩冬申请调离的方式挺特别的，短短不到两个月的时间，这两个“大迷糊”居然调坏了三台机床，生产出一大批规格不达标的瑕疵品。他们本以为车间主任会暴跳如雷，把这件事汇报给董事长，然后让他们两个卷铺盖走人的。可是，想象中的“判决书”却迟迟没有下达，迎来的却是一纸调令，把两个尚在实习、尚未毕业的学生调到了集团内部工作最清闲，待遇却最好的人事部。

韩冬断定，他是沾了樱七的光。

他曾信誓旦旦地告诉顾樱七：“像郑北城这样手眼通天的家伙，肯定知道我们两个人的关系，为了讨好你，肯定也顺便送我个人情喽。”

一系列接踵而至的变化，让从小就看惯别人白眼的顾樱七一头雾水，如果仅仅是因为郑爷爷的一句话，那郑北城未免也太孝顺了点儿吧？

这样想着，他忍不住看向镜子里那个穿着白衬衣、打着领带的自己，他听见身旁正一丝不苟地打着领带的韩冬半开玩笑似的对自己说：“说不定某天郑北城吃错药，把集团总裁的位置送给你呢，到那时，你跟郑久久就真是一个世界里的人了。”

他说：“你抽空去陵园的墓地看看，看看你爸坟头上是不是冒了青烟。”

樱七狠狠地瞪了韩冬一眼，韩冬连忙轻扇了自己几个嘴巴：“忘了，忘了，不该提你爸。”

爸爸的死，是樱七心目中永远不敢碰触的伤痛，如果不是因为十八年前的那场大雨，他们一家人应该还幸福地生活在一起吧？

也许，这正是顾樱七从小就讨厌下雨天的缘故。

樱七中了“七伤拳”

老城区里的夹竹桃和桂花一起盛开的时候，雨季就到了。

彼时的顾樱七已经不再是当初那个街坊们处处提防的坏少年，他从柳婶的小卖部门口经过，第一次主动掏钱买了摆在柜台上的桂花糕。要在以前，他肯定是趁柳婶不注意，拿起桂花糕塞进嘴巴里，撒腿便跑的。

然而，退休军人郑爷爷看到樱七后，还是会一如既往地大叫他的名字。

满是桂花香的巷子里，樱七在一株巨大的夹竹桃树下双腿并拢，直挺挺地站定，等待着首长的下一步指示。

“听说你小子在厂子里做得不错哦，继续发扬不怕苦、不怕累的精神，争取扩大战果！”

说话间，精神矍铄的郑爷爷伸腿踢了踢顾樱七的右脚尖，他的这个“稍息”做得不标准。

看样子，郑北城没跟他老爸说实话，他要是告诉老爷子顾樱七根本就是在找碴被开除，恐怕郑爷爷那套练了几十年的军体拳早就在顾樱七的身上开练了吧。顾樱七曾亲眼看见年过花甲的他，把两个偷电瓶的小贼打得抱头鼠窜。

看着郑久久，顾樱七给郑爷爷使了一个眼色：“首长，能不能借一步说话？”

等不由分说地将郑爷爷拉到巷子的拐角后，顾樱七鼓足勇气说出了心中压抑很久的那句话。

他说：“首长，能不能让您儿子找个理由把我开了啊？韩冬可以留在那里，他倒是挺喜欢那份工作的。”

“怎么，你不喜欢？”

顾樱七的眉头皱成一团：“倒不是喜欢不喜欢，只是……”

仿佛看出了樱七的为难，行事果断的郑爷爷索性打断他的话：“两个选择，要么去当兵，要么留在北城的公司。”

到底还是被将了一军，樱七无奈地耸了耸肩，逃也似的向着自家的方向跑去。但令他意外的是，在经过郑久久身旁时，郑久久居然破天荒地叫了他的名字。

“樱七！”

顾樱七触电般地定在原地，回身看着郑久久。在她的身后，一棵粉红色的夹竹桃开得正好，阳光自远处高楼的夹缝中投射下来，给她的周身镀上了一层香槟色的光环。

顾樱七指了指自己的鼻子：“你叫我？”

郑久久微微一笑，点了点头。

那还是郑久久第一次对樱七笑，所以顾樱七多多少少有点儿不相信自己的眼睛，再三确定那并非以往的冷笑后，才犹豫着上前一步，眼神游移到郑久久侧面的红色消防栓上。

“以往是我不对，跟你道歉。”

郑久久接下来的这句话，让顾樱七有种中了武林高手“七伤拳”的感觉，要不然怎么会在视觉和听觉上都出问题了呢？

“你……”

顾樱七的不解尚未说出口，对面的女孩已经大步流星地向着背后的郑爷爷走去，除了怔怔站在原地的顾樱七，空气中只留下郑爷爷的那句“你好好想想，不当兵可惜了”！

大雨与大鱼

顾樱七确定郑家人是有事瞒着自己了，要不然，平日里郑爷爷干吗那么照顾他和奶奶，郑北城又干吗对自己那么包容？

他知道，当年爸爸曾是郑爷爷的兵，但爸爸是因公牺牲，而且当时部队给了一大笔抚恤金。身为首长的郑爷爷早已仁至义尽，如今看来，倒有些画蛇添足了。

不过，让顾樱七感到惊喜的是，以前从不愿正眼看自己的郑久久似乎也发生了很大的变化。某个小雨淅沥的周末，一向跟樱七不对付的她，居然亲自给顾奶奶送来了郑爷爷钓的鲤鱼。

可能因为出门时还没有下雨，没带伞的郑久久头发被打湿，站在老房子门外叩响了房门。

屋子里，正在跟奶奶同心协力对付多处漏水的樱七，在打开房门的一刹那显得那样窘迫，那样手足无措。想起郑久久所在的高档小区，再看看身后破败不堪的老房子，顾樱七突然不知道到底该不该把她请进屋里。

可郑久久反倒很自然地闪了一下身，走进屋子里，顺手将那两条大鲤鱼挂在门把手上："爷爷今天刚钓的，给顾奶奶送两条。"

郑久久漫不经心地说着话，一边应付着顾奶奶的客套，一边目光四下游移，最终停留在顾爸爸的遗像上。

"是顾叔叔吧？"

顾樱七连忙点头，上前一步，将遗照反扣在桌子上。

每到雨季奶奶都会把爸爸的照片翻出来，一遍遍地向并没有见过亲生父亲的樱七絮叨："那年，你爸爸就是被一场大雨带走的。"

似乎，只要她某一年忘了絮叨，就没有人再记得这个儿子似的。其实樱七觉得自己跟爸爸是没有多少感情的，毕竟两个人都没有见过。

郑久久把目光收回，重新落到局促不安的樱七身上。

窗外的雨越下越大，丝毫没有停下的意思，看样子郑久久是要等雨停以后才走，这种情况下，樱七没理由也不情愿将她赶走。从瓦缝里渗下来的雨滴，一滴滴打在郑久久的脚尖前面，水珠飞溅到她的裙裾上。顾樱七赶忙拿起摆在门边的雨伞，撑开来，举在她的头顶。

这一系列动作逗得郑久久"咯咯"笑了起来，她还是第一次看见在屋子里打伞的家伙，何况自己早已淋湿，那一点儿水珠无足挂齿。

她抬起头来，第一次认真地打量着眼前这个瘦削的男孩，某一瞬间，似乎突然就不再讨厌他了。

她想起了那天爸爸告诉自己的事情，如果没有那场洪水，现在的樱七应该跟其他同龄孩子一样，还在父母的呵护下，坐在某所大学明亮、干净的教室里吧？这样看来，他倒是可怜的，值得同情的。

"顾樱七。"

郑久久轻轻地叫了一声，对方却条件反射似的打了一个立正："到！"

这一次，郑久久笑得更大声了，她缓缓地站起身来，看着樱七平视前方的双眼，像爷爷一样命令道："军姿三分钟。"

郑久久就是在樱七像根木桩似的戳在那里站军姿的时候，夺过他手里的雨伞冲进门外的大雨里的。

房檐上的雨珠落在门外的水洼里，荡起一层层的涟漪。

顾樱七定定地站在那里，在心里默数着数字，他突然觉得自己好傻，却傻得有些心甘情愿。

他听着外面郑久久踏着水的脚步声越来越远，心想，她把我家雨伞带走了，下次找她要伞的时候，又能再见面了吧？

全世界唯一的甜柠檬

其实，郑爷爷早就在军区大院里给樱七他们家申请了一座公房。

可是顾奶奶却死活不愿意从老房子里搬出去，后来，郑爷爷只好把那座公房租了出去，每个月把租金如数交到樱七手上，让他补贴家用。

他告诉樱七，那是樱七应得的，是顾爸爸用命换来的。

当年大洪水袭来时，要不是顾樱七的爸爸开着装满土石方的大卡车义无反顾地冲下决口，恐怕烟海城三分之一的居民都要遭殃，都要无家可归。

对于这件事情，顾樱七没有为爸爸感到丝毫骄傲，反而觉得他有些自私，毕竟是他的选择导致自己变成了一个遗腹子。如果现在可以选择的话，他倒希望那场大水最终冲垮了整座烟海城。至少，彼时尚在腹中的他，能和家人一起永沉水底，永不分开。说不定，能变成三条自由自在的鱼儿呢，朝朝暮暮，相守于江海。

他没有爸爸的觉悟，他受够了将近二十年来身为孤儿的不公与白眼。

冷气开得很足的办公室里，对面的韩冬又在玩游戏了，而顾樱七却利用网络帮公司搜罗着各种资料，他不想欠公司太多。

毕竟，郑家人为他家做了太多太多。就算他们所做的正如韩冬所说，仅仅是举手之劳，但对于樱七来说已是莫大的恩惠了。

这些恩惠，让樱七有种莫名的焦虑。

很多个夜晚，他甚至已经决定答应郑爷爷的要求去当兵，远远地离开烟海了。可是第二天，当他看见奶奶老态龙钟的样子，便打消了这个念头。

他只能让自己拼命工作，最大限度地减少对郑家人的亏欠。

可是，郑家人的人情仿佛永远也还不清。

雨季刚刚过去不久，从孙女口中得知樱七家老房子状况的郑爷爷，居然找来了一个施工队，并且由郑久久负责监工，趁樱七上班时，帮他们家整修了房子。

那天傍晚，当樱七和韩冬骑着单车回到老城区时，老房子已经换上了新瓦，就连从房门到院门的小路也铺上了崭新的地砖。而彼时的郑久久在干什么呢？头戴一顶黄色安全帽的她，正站在高高的脚手架上，将因为方才施工顺到一旁的紫藤重新搭上房顶。

身旁的韩冬按响了铃铛，还冲着高处的郑久久吹了一声口哨。阳光打在郑久久白皙的脸上，她眯起眼睛看向这边的样子让顾樱七不敢直视。

樱七把单车停好，郑久久也已经将紫藤收拾妥当，正当她兴高采烈地爬下脚手架，准备到樱七面前邀功时，却一下子踏空，尖叫一声，从脚手架上跌了下来。

那一次，下意识地冲上前去想要接住郑久久的樱七犯了一个错误，他不该正面抱住郑久久的。要不然，怎么明明是救人，最后得到的回报却是左颊上响亮的一巴掌呢？

捂脸站在原地的顾樱七，看见身旁的韩冬已经笑弯了腰，而郑久久渐渐消失在街角的背影是那样怒气冲冲。他甚至有点儿担心，不久后郑爷爷就会派一个警卫连来把自己抓走。

好在，被“冒犯”的郑久久似乎没有向“首长”打报告。

两天后她甚至亲自来参加了顾家老房改造工程的验收，彼时的她穿着一条牛仔短裤，双腿修长好看，脑后高高扎起的马尾辫每走一步都会左右摇晃，让整个人显得更加俏皮可爱。

一切妥当以后，她双手叉腰站在顾樱七的面前，很有成就感地对他说：“怎样？雨季再来时，你和奶奶再也不用手忙脚乱了。”

她说话时的语气显然早已忘记了两天前被“冒犯”的事情，她甚至用指尖轻轻点了点顾樱七的肩膀，笑着宽慰带着一脸亏欠表情的他：“不用说‘谢谢’，顾樱七，记住哦，这一切都是你应得的。”

她说话的样子就像是一个樱七等了好久好久才终于降临凡间的天使，就像是长久的暗夜里终于出现的星光，就像是全世界唯一的一颗甜柠檬。

顾樱七看着改造一新的老屋，屋子侧面，那棵巨大的桂花树开满了米粒大小的黄色花朵，香气弥漫半座城市。

对面躺椅里，摇着蒲扇的奶奶又在跟着收音机哼唱昆曲了。

许久，他才鼓起勇气问道："郑久久，你以前不是很讨厌我吗？"

郑久久被问得一愣，歪着脑袋看着他，笑容渐渐从嘴角的梨窝处蔓延开来："突然发现你这个人其实也没那么讨厌，还是可以做朋友的，不成吗？"

她没有留给顾樱七再次反问的机会，说话间，已经转过身，朝着不知什么时候已经站在大门口的郑爷爷走去。

倒背着手的郑爷爷似乎也对孙女监造的工程很满意，笑着摸了摸郑久久的脑袋："任务完成得不错，口头表扬一次！"

你来听我的演奏会

郑久久和顾樱七成了朋友。

这跟每天下午下班，都会到公司楼下的彩票店里买一张彩票的韩冬终于中了十块钱是一样的概率。

所以，顾樱七有点儿分不清到底是韩冬太倒霉，还是自己太幸运了。

反正，他最终把这一切归结为——二十岁之前把一辈子的霉都倒完了，剩下的就只有幸运了。

当他每天下班骑车回家都会情不自禁地吹起口哨，当他坐在公司的餐厅里吃着饭，会猛然间傻笑出声时，韩冬就觉得他似乎有些危险。

虽然顾樱七已经参加工作，郑久久也是名大学生，两个人早已过了青春懵懂的年纪，可是现在看来，顾樱七似乎忘了博大精深的汉语里，除了有"青春懵懂"之外，还有另外一个成语"不自量力"的存在。

要不然，当郑久久以朋友的名义邀请顾樱七去参加她在大学里举行的个人钢琴演奏会时，他怎么敢轻易答应呢？

去就去吧，为何还要在小礼堂里跟别人打架？

打就打吧，还偏偏跟一个体育生打。

就算那个体育生在罔顾秩序跳上台去给郑久久送花之后，非要跟郑久久来一个熊抱的要求很过分，就算坐在前排的顾樱七能清楚地看见郑久久很反感，一直在推那个男生，从小当惯了"小混混"的他难道就不懂得权衡一下力量差距吗？

于是，等他冲上前去，一把将那个体育生推开后，果然就被KO（击倒）了。

起哄声、口哨声此起彼伏的昏暗礼堂里，聚光灯直直地打在苦于招架的顾樱七身上，虽然郑久久一直在喊"不要打了"，但那个可恶的家伙，却还是当着几百人的面，在樱七的屁股上踹了两脚，以此来羞辱他。

那个体育生在向台下走去时，甚至像电影里获胜的角斗士一样，扬起手臂恬不知耻地向台下要掌声。

这一点，彻底激怒了顾樱七，他挣扎着从聚光灯下站起来，大吼一声，猛冲向那名体育生，抱着他一起跌下了舞台。

其实，舞台还不到一米高。

但被他抱着跌下台去的男生，左腿恰巧撞到了那一排射灯的尖角上。

瞬间血流如注，当冷静下来的人们拨通报警和急救电话时，一切都已经晚了，躺在地上蜷缩呻吟着的男生，再也不能从地上站起来。

而当赶上前来的郑久久，看见一道长长的血痕布满樱七的脸颊时，"哇"的一声就哭了。

顾樱七和体育生一起被医生带走时，跟泪流满面的郑久久说了唯一一句，也是最后一句话："不要告诉我奶奶，就说你爸派我去出差了。"

剩余的话不必多说，郑爷爷自然会把奶奶照应好。

救护车闪烁的警示灯映亮了郑久久的脸，她一遍遍地跟顾樱七说着"抱歉"，说如果没有邀请他来，就不会发生今天的事情。

然而，仰面躺在担架车上的顾樱七只是笑。

其实，在被医生猛地推上车时，他是伸了伸手的，可惜，最终也没有碰到郑久久的指尖。

他努力抬起头，透过后车窗看见郑久久一直追着救护车跑个不停，停在某个路口的榕树下，恨恨地跺了一下脚，蹲在地上，哭了。而紧闭的车门把两个人隔在了两个不同的世界。

那一天，顾樱七最难过的是——郑久久在演奏会上弹了那么多首好听的曲子，他却没有一首能够叫得上名字。

你我之间 一面墙

半个月的住院期对樱七来说并不算长，却又仿佛穷尽了自己的一生。这期间，他砸坏了医院洗手间三面镜子，都是郑爸爸默默付了赔偿金。

顾樱七永远记得郑爸爸带女儿来看望自己的那个深秋的午后。

因为，那一天郑爸爸给他讲了一个故事，而彼时的他一直侧身背对着郑家父女，装作在熟睡的样子。

他告诉顾樱七，很多年以前，当他还在部队当连长的时候，烟海城遇到了百年一遇的洪水。为了避免海堤决口，必须有两个人开着两辆装满土石方的卡车冲向决口，再及时跳下车来。那一天，当他和身为指导员的顾爸爸一前一后开着两辆卡车靠近决口，看见车前汹涌的洪水时，却犹豫了。他在车子冲进决口的前一秒踩下了刹车，瑟瑟发抖地跳出了驾驶室。而被前一辆卡车堵住去路的顾爸爸，最终大吼一声，猛踩油门，把那辆停下的卡车撞下了决口。严重变形的驾驶室卡住了他的左腿，顾爸爸和一整车土石一起沉入了海底，再也没有上来。

顾樱七猜想，当初，郑久久肯定也是因为听到了这个故事，对自己的态度才会发生那么大的改变吧。

郑爸爸的哽咽，一如他背后窗外的秋雨。

懊悔不已的他告诉顾樱七，自己一直不敢提起当年的事情，转业后拼命工作，并自己出钱买下了军区家属院的一套房子，让郑爷爷找关系以部队的名义分配给顾家人。这期间，他从来没敢到顾家老宅看一眼。

直到后来，他千方百计地把顾樱七招进自己公司，才发现，他已经跟当初那个奋不顾身的指导员长得那么像。他说，十几年来，他总是会梦见当年的情形，总是在凌晨猛然间从床上坐起来，把自己关在房间里，像个孩子似的号啕大哭。

他和郑爷爷、顾奶奶商量好暂时不把事情的真相告诉顾樱七，是因为害怕彼时一身“痞气”的顾樱七仗着父亲对自己家有恩，而彻底变成一个只知伸手要钱的无赖。要知道，当初的顾樱七可是连在樱花树下取景的摄影师都不放过的。这也是郑爷爷那么想让樱七入伍的缘故，他希望部队能够好好将他改造一番。

站在爸爸身旁的郑久久红了眼圈，她望着顾樱七的背影，犹豫许久，却只说了一句话，她说：“顾樱七，我等你好起来！”

红了眼眶的顾樱七依然不回头。

他听见病房门轻轻关上的声音，拳头重重地砸在白色的墙壁上，他对着背后的虚空，轻声说了句“再见”。

有些花朵 不结果

次年4月，郑爸爸为顾樱七准备了一场盛大的洗尘宴。

宴会几乎邀请了顾樱七认识的所有人。

而樱七却没有去。

他甚至托韩冬告诉樱七，他已经帮樱七报了一个MBA（工商管理硕士）进修班，老师全都是烟海城有名的教授或者企业家。他断定，聪明的樱七不久以后就能成为自己的一名得力干将。

樱七只是低头拨弄着郑久久前一天送给自己的最新款手机，细心的她已经把很多人的号码帮他存进了通讯录里。她在手机里存的自己的名字是——“樱花之久”。

樱花只开花，不结果。

据说从枝头跌落的速度是每秒七厘米。

所以，有些美好，注定不会长久。

所以，当郑久久来送手机时，他才会不顾一切地把她挡在院门之外吧。用后背牢牢抵住院门的樱七听见了郑久久的哭喊，却只能仰起头看向那些遮天蔽日的紫藤花。最终，郑久久只能把手机放在门外的台阶上，默默离开。她走之前曾信誓旦旦地对他说："顾樱七，一切都会好起来的……"

顾樱七在出院后第三天，以人事部一位小领导的名义去公司报到后，直接冲进了董事长办公室。

他穿着短裤、板鞋，嘴里叼了一根牙签，脸上那条丑陋的、长长的疤痕吓得前来阻拦的小秘书退避三舍。

这个流里流气的造型，是他结合各种混账电影，绞尽脑汁一晚上才想好的。

他以爸爸的牺牲为要挟，开口就是一百万。

如果当时郑北城再勇敢那么一点点，爸爸就能成功地从驾驶室里跳出来了吧？

他知道一百万对于郑北城来说根本不值一提。

对面的郑爸爸虽然一脸的内疚和失望，但最终还是签署了支票。

他张了张嘴，想要劝顾樱七几句，却被后者鲁莽地打断："放心，以后再也不会来打扰你了。"

顾樱七吊儿郎当地走出办公室时，还听见郑爸爸大声地对他喊："樱七，我要说的不是这个！"

他站定脚步，深吸一口气，冷冷地回敬他："那就什么也不要说！"

一楼大厅里，他还抄起一把椅子，砸碎了那面巨大的穿衣镜。

他想，这样的话，郑家就不会再觉得欠他什么了吧？

他看着手中那张轻飘飘的支票，扬了扬嘴角，苦笑一下，眼圈却红了起来。

春天到来的时候，这世界上总有很多很多花要争先恐后地开放的。

春天到来的时候，也总有很多花，明知不会结果仍然盛放。

樱七是一款饮料

8月。

顾樱七的小小冷饮店开业了。

在远离烟海城的一座陌生小城，在一片被欢笑声淹没的海滩。

他花了很多钱，租下了一座小小的铁皮屋，还在店铺的外面撑起了一顶巨大的凉棚，那样，凉棚下的奶奶就可以躺在那张旧躺椅里，摇着蒲扇听昆曲了。

他依旧用着郑久久送的手机，却换了新的号码。

他皮肤被晒得黝黑，极有耐心地向每位客人推荐自己发明的一款软饮——樱七是一款冷饮。

偶尔，空闲下来的他，也会坐在凉棚下面，回想起自己和奶奶从烟海城"出逃"的那个夜晚。

彼时的他，将一封信留在老屋里。

他相信，第二天来叫他一起去上班的韩冬会把那封信交到郑久久手中。

其实，那也不算是一封信。

那张摁了自己和奶奶手印的信纸上，只有一张房屋赠送合同。

老房子和军区大院里的那套房子是要一并赠给郑家的，顾樱七查房屋买卖资料时仔细核算过，两座屋子的价值加起来，应该能够还清一百万。

既然爸爸做出那个决定的时候，从来就没想过任何报答，那些补偿，就算了吧。花

岁岁平安，生生不见

文/陈 烬　图/高梦雪

一

“三，二，一！”随着主持人激情的倒数，联合广场中央的圣诞树瞬间被点亮，璀璨的华灯流光溢彩，金发碧眼的人们欢呼拥抱，整个广场都洋溢着节日的气氛。

顾橙在W市独自旅行的第五晚，正赶上圣诞点灯仪式。

可她向来对热闹提不起兴致，独自坐在偏远的石凳上，瞥见圣诞树顶原本暗淡的金星开始闪闪发光。眼前忽然晃过一个人影，她定睛一看，是个五官俊朗的亚裔青年，轮廓有些说不清的眼熟。

见顾橙的眼光正朝向自己，他窘迫地开了口：“不好意思，打扰一下，美丽的小姐，我的钱包丢了，现在身无分文，请问能借我两美元买张地铁票回家吗？”

他的英音温柔好听。顾橙一怔，随即脑子里就跳出“骗子”二字，正想婉拒，青年又递上一张类似证件的卡片，言辞恳切：“小姐，如果你不放心的话，这应该可以证明我的身份。”

异国街头，又是孤身一人，顾橙并不想跟陌生人有太多纠缠，借着昏黄的路灯，她下意识瞧见了证件上第一栏的英文字母，稍稍放下心来，Francis Wei（人名），看样子还是个同胞。

“抱歉，我身上……”顾橙的话刚讲了半句，广场的另一端突然爆发出剧烈的骚动，紧接着空气中传来尖锐的金属声和低沉的爆鸣。一切都猝不及防，几个高分贝的英文单词随着四下乱窜的人群落入她的耳膜。

“Run（跑）! Run! Someone is shooting（有人射击）!”

顾橙的神经瞬间高度紧绷，她迅速地环顾四周，视线里都是慌不择路的市民。子弹的来源看不清，却不时有人痛苦地哀号倒地。若呆站在原地一动不动，正好成了枪手瞄准的靶子，若混在人群中或许还有一线生机。

电光石火间，顾橙下定决心，身旁的青年却还没有反应过来。她毫不犹豫，一把拉过他的手，用尽全力吼了一声：“跑！”

流弹落在脚边火光四溅，不断有倒下的伤亡者，声嘶力竭的呼救声此起彼伏。

当务之急是先寻找隐蔽物，顾橙一眼扫到左前方闪光的招牌和旋转门，她给青年使了个眼色，对方很快会意，两个人拼命地往那个方向奔去。

耳边依旧是爆竹般密集的枪声，距离店面就差几步，青年却不慎被碎裂的玻璃瓶绊了一个趔趄，整个身体匍匐下来。

千钧一发的时刻，顾橙猛地一推，让他安然无恙地进了店门，自己的左臂却传来剧痛，有湿漉漉的液体顺着衣袖往下淌。

顾橙双眼发黑，似乎有模糊的声音在喊自己，她想应一声，却提不起力气，眼前缓缓出现了好久不见的影子。

这一次我做到了。她如释重负地把眼睛合上，昏昏沉沉地坠入深渊。

二

顾橙意识再度清醒时，人已坐在医院的长椅上，肩上不知何时披了厚实的毛毯，整个身体的重量也压在旁边人的肩膀上。

她的脸红了红，轻轻挣扎了一下，敏感的痛觉神经让她的眼泪夺眶而出。

疲倦的青年很快察觉到她的动静，抬起头来见她泪水涟涟的模样，一下慌了神，将她的身体扶正，说了一连串的“Sorry（对不起）”。

顾橙反被逗笑，劫后余生的惊喜让她放下戒备，主动叫起了证件上的英文名：“Francis，我叫顾橙，C国人。”

“你可以叫我魏叙，”他的中文有些生硬，却还是坚持着讲下去，“这是我的中文名字。”魏叙自然地拉过她的右手，在手心里写了一个“叙”字。

魏叙用英文向她解释了伤口的事，子弹从手臂擦过，不过血流得有点儿多。医院伤者太多，暂时没有床位，这才让她先在走廊上休息。

“你是我的……”魏叙又切回中文，磕磕绊绊地说了半句话后，一字一顿地说出“救命恩人”四个字来，末了又眉开眼笑地补充道，“My Luck Fairy（我的幸运仙子），我会好好报答你的。”

“以身相许吗？”顾橙见他有趣，也情不自禁地开了玩笑，魏叙却一脸茫然，这个四字成语显然超出了他的中文水平。

医院很快腾出了床位，让她住了进去，魏叙言出必行，甚至搬出了母亲小时教的“滴水之恩当涌泉相报”的古话。不许她下床碰水，水果削好切片再递给她，还变着法地做中餐带来。

魏叙对遥远的东方故土充满好奇，将她当成了故土通，时常缠着她打听各种逸事。从小在西方长大的他，习惯不吝言辞地夸奖顾橙，目光里又是毫不掩饰的崇拜，让她心神摇曳。

一切都刚刚好，除了整夜纠缠她的梦魇。

“见死不救的人渣……玷污C国的土地……凭什么……你还活着……”

许久未出现过的噩梦里，破碎的字句像潮水般卷土重来，让顾橙呼吸困难，也许是相似的画面触发了尘封的记忆。

医院让顾橙压抑，好在她的伤势也渐无大碍，于是她提出了出院的请求。

魏叙听她说完出院理由，长眉蹙了蹙，露出一副“一个人怎么可以乱跑”的神情，却又像突然想到了什么似的开了口。

“你想出去透透气，那我陪你去我所在的城市看看，很安静的地方，也很适合休养。”

他递上那张当时没来得及让她看清的学生证，证件上的男孩笑得一脸阳光。

犹他大学？顾橙的瞳孔剧烈地收缩了一下，耳边与此同时响起了魏叙温润的声音：“这几天光缠着你说C国的事，都没有跟你好好介绍自己。我的大学在Y市，主修社会学。”

见顾橙突然沉默，魏叙只当她是担心陌生环境里的安全问题：“放心吧，Y市是犯罪率极低的城市，不会再有枪击案发生，除了……”他顿了一下，怕顾橙听了

平添担心，就没再往下说。

看着眼前男孩期待的眼神，顾橙轻轻地说了声“好”。

魏叙帮顾橙在老城区找了间民宿，古旧的街道，出门便是姗姗的金黄落叶，很有A国小镇静谧的味道。

然而魏叙错误地估计了形势。感恩节放假，商店歇业，交通停运，步行了一个小时到达的景点又被告知关门，两个人在空旷的街道上面面相觑，终于忍不住大笑出声。

魏叙只好带她参观校园，可校园里也空空荡荡，只有高大的梧桐木衬着澄澈的蓝天，顾橙蹑手蹑脚地到前方追松鼠，想起身后的他，便回眸拆台道：“我一直很好奇，当初连两美元车票钱都拿不出的你，是怎么为我付的医药费？”

她本顾忌着A国医院的消费不愿住院，魏叙却告诉她医药费他出了，让她安心。

“其实我当初是在做社会学实验，正好缺乏亚洲的样本，才找上了你。”魏叙解释着，不经意地举起手机，屏幕上映出女孩好看的笑靥。他小心翼翼地点了保存：“后来你救我的时候连性命都不顾，对你就没有测试的必要了。”

他快步走到她身边，眼睛里亮晶晶的：“我相信你，在危急关头一定会施以援手，就像当初对我一样。”

顾橙还来不及回答，肚子先不合时宜地响了起来。她有些难为情，魏叙却不介意。

“还好我早有准备。”魏叙将书包拉开，掏出一袋形状奇怪的饼干塞进她的手心。

“这是什么？”顾橙好奇地问道。

“会给你带来好运的东西。”魏叙神秘兮兮地卖了关子。

顾橙小心地咬碎一块，像发现新大陆似的将纸条抽出展开，上面用歪歪扭扭的中文写了一行字：

“给顾橙：祝你早日康复，岁岁平安！”

“你来A国这么久，连fortune cookie（幸运饼干）都不知道！”魏叙的眼底有小小的骄傲，“我总算找到你不会的东西了！”

“你快把它吃完，好运就是你的了。”眼前是魏叙明亮的笑意，顾橙的心像是漏跳了一拍。他像是好久不见的光，让她想拼命抓住。

“魏先生，我再问一个问题，你在A国读书，为什么说的是英音？”

“我的父母离婚。我在L国长大，哥哥跟着母亲留在A国。后来我申请了A国的大学，才来到这里。”魏叙沉吟了一会儿，明显陷入了回忆，“也有一半是哥哥的原因吧。”

“哥哥一直都很优秀，我从小都以他为榜样，”魏叙的眼神明显地暗淡下去，“我最敬佩哥哥的一点，就是他好像有用不完的力气，热心地帮助身边每一个人。可他却……”

“他怎么了？”顾橙不自觉地追问了一句。

“跟我们遭遇的事情一样。”魏叙牵强地笑了一下，“只不过不太幸运。”

因为家庭原因，他跟着爷爷奶奶在L国生活，虽然电邮已经很普及了，哥哥却依旧坚持着每月亲笔写信，漂洋过海地寄到他手上。

那段时间他正全身心准备大学的申请，家里的每个人都对他守口如瓶，哪怕到最后尘埃落定，他切实地来到A国这片土地，许久不见的母亲依旧讳莫如深，他只能从母亲偶尔说漏的只言片语中粗略地知道哥哥的死因。

三

“W市枪击案”在持续发酵。一段见义勇为的视频被“传到网上，正是顾橙将魏叙推进店门自己却中枪的那几秒钟。视频看不清女孩的脸，她不顾性命伸出援手的行为却被网友纷纷点赞。

顾橙不用任何社交媒体，自然也收不到任何消息。她结束假期回归波澜不惊的读书生活，在S市的校园里独来独往。

魏叙在临别的时候，想让她留下自己的Facebook（脸谱网，网络社交平台），顾橙笑着摇了摇头，他不死心地继续追问，甚至连C国人最常用的微博，她都说没有。

魏叙好奇地说她特别，央着她将电话号码写在自己的掌心。分别之后的两人依赖着最基本的方式沟通，顾橙也渐渐习惯了他向自己汇报他生活中的琐事。

“橙橙，上次你来的时候樱花还没有开呢，今天看到花开就顺手给你拍了张照片。

“橙橙，人口学的老师讲到了C国概况。

“橙橙，Y市已经连续下了好几天的雨了，你那边天气怎么样呢？”

一次课余时间，魏叙发来自己做志愿者募捐时穿着卡通玩偶装摆出鬼脸时的照片。顾橙回短信的时候忍不住挑了挑嘴角，同桌珍妮特凑过来，眨了眨蓝汪汪的大眼睛：“顾，你笑起来很好看。”

顾橙愣了一下，礼貌性地说了声“谢谢”。手机的屏幕暗淡下去，映出女孩生动的眉眼，与一年前的消沉判若两人。

惊喜总是接踵而至。

那日顾橙正抱着一沓书走在林荫道上，随手接起魏叙打来的电话，她思忖着魏叙大概照旧是吐槽教授又“惨无人道”地留了多少作业，正想打趣的时候，电话里他低沉的声音扣动了她的心弦。

“橙橙，你回头看一下。”青年修长的身影，此刻正伫立在林荫道细碎的光影里，见她回头张望，朝她用力地挥手。

久别重逢，魏叙张开双臂，将她揽在怀里又放开，小心地没有过度接触。

顾橙暗自告诫自己不要多想，这只是朋友之间见面时的礼节，而魏叙接下来的话却出乎她的意料。

“我考虑了很久，还是觉得要亲自过来一趟。”魏叙的唇角一扬，在西方文化里熏陶长大的他，将自己的心意叙述得简单直白，“况且哥哥也曾经说过，倘若遇到喜欢的女孩，就要勇敢地抓住。”

魏叙话里的意思已经足够明显，顾橙不知道该怎么回答，心却“怦怦”地跳个不停。两个人在餐车前停下来，买了一杯香草味的冰淇淋，顾橙低下头想舀一勺，不听话的鬓发却随之滑落。

“你爱吃头发啊。”魏叙开着玩笑，将她那几缕调皮的发丝绕回到她耳后，然后再将透明的勺递到她唇边，冰淇淋香甜的味道，和魏叙温润的笑意，一起绵软地融化在她的心尖。

礼尚往来，顾橙也领着他参观了自己的学校。奈何她实在是路痴，只熟悉几栋自己经常上课的楼，领着他在原地打转。当她第四次懊丧地停下来时，魏叙好整以暇地看着她，用手指了指余光里瞥到的教堂。

阳光隔着彩色玻璃照进来，五光十色的浮影落在地上。教堂里正好有新人在举行着婚礼，他们便悄悄沿着楼梯上了二楼。

台下的牧师正在宣读誓词：“无论疾病或健康，贫穷或富裕，顺利或失意……”

魏叙在恰到好处的时候，笨拙地重复了上次那个拗口的成语：“你上次说‘以身相许’，那是什么意思？”

“I do（我愿意）.”

顾橙脱口而出，几乎和新娘的声音同时响起，立刻红了脸颊。她本想解释，却偏偏说了这么一句让人误会的话。

魏叙听懂了这句话，好看的眉眼弯了弯。解下手上

的红绳，牵过她没有受伤的右手，郑重地系到她的腕上："来，救命恩人，你把幸运带给了我，现在轮到我庇护你平安了。"

"这是平安绳，岁岁平安，生生相守。"顾橙下意识地就用中文往下说，在他看不见的地方，不自然地拉紧了自己的左边袖口。

"原来这是C国的传统吗？"魏叙一脸惊奇，"我还以为只有我们家才这么说。"

"但是没关系，"魏叙仰起头来，露出明亮的笑容，"我接下来要说的话，肯定是独一无二的。"

说罢，他大方地将右手伸出去，干净修长的手指，摊在她跟前。然后一字一字用中文喊她："顾橙小姐，我也愿意。"

四

虽然两人的学校相距甚远，魏叙总有各种理由，意想不到地出现在她面前。

"橙橙，妈妈想邀请你一起来家里过圣诞节。"临近期末他依旧来访，语气亲昵，"你救了我一命，她想亲自谢谢你。"

这样的邀请不免让顾橙习惯性地紧张，对魏叙的喜欢在她的心中生根发芽后，她总是禁不住幻想未来的事。过往种种同时在岁月里做旧，随着时间的推移，她的噩梦渐渐散去。人生一直在继续，从前发生的事总该翻篇的。

至于魏叙，她的思绪转了一圈回到原地，瞥见身边俊朗的侧脸，不由得挑了挑唇角，那个三缄其口的秘密，再找合适的机会向他坦白就好。

见她转过来瞧自己，魏叙似乎看出顾橙的担心，眼神温润："你不用担心，我跟母亲提起过你，我能看出她是喜欢你的。"

关于自己的家庭，魏叙简单地说过一两句。小时父母离婚，他一直跟着爷爷奶奶在L国生活，哥哥因意外去世后，母亲也因为打击一蹶不振，从C国来的叫魏棠的堂妹在这边读高中，替自己陪在母亲身边。

圣诞节的假期很长，魏叙也提前做了详细的计划，他们驱车沿一号公路从R市北上，魏叙无疑是一个绝佳的旅伴，凡事尊重她的意愿。顾橙站在Santa Monica（圣莫尼卡）洁白的沙砾上，迎面的海风将她的草帽吹跑，两人一边笑着一边手忙脚乱地去追。帽子被魏叙眼疾手快地抓住，男孩笨拙又认真地帮她戴好，看着他明亮的眼神，顾橙不禁满脸滚烫。

他们重新去了Y市，魏叙在朋友面前亲昵地称呼她为"我的女孩"。

"你就是我的新娘。"魏叙看着她的双眼，温柔又缱绻。

魏叙早已在心里打定了主意，他的背包里安安静静地放着一只银镯子。等顾橙见过母亲之后，他想给她一个正式而盛大的告白，把平安绳换成银镯子，牢牢地将她拴住。

和A国寻常的家庭一样，魏叙的家是独栋的别墅，顾橙踏进屋子，是魏棠一个人出来迎的客。"伯母说顾小姐来了，她去附近的超市买点儿菜来招待。"素昧平生，魏棠却对她有莫名的敌意，一声"顾小姐"，便将她外人的界限划得清清楚楚。

"叙哥哥，"魏棠眼睛尖，一下子看到她腕上那根平安绳，"你怎么能把这么贵重的东西给她？"

顾橙想挣扎，那根平安绳却已经被魏棠扯下。

"棠棠，你怎么这么不懂事？"魏叙忙走过来，从魏棠手里拿过那根平安绳，想要重新给顾橙系上。

"这不是……"这根平安绳很陈旧，颜色更深一些，他的目光又落到她的右手上，另一根红绳完好无损地拴在她的腕上。

顾橙正不知该如何解释，门外传来钥匙插孔的声音。

“伯母你这么快回来啦。”魏棠见状立刻换了副脸色，笑着迎上去。

“阿叙今天说把顾小姐带回来做客，我当然得多买点儿东西回来招待。”魏母脸上都是和煦的笑容，双手满满当当的，忙着往里屋走去，“特地挑了你最喜欢的菜色。”

作为客人的顾橙也忙着上前，想帮忙接一些魏母手上的东西。

“你怎么有脸来我们家？”魏母的脸色霎时惨白，支撑不住，昏厥过去。

四目相对，顾橙的整颗心在瞬间坠入冰窖，那个在法庭上口口声声说要她拿命来还的妇人，那冰冷的眼神，那些午夜里纠缠她，撕裂她，让她无止境下坠的噩梦，终于全数变成现实。

她什么都没解释，几乎是下意识地落荒而逃。

五

重症监护室里，魏叙的母亲依旧昏迷不醒，而顾橙也不知所终。

真是天下最有趣的笑话，原本他期待中融洽的见面却成了荒唐的闹剧，整件事只有他一个人被蒙在鼓里。他在母亲的房间里找到了当初事件的资料，逐渐开始拼凑事情的真相，发现笔录里除了哥哥的名字，另有一个他从不曾听说过的受害者——沈安。

因为考虑到沈安的年龄，法庭选择了不公开审理，因此相关的资料少之又少。他尝试着借助社交媒体，搜索出的结果却令他震惊，久久不能平静。

母亲不愿意告诉他真相，将最致命的细节省略，是不想让这件事成为牵绊他的枷锁，像自己一样，一辈子因此介怀，成为心结。

顾橙不叫顾橙，那时候的顾橙还叫沈安。

对于顾橙而言，虽然魏叙说起他哥哥的意外多少让她有所警觉，可她根本不愿意相信，两人姓氏不同，就是她说服自己心安的理由。如今，往日的伤疤又被揭开，重新暴露在日光之下，细细密密地啃噬着她千疮百孔的心。她匆匆办了休学手续，逃也似的回了 C 国。

她对不起那个意气风发的男孩。

因为初到 A 国不适应，她辗转找到当初国际事务的助理——徐昭，徐昭善良热情，邀请她参加了几场朋友间的聚会，帮助她慢慢融入这个陌生的集体，正当境况步步好转的时候，意外却陡然发生。

那日徐昭正准备开车送她回家，就听到车窗玻璃猛烈震动的声音，隔着窗玻璃，沈安清晰地看见黑洞洞的枪口朝内。在她惊慌失措之际，徐昭用唇语让她快跑，同时假意妥协，打出投降的手势。

“一，二，三。”两边的车门同时打开，

沈安没命地往灌木丛里狂奔，预想的死亡却并没有来到，静如死灰的夜色里，传来几阵凄厉的枪响，随后烟消云散，最后传来逐渐远去的发动机启动的声音。

沈安是了解徐昭的人生轨迹的，他原本马上毕业，也收到了心仪公司递来的橄榄枝，大好的人生却戛然而止，彻底变成了没有任何生命气息的黑白照片。

徐昭死于失血过多。

事发以后，她鬼使神差地重回到案发地，捡起那根掉落在土地上突兀的红绳，绑在自己腕上，然后才口齿不清哆嗦着拨打了求助电话。

而她的这个举动，也成为辩护律师攻击她的动机。明明带着手机，也脱离了险境，为什么她不在第一时间报警，却还有时间跑回来捡一根无关紧要的红绳？

现场没有监控，行车记录仪也恰好没电。在几乎没有客观证据的情况下，凶手也狡猾异常，抓住她解释不清的机会，解释说自己原本只想抢劫车辆，是沈安的逃跑激怒了自己，才一气之下扣动扳机导致误伤。

也许就是从这一刻开始，面对几近崩溃的他的母亲，口口声声地责问她的见死不救，沈安没有办法解释自己的动机，也没有办法说明学护理的自己，一眼便看出当时徐昭早已没有了呼吸，索性麻木地注视着天花板，一言不发。

闹得沸沸扬扬的枪杀案自然也受到了网络的关注。可门口蹲守的长枪短炮拍下的，只有魏母双膝跪地的痛苦神情，和证人沈安冷漠的眼神。

添油加醋，断章取义。网络上叫嚣着她也是杀人凶手，渐渐愈演愈烈，甚至集体请愿，将她一起判刑。

更糟糕的是，网民扒出了她家的地址。她在C国的家里，开始陆陆续续地收到花圈、蜡烛，甚至有人在门上喷漆，留下擦不去的狠毒咒骂，原本身体就不好的母亲不堪折磨，整日生活在惊惶里。

从那以后，她自责、懊悔，开始整夜整夜地失眠。一闭上眼，就好像有无数人对着自己诘问、谩骂。最后自己也跟着他们把责任归咎于自己，仇恨自己，为什么中枪而死的偏偏是优秀如人中龙凤的徐昭，而普普通通的沈安却死里逃生？

她休学了一年，换了好几个心理医生，她最后为自己找的寄托，是那份自己已经翻烂了的枪击逃生指南，那是她熬得眼眶通红地一页一页收集的资料，她神经质地翻来覆去，从第一页到最后一页，从深夜到天明，直到打印的墨痕褪色，再用各种颜色的笔做了标注。

最后差不多痊愈，沈安又将自己的姓名重新改换，从U市转学到S市，仿佛能彻底抹去那段糟糕的回忆。

六

“请问，沈安住这里吗？”魏叙循着地址找到狭窄的小巷里，用他并不流畅的汉语四处打听。

“你说的那家搬走了，真不知道造了什么孽。”对面楼道坐着的老头叹了口气，“整天都有人上门骂，可怜老太太自己一个人，她女儿前段时间回家，把她带走了。”

这段时间魏叙不曾安宁，母亲的昏迷让他无暇他顾。网络上又有人撰写了长文，指明视频里的女孩就是当初见死不救的沈安，顺势将从前那些罪状又历数了一遍，将W市的事件有理有据地分析成刻意营造的洗白事件。

众人开始纷纷倒戈，评论里充斥着不堪入目的话语，魏叙拜托学计算机的朋友查到了地址，却意外地发现是在自己的家里。

魏叙推开门，见到的是正在专注发送评论的魏棠。

他向魏棠对质。魏棠却理直气壮：“我是做错了，可是不用这个办法逼她，事发地点没有监控录像，现在只有她一个人知道事情的真相，又人间蒸发了两年。已经两年了，你难道要让昭哥哥白死吗？他可是你的亲哥哥啊。”

魏叙的双手无力地垂了下去，魏棠接下来的话，却更将他推入深渊。“她来家里戴着的另一条平安绳，难道不是昭哥哥给她的吗？现在死无对证，你就从来没有想过她和昭哥哥可能的关系吗？”

这个问题他不敢深究，魏叙一旦开始怀疑，他对她的信任也逐渐瓦解。她那些明亮的笑靥，那些亲昵的话语，或许都是对另外一个人赎罪的一种形式，原来他才是一个替代品。

当初的他和友人在W市约了局，却一连四天看见秀气的C国女孩安安静静地坐在马路边，眼里是掩饰不住的落寞，魏叙鬼使神差地往前凑，用最蹩脚的理由上前搭讪，最后还假借社会学的实验来圆这个谎。

那个夜晚，她果敢冷静，牢牢地抓着他的手，在W市惊慌失措的人群中狂奔，掌心里的温度，让他的心脏也跟着剧烈而疯狂地跳动。

只有魏叙知道，那不是因为恐惧，而是为身边的那个女孩而心动。

思前想后，他还是想亲自来C国一趟。等母亲病情平稳之后，魏叙立刻买了飞往顾橙家乡的机票。

魏叙徘徊在街道上，却发现擦肩而过的憔悴面庞有些熟悉。

“顾橙，顾橙，”他也不知道哪来的倔强，在人来人往的街道上，“我知道肯定是你，你回头。”

而顾橙也停下了脚步，两人就这样僵持着，直到顾橙首先妥协，疲惫地指了指旁边的咖啡厅。

“你想知道的事情，我都愿意告诉你。”魏叙看着她散乱的头发和红肿的眼睛，心情往下一沉，习惯性地想替她挽起滑落的鬓发，却在半空中悻悻地收回了手。

“我不知道他是你哥哥。”这句话让魏叙的心多少好受了些，“爱上你也是因为你，不是因为他。”过了这一坎，事情的始末无比简单，顾橙三言两语也解释得很清楚。

“既然你没有嫌疑，那就去告诉大家。”魏叙的情绪有些激动，为她打抱不平。

“橙橙，你和我一起回去。”见顾橙没有回应，魏叙诚恳地说，“我们一起去说服母亲，她会同意的。”

顾橙摇了摇头，还未开口说话，魏叙的手机铃声先响了起来。他匆匆说了句“抱歉”，侧身接通了电话。

电话里是魏棠焦急的声音：“叙哥哥，你快回来吧。伯母出事了。”

七

宁城的天气和煦，碧空如洗，像极了Y市凉爽的秋季。

“爸爸，爸爸！”

女儿在远处看见魏叙的身影，开心地一路小跑扑进他的怀里。

“珊珊慢点。”魏叙将她稳稳地接住，珊珊扑闪着长睫，红扑扑的小脸上挂满兴奋：“今天救援队的老师来讲课，教了我们好多知识呢。比如看见同学跌倒流血该怎么做呀，还说了好多很有趣的故事呢。我回家都讲给你和妈妈听！”

魏叙温和地点点头。他知道小学这周邀请援非救援队给孩子们做讲座，尽管珊珊还小，但多掌握些救护知识，还是有备无患。

——后来的魏叙机缘巧合娶了一位温柔的C国姑娘，兜兜转转来到C国定居。

“这是顾老师送给我们的礼物，”女儿笨手笨脚地拉开手腕上的毛衣，赫然是一条鲜红的平安绳，“但是太难了，我学不会。”

魏叙注视着那根平安绳，模样同从前那根分毫不差，往事浩浩荡荡，翻涌而来。

“爸爸，你会编吗？顾老师说她在F洲的时候编了

好多，那里的小朋友可喜欢了！”珊珊继续滔滔不绝，转眼见魏叙还望着平安绳怔怔地发愣。

“爸爸，你喜欢这个吗？那我带你去找顾老师，让她也给你编一根。”珊珊拽着他的手，往教室里拉。

“顾老师，顾老师！”黑板上清秀的字迹还未擦去，明亮的日光灯下，正收拾讲义的顾橙抬起头来。她剪了齐耳的短发，肤色也黑了许多，眼神却依旧清澈。

魏叙的心划过一阵钝痛，记忆被拉回十年前。

那日他被魏棠焦急的电话叫回A国，才发现母亲并无大碍。可她疲惫的神色又让他对顾橙的事闭口不提。等母亲逐渐好转后，他将所有的证据和顾橙的原话整理好，在母亲面前摊开想要说服她时，才发现母亲并非不明白其中的道理，只是不愿相信。

母子两人深谈时，门外突然传来杯盏碎裂的声音，他追出去，却没有看到任何人。隔天清晨，魏叙在自己的卧室门口发现了魏棠留下的书信，她说要弥补自己的过失，却没说要如何作为。

魏棠从此杳无音信。魏叙几次回国寻找顾橙都扑了空，逐渐心灰意冷，选择了平庸且平静的生活。

魏叙从未想过自己还能见到顾橙，也没有想到曾经对顾橙敌意颇大的魏棠竟然穿着和顾橙一样的衣服，和她并肩站在一起。

此时的魏棠，乌黑的长发利落地束在脑后，眉目依然清秀，却不见了当年的轻狂。十年前她凭借着一股子年轻的倔强，一路辗转，终于在苦寒的戈壁滩上抓住了顾橙的衣角。她哭着道歉，希望顾橙能够跟她回去见魏叙，顾橙的苦笑与摇头让她更加愧疚，于是固执地留在了顾橙身边，相信自己有朝一日能够说服顾橙。她却不曾想到，还没等她说服顾橙，救援工作的成就感竟先说服了她自己，让她这个骄纵的魏小姐，变成了沉稳的魏助理。

而看到魏叙的顾橙，眼神里最先闪过惊讶，很快又释然地微笑，像看到久别重逢的老友一般。虽然这次的小学演讲会是魏棠联系举行的，但顾橙相信正呆立在自己身边的她并非有意安排，况且，十年时光早已将过往打磨成泛黄的旧照片，她和他之间的种种，都已经过去了。

“顾老师，这是我爸爸。”天真单纯的珊珊奶声奶气地介绍魏叙，接着又凑到她的耳边悄悄地说，“我爸爸一直偷偷看我的平安绳，顾老师，你也送他一根好不好？”

“好。”顾橙轻轻地将腕上的红绳解下来，放到魏珊胖乎乎的小手里，温柔地说，“你把这根给你爸爸，说是老师给他的礼物。”

“咦？”珊珊好奇地歪了歪头，跑到魏叙身边把红绳递给他，还努力地替自己的顾老师解释了一番，“爸爸你不要介意。顾老师应该是把新的绳子用完啦，所以才把这根旧一点儿的给你呀。”

魏叙还怔在原地。他看着眼前熟悉的面容，无数的问题涌到嘴边，最后都被他生生咽下去。

“接下来去哪里？”魏叙克制着让声音保持稳定。

“去T城。”顾橙迎上他的目光，眼神里平静且坚毅，还有一往无前的勇气。

魏叙低头看了看掌心那根磨损得褪色的平安绳，抿了抿唇：“珍重。”

魏家祖训——“平安绳，赠心爱人。岁岁平安，生生相守。”

可他的女孩啊，将守护的平安带去了更广阔的土地，却唯独和他生生不见，天各一方。

花开祭梦，镜海流年

文/欣玥
图/Apr

1

“喂，林寒，明天咱们年级组织去海边郊游，你去吗？”课间，隔壁班的美少年林寒路过时，大大咧咧的关晴叫住了他。

尹小小一听到林寒这个名字，顿时竖起耳朵，好奇他的回答。然而下一秒，她就自嘲地笑了笑，一向个性冷淡的三好学生林寒，估计宁肯在家学习，也不会参加这种集体活动的。

正当尹小小对自己的观点深信不疑时，她听见林寒冷冷地说了一声“去”。

她惊地扭头看向窗外，一脸不可置信地望着林寒。

走廊上，林寒挺拔如玉地站着，他低着头，柔软的刘海滑落，遮住他漆黑的眸子。坐在座位上的尹小小伸着脖子眺望，依稀看见他白皙的脸上有着温柔的表情，微微抿着嘴唇，在认真听关晴讲话。从尹小小的角度看，林寒正对着她，她似乎能感受到林寒那专注的目光越过关晴落在自己身上，一下子将她心底那点儿隐秘的心思看透了。

她连忙扭过头，捧起一本倒着的书，假装在认真阅读，心中却泛起涟漪，她在为林寒参加郊游的事情而雀跃。她忍不住幻想，她与林寒并肩坐在开往海边的大巴上一路愉快地聊天，她穿着可爱的碎花长裙，林海穿着白色的衬衣。他们还会在咸咸的海风下浪漫地漫步，那个时候，她会认真地用视线描绘着他精致的五官。

尹小小在脑海中想象着那美好而心动的画面，不知不觉闭上了眼睛，不由得笑出声来。

许佑身为尹小小的同桌，也作为她班里唯一的朋友，看出了她又在做白日梦，伸手推了她肩膀两下："小小，你又在想什么？"

漫天粉红色的泡泡一下子破灭了，尹小小有些不悦地睁开眼睛，也不回答，只看向窗外。金灿灿的阳光透过窗户落在她身上，为她小巧的五官镀上一层金辉。

许佑见尹小小不说话，也不追问，只是眨眨眼睛，转移话题："明天就是你的生日了，你想要什么礼物？"

要是许佑不提，尹小小自己都忘记生日要到了。除了许佑，也许没有人记得她的生日……包括她爸妈。

想到这，尹小小的目光黯淡下来。许佑立马慌了，连忙安慰她，声称会给她最大的生日惊喜，保准她一辈子都忘不了。

尹小小听到这话，不禁生起一丝期待，她努力掩饰住嘴角上扬的窃喜，用最云淡风轻的口吻回道："生日礼物嘛，就是礼轻情意重，你不用太破费啦。"

然而尹小小忘记了自己的倒霉体质。

如果说她尹小小是世界上第二倒霉的人，那么估计没有人敢说自己是第一。只是尹小小没料到，老天爷对她还真是一点儿都不眷顾，连她生日这天都不肯放过她。

课间操时，尹小小因为卫生间门锁生锈变形被锁在了里面。不过还好她经验丰富，在求救了几句发现卫生间没人之后，就非常淡定地从校服口袋里掏出了随身装备，用来应急的瑞士军刀。

她撬了半天，还是打不开门，只好放弃这招，开始观察四周环境。她发现只要她踩到马桶上，就可以够到卫生间上方的水管，踩着水管，就可以翻出去。

眼瞅着上课时间到了，尹小小毫不犹豫地踩上马桶，轻盈地翻身上了水管。就在她趴在水管上站起身时，头不小心触碰到天花板上的火警按钮，巨大的警报声顿时像火车鸣笛一样，震耳欲聋地响了起来。瞬间，消防喷淋头敬业地喷洒起水来，尹小小被浇了个透心凉。

水流又急又冷，喷射在尹小小的皮肤上，如同被冰雹砸中一般。她吃痛地下意识伸手去挡水，结果脚下一个不稳从水管上摔了下去。但也是这样，她滚下去的身体硬生生地撞开了厕所的门。

尹小小疼得蜷缩在地上，想哭又想笑，更多的是无奈和自嘲。今天可是她的生日啊！她竟然还是这么倒霉！

她拖着湿淋淋的身体，吃力地从地上爬起来，垂头丧气地走回了教室。在进教室之前，她被许佑拦住了。

"我找了你半天。"许佑一脸憨笑，小麦色的脸颊上竟泛起了两团红晕。然而就在他看到落汤鸡模样的尹小小后，那两团红晕瞬间显得有些尴尬。

"我现在不想说话……"尹小小摆摆手，只觉得身心俱疲。

"当当当！"许佑还是把藏在身后的"惊喜"移了出来。

那是一个超大的蛋糕，蛋糕上立着一个歪歪扭扭的黄色物体，有小半个人那么高。

"这是……"尹小小茫然地指着蛋糕。

"是皮卡丘啊！"许佑挠挠脑袋，"你不是最喜欢皮卡丘了吗？我特意找人定做的……可能做得不太像。"

教室里顿时响起此起彼伏的议论声和唏嘘声，声音不小，似乎并不在意被尹小小听到，尹小小羞愧得恨不得立刻找个地缝钻进去。

“谢谢你啊……要上课了，我们先回座位上吧。”这时，尹小小忽然发现林寒正从走廊的那端往教室这边走，她拽起许佑的袖子就想往教室里躲。慌乱间，她居然被自己的脚绊到，以狗啃泥的姿势摔进了蛋糕里。

尹小小的内心是绝望的。

“林寒，你帮忙扶一下她啊。”身陷在蛋糕里的尹小小依稀听到关晴的声音。

林寒却只是冷冷地说了一句：“有钱人，就知道浪费食物。”

那一瞬，尹小小似乎听到了自己心碎的声音。

因为尹小小家庭条件优渥，成绩却不好，运气还忒差，所以班上的人一直瞧不起她，她也习惯了别人这样评价她。但她没想到，原来在林寒的眼里，她也是这样的。

最终是许佑把心如死灰的尹小小从蛋糕里拉了出来，他不停地跟她道歉，她丝毫听不进去，脑子里只剩下一个念头：如果她能成为关晴该多好，她就可以大大方方地做自己，而不是像现在，不仅连跟林寒说话的勇气都没有，还被人瞧不起。

2

放学后，管家像往常一样来接尹小小去上补习班。上课时，她一直在走神，她知道就算自己努力听讲，成绩还是会很糟糕。直到晚上九点，终于结束补习班课程的尹小小回到家。

不出尹小小的意料，家里没有人。她打开卧室的门，看到书桌上放着一个崭新的 iPad（平板电脑），上面贴着一张字条，写着：爸爸妈妈爱你。

去年他们送她的也是一个白色的 iPad。

尹小小没有去拿礼物，只是疲惫地坐在书桌前。手机忽然“叮”地响了一声，她打开台灯，拿起手机一看，是许佑发来的短信。

今天的事真是对不起……书包里的礼物，希望你会喜欢。

书包里的礼物是什么？

尹小小疑惑地拉开书包的拉链。书包里放着一个用牛皮纸精心包装的礼物，有手掌那么大，她都不知道许佑是什么时候塞进去的。

她拆开包装，发现里面包着的是一面做工精细的古旧的铜镜，银质的镜框独具匠心，上面雕刻着蜿蜒的蔷薇花纹，握在手里冷冰冰的。许佑家是做古董生意的，他能找到这么别致的东西并不稀奇。

镜子沉甸甸的，镜面还有点儿脏，尹小小抽了一张纸巾去擦镜面，手碰到镜面的瞬间，一股无法抵抗的困意袭来，她困得闭上了眼睛。

等尹小小迷迷糊糊地睁开眼睛时，发现自己竟然身在上午被困的学校卫生间里。这是什么情况？她抬起手腕看了一眼手表，时间竟是十一个小时前！

她是在做梦吗？

一切都跟之前发生的不一样，卫生间的门没有坏掉，她从卫生间走到教室的路上也都出奇地顺利。回到座位上后，前桌的同学没有像往常那般无视她，反而笑着和她打招呼。

这时，一个人拍了拍她的肩膀，她抬起头，发现那个人居然是林寒。

“明天去海边郊游，你会去的吧？”林寒嘴角微微弯起。

尹小小还是头一次见林寒那张冷冰冰的脸对她展现出别的表情。

尹小小的脸“唰”地红了：“我……”

“不说话就是同意喽。”林寒见她支支吾吾的，低下头在她耳边轻轻说道。因为刻意压低声音，林寒好听的声音里带了几分慵懒的沙哑。他离她那么近，她甚至可以感觉到他落在她脖颈上的呼吸，转瞬即逝：“你去，我也去。”

那么熟悉，又那么陌生。

尹小小脑子一片空白，心跳犹如擂鼓，她颤巍巍地小声说了句“好”。

直到林寒的身影消失在教室门口，她都不敢相信方才发生的一切是真的，她从书包里拿出随身携带的镜子，却发现镜子里的人是关晴。

她……变成关晴了？

3

齐耳的短发，大大的眼睛，乌黑笔直的刘海，还有白到反光的皮肤——是关晴无疑。

尹小小不敢相信自己的眼睛，以为是自己的镜子出了问题，连忙跑到卫生间去照镜子。然而镜子里的那张恐慌又迷茫的脸，的的确确是关晴。

所以，大家对她的态度才发生了一百八十度大转变，是因为她变成了关晴？

尹小小一时间消化不了，不知道是该害怕还是该高兴，只觉得天旋地转，脚下一个不稳，头撞在卫生间的门上。

这么一磕，尹小小倏地醒了过来。屁股很麻，两条腿失去知觉，脖子好像扭到了，她发现昨天晚上她就这么趴在书桌上睡着了。那面镜子正静静地被压在她的胳膊下面，她拿起来看了看，发现这面镜子除了比普通镜子做得精致、好看一些，也没什么特别的。她昨晚竟然会梦到自己变成了关晴，果然是日有所思，夜有所梦啊。

尹小小揉着太阳穴站了起来，手机的提醒事项在这个时候响了起来：**今天去郊游哦！早上七点半的巴士。**

她一看时间，已经七点了。

尹小小顿时慌了，今天是他们年级组织去海边郊游的日子，这可是她"千年等一回"跟林寒近距离接触的机会，她一定不能错过！

更何况……

她回想起昨天晚上的梦，林寒低头看着她，他那双含笑的清澈眼眸里，映满她窘迫的脸。

那么真实，历历在目。或许有一天，林寒会像她梦里那样，真的喜欢上她吧？梦想还是要有的，万一实现了呢？

然而尹小小又忘记了自己的倒霉体质。

她以最快的速度洗漱完毕，接着拎起前两天就收拾好的行李冲到家门口坐车去学校，谁知车开到一半却被管家驶向加油站。车竟然在这时候没油了……

等尹小小赶到学校，正好看到大巴扬长而去的背影。她赶忙拖着行李一路狂追，却没有追上大巴。

看着自己拖着大包小裹站在马路牙子上的狼狈模样，尹小小差点儿没哭出来。还没等眼泪掉下来，脚边突然一热，她低头一看，发现一只贵妇犬大摇大摆地在她脚旁留下了一坨热乎乎的排泄物。

尹小小不由得仰天长叹。

梦果然只是梦，那个倒霉的她，终究回来了。

"小姐，"管家开车追了上来，一脸关心地问她，"不然我开车送小姐去吧？这样我们可能到得比大巴车还早一点儿。"

尹小小犹豫了一秒钟，忽然想起林寒平日里最讨厌的就是炫富的人。她不想让他再对自己产生什么误会，便让管家开车回家了。她正站在街边考虑自己怎么去海边时，许佑像及时雨一样出现了："你也没赶上大巴啊？坐我的'车'走吧？"

尹小小惊喜又诧异："你怎么也没赶上大巴？"

"睡过头了，"许佑拨了拨干净的浅棕色短发，朝她眨眨眼睛，"不舍得醒来。"

"那你怎么带我去啊？"尹小小面露难色，她注意到许佑的"车"是一辆自行车。

"怎么，瞧不起自行车呀？"许佑不由分说地拎过尹小小的双肩包，背到自己肩上，又把她另外一个包放到车筐里，"上车。"

尹小小坐上许佑的自行车后座。许佑让尹小小抱紧他的后背，尹小小哪里敢抓他，但他骑得太快了，她只得揪住他的衣角。

从学校到海边，开车只需要两个小时；但骑车的话，加上中途休息，要四个多小时。一路骑下来，尹小小和许佑又渴又累，两个人中途简单吃了麦当劳果腹，就又往海边出发。

为了能快点儿到达海边，许佑使出了吃奶的力气，尹小小坐在自行车后面都可以听到他疲惫的喘息声。

“喂，你都出汗了。”尹小小递给许佑一张纸巾，许佑无暇顾及，便让她帮忙擦。尹小小虽然嫌弃地“哼”了一声，却还是伸手帮他拭去了脖子上的汗珠。

“你这么累，要不然我们打车吧？”尹小小看许佑的脸颊泛红，觉得有点儿不好意思，“或者……让我来骑会儿？”

她本来只是客套一下，没想到许佑答应了。当她的双手碰到自行车扶手的那一瞬，心里满是后悔。许佑比她沉多了，她哪里载得动他啊？

试驾的结果就是，两个人因为尹小小那蹩脚的车技而双双摔倒在地。尹小小双肩包的拉链都被摔坏了，装在里面的衣服散了一地。

炙热的艳阳火辣辣地晒在尹小小渗着鲜血的膝盖上，她连哭的力气都没有了。

“对不起……”许佑从地上爬起来，连忙去扶尹小小，“都怪我，我本来是想开个玩笑的……”

尹小小无力地瞪了许佑一眼，示意他把她背包里的创可贴拿出来。

“你居然会带这种东西，果然是女孩子。”

尹小小无奈地翻了个白眼：“我这么倒霉，不带这些东西行吗？我就差没开个救护车出来了。”

等两个人赶到的时候，全年级同学已经玩了好久的游戏。

尹小小光脚踩在沙滩上，脚趾微微缩起。

海水从清透的浅蓝渐变到忧郁的深蓝，汇入笔直的海平线。远远地，她看到关晴坐在林寒旁边，大大咧咧地给大家讲笑话。

林寒侧头看着关晴，眼里带着几分说不上来的笑意。

尹小小失去了上前的勇气，她丢下行李，瘫坐在沙滩上。椰子树下，阴凉处的沙子潮湿扎人，仿佛每一粒都可以钻进她的皮肤。

“怎么了？”察觉到尹小小心情的变化，许佑蹲在她身边问她。

“如果我是关晴该有多好啊。”尹小小沮丧地低下头，任由咸咸的海风吹乱她的头发。

许佑沉默了。

他想要替她拨开凌乱发丝的手停在了半空。

其实许佑一直想说，他也希望自己可以成为像林寒一样的人。

那样，尹小小便会多看他一眼。

4

尹小小和许佑的海边郊游最后只能草草收场，他们和大家一起吃了海鲜饭之后，就坐学校的大巴回家了。

洗漱之后，尹小小坐在书桌前准备复习下周要学的内容。卧室里只开了一盏台灯，柔和的橘黄色灯光穿过蘑菇形状的可爱灯罩，洒落在桌面上。

尹小小的目光落在许佑送她的那面镜子上。

它被压在纸巾盒下露出一角，圆润饱满的花纹在灯下反射出耀眼的光，仿佛在无声地提醒着她它的存在。

林寒嘴角含笑的面容在眼前一闪而过，尹小小的心脏一震，想起了前一晚的那个梦。

或许，今天再抱着这面镜子入睡，又会做个美梦吧？虽然许佑经常弄巧成拙，但如果这真的是一面能带来美梦的镜子，那他总算送对礼物了。

尹小小黯然的眼睛里顿时有了生机。她关上台灯，换上睡裙，抱着镜子钻进被窝，心里又紧张又忐忑。等她再度睁开眼睛，发现眼前还是那间熟悉的卧室，她打开手机一看，时间过去一个多小时，可别说美梦了，她甚至连梦都没做。

尹小小仔细回想了一下前一天晚上她是怎么抱着镜子睡着的，她突然想起来那时她拿着纸巾擦镜子，手触碰到镜面的瞬间睡着的，难道是要碰到镜面才行吗？

尹小小试着把手伸向镜子，果不其然，在她的手碰到镜面的一瞬间，一股无可抵挡的睡意袭来，她又困得闭上了眼睛。

“发什么呆呢？”

耳边突然传来一道熟悉的声音，尹小小吓得打了一个激灵。

“喂。”那人的手在尹小小面前挥了挥，尹小小扭过头，发现居然是林寒。

林寒见她终于回过神来，开玩笑道：“怎么？那么不喜欢坐在我旁边吗？”

尹小小的脸“唰”地红了，她连忙摇摇头。

林寒忽然靠近她，伸手拨开她鬓角的碎发。

“你干什么？”尹小小紧张地向后缩了缩身子，避开了林寒即将触碰到她肌肤的手。

“听歌呀。”林寒只是把一只耳机塞进她的左耳。

耳机里放的是一首周杰伦的歌，舒缓的旋律和委婉的歌词字字句句落在尹小小心间。她抬头看向林寒，他正侧着头看着窗外飞闪而过的街景。她顺着他的目光看去，依稀看到玻璃里倒映的面孔。

是关晴。

他们正坐在驶向海边的学校大巴上，此刻是早上七点半。

这个梦如此美好，在这里，她能成为想要成为的人，也能跟喜欢的人相处。

一整天，尹小小都跟林寒待在一起。在梦里，林寒格外不同，会主动给大家讲冷笑话，平时的他都不怎么搭理除了关晴以外的人。

临近黄昏，火红的晚霞如棉花糖一般漂在波光粼粼的海面上。所有人围坐在篝火边，吃饭聊天。不知道是谁先起的头儿，大家居然接二连三地讲起了鬼故事。

尹小小从小就最怕听鬼故事，她只好装作听不见，埋头吃饭。然而讲故事的人讲得绘声绘色，还做出各种吓人的音效，吓得她差点儿被饭噎住了。

“真是的，你看你们把她吓的。”林寒拍了拍尹小小的后背，替她鸣不平。

尹小小刚想感谢他，不料他眼珠一转，居然提议大家不要搞这些“虚的”，不如来点儿“实的”。

“什么是……‘实’的？”尹小小听到自己的声音在颤抖。

“那边有个岩石洞，我们去那里试试胆？”林寒抬手指了一个方向，“两人一组，哪组最后出来就算赢！”

有些女生不敢去，就留在了篝火旁，但是不少男生为了证明自己的胆量，都喧闹着跑了过去。尹小小拗不过林寒，被他拉了过去。漆黑的岩石洞里，除了滴答滴答的水声之外，什么都没有。身后忽然有奇怪的声音传来，尹小小想起方才听到的鬼故事，吓得尖叫一声，蹲在地上不敢再往前走。

“别怕，有我。”林寒也蹲下来，他小心翼翼地捧起了她瑟瑟发抖的脸。

尹小小感受到从林寒掌心里传来的温暖，他轻轻扶起她，然后牵住她的手。那一刻，尹小小只觉得有万紫千红的烟火绽放在黑暗中，连空气都变成了甜甜的糖果味道。

如果可以，她多么希望自己可以永远不要醒来。只有在这里，她才能找到真正的自己，才能真正地活着。

5

尹小小想起来之前她是因为撞到卫生间的门框才从梦里醒来，因此为了避免自己梦醒，接下来的每分每秒，她都小心翼翼地保护自己，不让自己磕碰到。

就在尹小小忙于避免自己受到伤害时，她的记忆却变得越来越模糊了。她开始记不起来前几天发生过什么，也忘了自己身在梦里。她只记得一件事，就是这天她跟着全年级同学一起，来参加学校组织的海边郊游。

郊游结束，晚上尹小小如往常那般回到家，似乎还能感受到林寒掌心的温度，她露出甜甜的笑容，闭上眼睛睡觉，睁眼后却惊愕地发现自己身在清晨开往海边的大巴上。

她为什么又在经历海边郊游的这一天？这是梦中梦吗？

“发什么呆呢？尹小小耳边忽然响起一道熟悉的声音，坐在她身旁的林寒将耳机塞进了她的左耳。

本来尹小小又惊恐又害怕，但看到林寒的瞬间，她全然忘记刚才自己在想什么，只顾着低下头露出害羞的微笑。

海边的夜空繁星密布，一颗颗如钻石般闪烁，仿佛触手可及。尹小小和林寒并肩散着步，两个人因为靠得很近时不时会碰到对方的手。

“你为什么……喜欢我呢？”林寒突然顿足，转过头来问她。

不远处的篝火点亮了林寒的一对明眸，尹小小望着他眼里倒映着的自己，只觉得心跳如擂鼓。

“因为……你学习好，而且……”而且长得又帅。尹小小羞涩地吞咽了一下，没好意思说完。

林寒神情严肃地问：“只有这些吗？”

“其实……是因为我转学的那天晚上下了暴雨，我没带伞，当时你把伞借给我，自己却淋着雨离开了。”

那天晚上突降暴雨，地面又湿又滑，家里的车还送去维修了，这种恶劣的天气下尹小小等了好久都没见到出租车和公交车。无奈之下，尹小小决定先跑去便利店买把伞，再走回家。

她刚跑出教学楼两步，整个人就被雨淋透了，好几次险些滑倒。就在这时，一个穿着灰色风衣的男生匆匆跑来将自己手中的伞丢给她，然后消失在雨幕中。

当时天很黑，尹小小没看清那人的长相，直到后来有一天她看到林寒穿着那件灰色风衣来上学，才知道原来冒雨借给她伞的人是林寒。她一直想亲口对林寒道声谢，但始终没有勇气靠近他。

当林寒听完尹小小的这段故事之后，他沉默了。夜色低迷，就好像此刻他那双消沉的眼。

晚上尹小小回到家，不仅没有丝毫开心的感觉，反而有些难过。回校的大巴上，林寒一改之前对她的温柔态度，变得冷冰冰的。她不知道自己做错了什么，只能忧虑地陷入梦乡。

清晨刺眼的阳光照在尹小小的脸上，她迷糊地睁开眼，发现自己正坐在开往海边的大巴上。

咦？奇怪，为什么她丝毫记不起从早上起床到坐到学校大巴上的这段时间的记忆？她是什么时候坐到车上的？而且她为什么隐隐觉得自己好像参加过好几次郊游了？

她抬头环视四周，看到林寒就坐在她身边。

尹小小激动得连话都说不出来，经过几番纠结，她才鼓起勇气跟林寒搭话，然而林寒跟平时在学校一样，对她冷冰冰的。

海边的黄昏，晚霞红得刺眼。尹小小只身站在沙滩上，孤独的身影被夕阳拉得很长，她丧气地低下头，蓦然发现自己的双手变得近乎透明。

“回去吧。”林寒的声音从尹小小身后传来，有些沙哑，“这里不属于你。”

尹小小一怔，不明白林寒为何突然这么说，她还没来得及探究，就被林寒大力地推进了海水里。海水冰凉，登时淹没了她眼前的整个世界，林寒的轮廓模糊在一望无垠的海水中。

“对不起。”

林寒的声音莫名地很像一个人。

6

尹小小睁开眼，发现自己身在卧室。她不知道什么时候从床上摔下来的，四肢麻得失去了知觉。尹小小扶着床沿勉强站了起来，看到镜子也跟着摔在地上，镜面被摔得四分五裂。

尹小小心下一惊，忽然想起在梦中发生的所有事情。她焦急地拾起镜子，指尖不小心被破碎的镜片划破了，血珠溢出滴落在镜子上，映照出她那张慌张的脸。

披肩的长发，粉色的可爱睡衣，还有那双无精打采的眼睛，是这个世界真正的她，那个不受欢迎的倒霉鬼。

她再也回不到梦中那个美好的世界了。意识到这个事实，尹小小却没有觉得很难过。对于喜欢林寒这件事，她以前一直没有认真想过，现在想想，她偷偷关注林寒这么久以来，只觉得他是一个又冷漠又高傲的人，跟那天雨夜中借她伞的人，完全是两个人。

她的喜欢很盲目，她决定放弃了。

早上到达教室，尹小小发现许佑并没有在座位上，一直到午休时间都没有出现。是不是许佑家里出了什么事情？尹小小正担忧地吃着午饭，忽然从广播喇叭中传来林寒的声音。

“我是喜欢关晴。”

不知道是谁忘记关广播部的话筒，居然把林寒的声音广播出来，班上同学顿时纷纷起哄起来。一向大大咧咧的关晴难得地红了脸，害羞地跑出教室。

尹小小愣住了，林寒的说话方式为什么跟在梦中完全不一样？

她仔细回想着梦中发生的一切，发觉那个世界中的林寒总喜欢翘着嘴角笑，还喜欢讲冷笑话。那样的他，莫名地很像……许佑。

放学后，尹小小第一时间跑向许佑家，镜子是许佑送的，她想找他问个清楚。

当尹小小到了许佑家的古董店时，许佑妈妈说许佑身体不舒服，一直在床上躺着休息。

尹小小飞速地跑上楼，推开许佑卧室的门，许佑正侧卧在床上背对着她，身体因呼吸而微微起伏。

“许佑？” 尹小小小心翼翼地走上前，这才发现，许佑怀里居然抱着一面和送她的那面一模一样的镜子。

同样的镜子，不同的人。

那一瞬间，尹小小明白了。

梦中的林寒，根本不是林寒。就好比梦里的尹小小，有着跟关晴一样的脸。在现实中，关晴跟尹小小是截然相反的人，正如许佑跟林寒截然相反。

原来这一切都是许佑设计好的。

通过这两面镜子，他们可以在梦里成为自己想要成为的人，同时也让他们迷失了自己，陷入沉睡，永远不会醒来。

所以当许佑发现问题的严重性之后，才会变得冷漠，最后将她硬生生地赶出了那个梦。因为留在梦里的人，会不断重复过去的时间，忘记自己是谁。

如今尹小小的镜子碎了，她再也回不去梦里。只是不知道许佑怎么回事，被困在梦里。

她必须回去救他。

“许佑，你怎么这么傻？”尹小小看着许佑苍白的脸，流下了泪水。他竟然为了让她喜欢上自己，宁可放弃真实的自己。

过去的一幕幕浮现在眼前，只有许佑记得她的生日，为她准备她喜欢的皮卡丘生日蛋糕；炎炎夏日，即使很辛苦，许佑也拼命骑着车载她去海边；在没有人愿意搭理她也都看不起她的班级里，只有许佑给予她关心，陪伴着她……

她以前过于关注林寒，却忽视了一直守在她身边的许佑。她一度觉得因为许佑的存在让她很丢脸，现在她才发现，那只是她在林寒面前时的自卑心作祟，那些与许佑有关的回忆其实都很温暖……而在梦中，那个会对她暖暖微笑，会跟大家讲冷笑话，会在她害怕时牵住她的手的人，是许佑。

尹小小俯下身，一只手轻轻触向那面镜子。

7

尹小小睁开眼，看到自己身在一个无限长的走廊里，周围的一切都是花白的，仿佛天地再无分别。

她现在明白过来，梦中的故事都是按照未来发展的，如果没有新的未来发生，被困在梦里的人将会陷入无限循环，一直重复过去事发那天的事情，直至忘掉自己。

她深吸一口气，鼓起勇气迈出第一步。

地面很软，每走一步就会出现一个水波，仿佛她正踩在白色的油漆上。

走廊的尽头，许佑面无表情地坐在一面放大的镜子前，黄铜色的镜面倒映出林寒的脸。尹小小走到他身后，镜中多了一个人，只是那张脸不再是关晴，而是尹小小自己。

“我没想到，你送我的这面镜子还真是个古董。”尹小小将手轻轻搭在许佑肩上，脸上露出一丝无奈的笑，“不知道是哪来的法力，把我们都困在了梦里。”

在尹小小出现时，许佑眼中闪现一道光，然而他的眼睛很快又恢复了黯淡，像木偶一样，一眨不眨。

“我给你讲个故事吧。”尹小小看到许佑这副模样，心头涌上一阵难过，她挤出一个勉强的笑容，“有这样一个女孩，她不喜欢自己的身份，不喜欢自己的生活，所以宁愿选择抛弃自己，成为另外一个人。”

“可是现在，她明白了。不管是倒霉也好，运气差也罢，都是命运跟她开的玩笑。”尹小小叹了一口气，一滴眼泪落在许佑的肩上，“正是这些小事情，才让她的生活变得丰富多彩，因为每天都有不同的惊喜在等着她。”

“更重要的是，也是因为这样的她，才有机会遇到你。”尹小小低头看着许佑，“我知道你不是林寒，你是许佑。我喜欢的人是你，所以醒过来，好吗？”

尹小小这段话就像有魔法一般，惨白的世界渐渐染上了颜色。

而镜中许佑的脸，也渐渐由林寒变成了他自己。

那一刻，铜镜在空气中炸裂开来，散发出刺眼的白光。等尹小小醒来时，她在许佑的卧室，许佑躺在床上一动不动，仿佛什么也没发生过一样。

“许佑！”尹小小看到许佑怀里的镜子碎了，人却没醒过来，吓得猛摇晃他，“快醒醒！”

许佑被尹小小摇得都想吐了，这才憋不住，“扑哧”笑出了声。

“好了，别摇了！”许佑翻身坐起来，“我早醒了。”

尹小小这才意识到许佑是故意吓她的，气得快要哭了。许佑见尹小小眼眶发红，伸手想去捏她的脸蛋。尹小小赌气地打开他的手。

“我好像听见，某人说喜欢的人是我？”许佑一脸坏笑。

尹小小觉得有些丢脸，目光躲闪道：“我……我什么时候说的？”

“我一直没告诉你，林寒那件灰色风衣……我也有。”许佑声音温柔，“那天雨夜，是我第一次遇见你。你那么小、那么笨，走个路都跟滑冰似的，我看着不忍心，才把雨伞借给了你。”

“后来我看到林寒那家伙居然有一件跟我同款的灰色风衣，就再也没穿过那件外套。”许佑轻轻说道，“你喜欢的人……一直是我，对吗？”

尾声

三日后。

尹小小和许佑一人拿着一面破碎的古董镜子，将它们双双埋在了一棵梧桐树下。

葱葱茏茏的树荫下，尹小小看着许佑那张笑得灿烂的脸，忽然觉得自己整个世界都明亮了起来。

原来不管好的坏的，在接受了最真实的自己之后，居然可以如此释然和放松。

白驹过隙，转眼到了秋天。

凉风拂过，梧桐树叶落到他们埋镜子的位置，堆砌成一地绚烂的金黄，仿佛一个轻盈缥缈的梦，终于尘埃落定。花

云中携得锦鲤来

文／摇空绿

图／鸦青染

一

春日阳光甚好，我搬了板凳坐在湖边柳树下晒太阳。

睡得迷迷糊糊时，忽然感觉脸上有湿意，睁眼就看到阿柒浮在水面上，笑嘻嘻地看向我，方才正是她摇着尾巴，溅了我一脸的水。

我佯怒：“阿柒，你又顽皮了。”

“阿锦姐姐，你不要恼嘛，我这是在水下待烦了才浮上来找你玩的，你看你，懒洋洋的，一点儿也不活泼。”说完，还吐了个大泡泡。

“阿柒……你！”

我的话还没有说完，身后突然有人唤道：“姑娘。”

我和阿柒一时都愣住了，这湖周围被我施了结界，虽并不是多高明的术法，但能这般悄无声息地就进来了，怕是哪位妖友来串门了吧。

我疑惑地望向来人，倏地心里一阵钝痛。那人长身玉立，向着初春的阳光，他冲我点了点头，又唤了一声：“姑娘。”

只消那么一眼，我胸中便泛起惊涛骇浪，阿柒拍打着湖面，水声“噼啪”响起，我反应过来，强自压下心里各种情绪，微笑着回应：“公子何事？”

“姑娘是住在此山中？我听闻此山中有血灵芝，姑娘可知道？”顿了顿，他有些惊疑地看着我，“方才我见姑娘对湖中的游鱼说话，你是这山中精怪？”

他倒是不怕，我对他笑道：“公子说笑了，我不过是一位医师，来山中采药，顺便搭了间茅屋，有些无聊便与这游鱼玩耍。恰好，我昨日刚刚采的药里就有血灵芝，公子你随我来。”

他的眼中生出欣喜，明明是很急迫的，还彬彬有礼地向我作了个揖。

“你拿这血灵芝做什么？”

“是小妹生病了，我听说这血灵芝是不可多得的药材。”

“也不是多珍贵，是商人抬价罢了。我也是医师，医者父母心，不妨让我为令妹看看？”

他拿着血灵芝，脸上有些失望，良久，他冲我甚是礼貌地笑了笑：“如此甚好，在下柳子言，住在这邱云城中，姑娘若得空了，便请来柳府为小妹诊治吧。”

我点点头：“我叫宋锦。”又闲闲扯了两句，我便送他下山了。

夜晚，我又把结界加固了一层，阿柒探出头来好奇地问我干什么。

“保护你们啊。”我说，“我要离开一阵子，你们好好修炼。”

她疑惑地看着我，吐了一连串泡泡，忽然急切地说道：“阿锦姐姐曾说过不到时候是不会离开衔锦湖的，现在是到时候了吗？白天那位公子，是不是你要等的人？”

“是啊，阿柒。”我蹲下抚摸她的头，“他就是我心心念念的那个公子，是我在衔锦湖畔一直等候的那个人。”

“就这么一个凡人？我不懂。”

“阿柒，”我看着湖面上萤火闪烁，像是落入了漫天星子，“我愿你永不会懂。”

二

第二日我便去了柳府。

我到的时候，他正送一位须发皆白的老医者离开，面上尽是难掩的失望。

“宋姑娘，”他看见我，勉强挤出笑容，“你来了。”

“是。”我点点头，“你带我去看看柳小姐吧。”

柳珊珊比我想象中还要瘦弱，脸色苍白，眼窝深陷，眉头皱在一块儿，额头渗出细密的汗珠。不过刚刚及笄的姑娘，这憔悴的样子都比过老妇人了。

如若不仔细看，几乎发现不了她胸口的起伏，但凡懂些法术的人都该知道，她时日无多了，能多熬些天大概全凭柳子言寻来的珍贵药材吧。

“宋姑娘，要什么药材只管嘱咐我就好了。”他一身疲态，连病情也不问，顿了顿又道，“要是真没有办法，便是珊珊的命了。”

把脉之后，我递给他一张药方，又从随身带的箱子里摸出一片龟甲：“你先照着方子抓药，然后与这龟甲一并熬了。”

他点头，将药方递给身边的管家，又问我：“宋姑娘往来于山中是否不便？不妨先在府中住下来？我令人给你辟间客房出来。”

这倒是合我的心意，也不忸怩就应了下来，随丫鬟离开时倒想起一件事情，便转身看向柳子言：“你就唤我宋大夫吧，毕竟我是个医者。或者，你唤我宋锦即可。”

说完，我也不怎么敢看他，就赶紧离开。其实我想让他唤我“阿锦”，但到底过于亲昵，我没敢说出来，饶是如此，我也能感觉到我的脸颊越来越烫。

下午管家来叩我房门，说是柳珊珊醒了。

我愣了下，这么快？按我估计最早也该是后天啊。

“宋大夫，多谢你，你的医术可真是高明。”柳子言很是开心地对我道谢，他这般发自内心的欣喜笑容可真好看，我一时沉迷而忘记搭腔。

房中忽然响起一阵轻笑，我反应过来，只好跟着讪笑两声以掩饰尴尬。我看着发出这声音的主人柳珊珊，她的气色看着好了些，脸上有了一点点血气。她滴溜着眼睛看着我："这位姐姐就是救了我的大夫？姐姐长得可真是好看。"

"是啊。"柳子言掖了掖她的被角，没有答她后半句话，"才不过一服药。"

我也没有料到药效这么好，这是湖中老乌龟的旧龟甲，我趁他冬眠时悄悄顺走的，这么厉害的效果，他醒后还不把我扒层皮？想到这儿，我就在心底叹了口气。

"是之前的医者做了铺垫，我这药不过是引子罢了。"

"哥哥，你出去好不好？我想和阿锦姐姐聊会儿天，府中好久没有来客人了。"柳珊珊嘟着嘴推了一下柳子言。

"好。"他宠溺地摸了摸她的头，又向我作揖，"麻烦了。"

柳珊珊毕竟是孩子心性，拉着我扯了半晌，忽然央我给她讲一个故事，这可真是难住我了，我一个胸无点墨的妖精，哪里会讲故事呢？

"讲吧，姐姐，讲吧。"她靠在我肩上撒娇，模样可爱至极。

我一时心软。

"从前有一条鱼……"

三

从前，有那么一条懒懒散散的鲤鱼，胸无大志，成日里的梦想就是在湖底睡觉，周围有吃不完的食物，闲时就吐个泡泡。

湖中有只修炼了很久的乌龟精，常在她耳边唠叨："这么久了也没见你修成个人形，你倒是认真一点儿好不好？"

"其实我没有准备修炼啊。"她暗想，但是不敢说出来，怕龟精揍她，她是一条不太一样的鲤鱼，好像生来便带些法术，或许是之前恰好受了哪位仙人的仙气，她懒得深究，只是整日整日地消磨时光。

直至遇到他。

那日风和日丽，她难得浮在水面晒会儿太阳，远远地就看见一群人在湖边，欢声笑语，十分热闹，她有些好奇，向湖边靠近。

那群人全是青衫公子，一句一句，像是在念诗，乌龟精也会时不时在她耳边吟些凡人的诗篇，都不知是从哪儿听来的。

"宋兄，该你了，该你了！"

她瞧见其中一个青衣公子，身影修长，站在那里，说不出地飘逸出尘。

他带着笑意，轻轻开口："节物相催各自新，痴心儿女挽留春。芳菲歇去何须恨，夏木阴阴正可人。"

饶是隔着半个湖，他吟诗的声音也清晰地传来，朗润如落雨时荷叶上的珠子。

她忍不住靠近，再靠近些。她看见他的青衣飘飘，映衬着他的眉眼，清澈却又深不见底。棱角分明的脸上，嘴唇扬起微微的弧度，温润得像四月的春风，比过他发髻上的白玉冠。

像是夏夜洒在湖面的月光，让她忽然沉溺。

世间的"一见钟情"大抵如此，不过一瞬。她能感受到胸腔里心脏的跳动，带着懵懂的爱意，蜿蜒到湖心底。

"哎哎，你们瞧，这鲤鱼煞是好看。"有人发现了她的存在，惊喜地说道。

那个公子把手伸进湖水中，她绕着游动，不停触碰，感受他手心的温度。他温柔地笑着，轻触她的鳞片："这尾鱼倒是颇有灵性。"

是啊！是啊！她想开口应答，却只能吐出一串泡泡。生平第一次，她懊悔自己为什么不抓紧修炼。

四

"后来呢？"柳珊珊眨着眼睛问我。

"后来那尾鱼就努力修炼了呀。"我轻声回答。

"她肯定修成人形去找那位公子了。"她"咯咯"笑道，随即又疑惑地问我，"但是我听说妖精修成人形都要很长的时间，等她去找那位公子时他还在吗？”

“是啊，妖精修炼很漫长的。”我答道，继续讲出这个故事的结尾，“可是这尾鲤鱼实在太喜欢这位公子了，胆大包天地跑去偷天地灵物还被打得半死。不过她最后逃脱了，而且运气很好，遇到了一位神仙，那位神仙让她在湖畔好好等，于是她就一直等，一直等。”

“等到了吗？”

“等到了。”我看着门口的身影，“嗯，她等到了。”

柳子言缓缓踱步进来：“珊珊，你好生休息，我来带你的阿锦姐姐去用晚膳了。”

柳珊珊听话地将头缩进被子里，又赶紧钻出来：“你要照顾好阿锦姐姐啊！好不容易才来个会给我讲故事的姐姐呢！”

“我知道了。”他被逗得一笑。

我一直是个厚脸皮的典型，但和他走在一起，我感觉呼吸的空气都是灼热的，心里小鹿乱撞。

“我方才在门外听到你讲的那个故事很有趣。”

“有趣吗？”我低低地出声，“都没有结局呢。”

他没有说话，低着头不知在想什么。我故意落后他一步，好认真地看着他的背影。

我以为在柳府住下就能日日见到柳子言，结果这一个多月来我只看见他几次，柳府偌大的家业全是他一人担起，此外，他还处处去为珊珊寻药。

柳珊珊虽然比之前好了很多，但依旧是病恹恹的，整日地躺在床上。

今日是花朝节，街上很热闹，各家小姑娘纷纷提着灯笼走到街上，也不用薄纱掩面，笑语盈盈，暗香浮动。

这样的热闹声到底是很吸引人的，柳珊珊扯了扯我的衣角，央我扶她到阁楼窗边去看看。

我想了想，这样的气氛应该会让她的心情好起来。

刚把她搀到楼上，柳子言就提着一盏灯笼走来，也不知是什么时候回来的。

“珊珊，你看，这是我从外面给你带回来的灯笼，绘着蝴蝶，你身体不好，现在回去歇着吧。”说完，也不听珊珊的抗议声，只吩咐仆人带她离开。

他提的灯笼煞是好看，我想他应该也不会给我带，便想问问他是在哪里买的。

话还没出口，他冷淡的还带着薄怒的声音就响起：“宋大夫，你知道珊珊不能受凉还带她来此处吹风？”

一阵冷风十分配合他的话语，顺着半开的窗户吹了进来。这的确是我思虑不周，我心中很是惭愧，但他那冷冷的话语让我心中很不舒服，像是一股气哽在喉咙，吐不出又咽不下。

我现在只想快些离开这里，不想再听任何他的冷语。

我道了声“对不起”便飞快离开。

离开街锦湖时我带了些酒，此时拿了一些坐到房顶上，边喝边看大街上五光十色的花灯。

那些走走停停的姑娘真是好看而勇敢，拿着花枝，毫不忸怩地赠给心上人。

老乌龟酿的酒怎么这样厉害？才喝一点儿头就开始晕，迷蒙中我竟好像看到柳子言的身影。

“你怎么坐在这儿喝酒？”他的声音很轻很轻，不复平时的冷硬。

嗯，这身影肯定是我产生幻觉了，他哪会有这样的闲心来关心我做什么呢，语气还出人意料地温柔？

“你刚才对我那么凶。”我忍不住开口抱怨，既然是幻觉，那我发泄下不满总无妨吧？

“刚才，是我失礼了。”

“自然是你失礼，你真的好让人讨厌啊，我等了你那么久，那么久。”好像那些等待的岁月里的心酸一并从心底迸发，再也藏不住。

我真的好难受。

我想我真的是醉了，连这个虚假的幻影，我都不管不顾地抱上去。

酗酒的后果就是第二日醒来时头痛欲裂，挣扎着起来给自己倒杯水喝，却看到桌子上搁着一盏绘着黄鹂鸟的灯笼。

是他给我买的？忽然间我觉得头不是那么痛了，一股欢喜从心底汩汩涌出，绵延不绝。

五

作为一个长得还算可以的妖精，我还挺失败的，那些稍微好看的妖精三五日就能将凡人迷得团团转，而到我这里，这么久了，柳子言也没什么动静。

一口气憋在心底，散也散不去。午膳时，柳珊珊关切地看着我："阿锦姐姐怎么了？怎么闷闷的？"

我连忙敛起我不豫的神色："哪里闷闷了？没有的事。"

"是不是哥哥出货去了你就想他？没事的，他后日就回来了。"她笑嘻嘻地同我开玩笑，这段时间她精气神好了许多，真正有些十五岁姑娘的活力模样了。

"也不知道我何时能将阿锦姐姐改口叫'嫂嫂'？"

我脸上一红，她真是一门心思地想撮合我和她哥哥，暗地里时不时就会叫我"嫂嫂"。

"你不要乱讲，你不怕你哥哥回来骂你？"我瞪她。

"不怕不怕，他才舍不得。"她扯住我的衣袖，声音嗲起来，"阿锦姐姐，我听说越茫山的石榴花开了，特别好看，你陪我去走一走好不好？我已经很久没有出过门了。"

我犹豫了，柳子言临走时还仔细叮嘱我好好照顾她，我要是带她出去，柳子言回来还不狠狠骂我？

"去吧去吧，不过半个时辰的路程，我保证一定会听你的话。"她拉着我的手晃啊晃，脸上憧憬的神情让我的心也跟着晃，最后忍不住答应了。

不得不说，这越茫山的景致确实是好，漫山遍野的石榴，红彤彤的，柳珊珊一身粉色襦裙很是应景，衬得气色都好了几分。

"阿锦姐姐，你快来，你快来。"

我哀叹一声，她今日的精神可真好。

我慢慢向她挪去，她站的位置甚好，在一块崖边巨石上，据说这块巨石经风吹雨打几百年都没塌。

"小鲤鱼。"

我错愕地盯着旁边不知何时出现的人，正是多年前指点我等在湖畔的那位神仙："小鲤鱼，我来帮你一把吧。"

话音刚落，那块所谓经风经雨的巨石就开始莫名摇晃起来，柳珊珊站在上面有些发蒙地看着我，随即反应过来大叫一声，我慌忙冲上去将柳珊珊推开。把她推离的那一瞬，我随着巨石"轰"的一声向下坠落。

"宋锦姐姐！"柳珊珊的喊叫声被风声打乱，变得断断续续。此刻我又不能施法飞上去，这更会吓到她，只得先下到谷底。

等我飘到谷底，那个一身白衣仙气缭绕的神仙就在眼前："当年路过湖边见你着实可怜便指点你一下，今日路过发现你这般不成器，还没有与他在一起！还是再让本神照拂你，你且在谷底待上一个时辰。"说完就消失了。

好吧，便依他所言，毕竟是个神仙，总不能没事来害我吧？

我就在谷底转了转，最后实在有些无聊，就找个地方随意躺下了。

我是被人不住地摇给摇醒的，当我恼怒地睁眼，眼前赫然出现柳子言那张脸，我吓了一跳，还来不及反应，就被他揽入怀中，他的声音贴着我的耳朵清晰传入：“还好，阿锦，我找到你了。”

这样的举止实在太过亲密，我浑身僵硬、发热，一动也不敢动。

良久，他终于放开我，轻抚着我的头发：“幸好这崖不高，伤到哪儿了？”

我才想起我坠了崖，悄悄伪造了些伤痕：“没事，就是伤了膝盖骨。回去开点儿药敷敷就好。”

“是不是很疼？”他轻揉着我的膝盖，“下次不能再让珊珊这样胡闹了！”

我看他眼中似有怒气，慌忙解释：“这不是她的错。对了，你怎么会在这里？”

“一回家听说你们到越茫山了也就跟来了，刚到山下就看见珊珊慌慌张张的，我才晓得她闯了这样大的祸，我让她去找人，自己先来寻你了。”

他说得轻描淡写，但是这一身的狼狈样瞒也瞒不了啊。他莫不是担心我？我窃喜，他该不是喜欢我吧？那个神仙闲是闲了点儿，但还是很有头脑的！

“阿锦，你别急，马上就会来人了。”他安慰着我，又惊诧地“咦”了一声，“怎么忽然起雾了？”

“大概是谷底的湿气重。”趁他不注意，我忍不住弯了弯嘴角，我还想和你待久一点儿呢，怎会这么早就让别人来打扰？

他若有所思地点点头：“阿锦，你等我一会儿。”说完，就往附近的树林跑。

“喂，你做什么？”再抬头时他已经跑远了。

片刻后，他抱着一些树枝匆匆返回。

我见他生火的动作十分麻利，有些诧异，这娇生惯养的公子还会做这些？他冲我笑，笑得跟小孩子一样：“你不要这般奇怪地看我，我会的可多了！”

我想忍，没忍住，哈哈大笑。

他伸手，揉了揉我的头，下一瞬，就将外袍脱下盖在我身上，他的外袍上带着一股好闻的栀子香。

我被熏得有些晕，说话也开始不经大脑，说：“柳子言，我好喜欢你。”

他嘴角的笑意越发放大，也更加温柔：“我早知道了。花朝节你喝醉时就向我说了。你说你真是好喜欢我啊。”

“那时候你真的在？”居然不是幻觉？我捂脸，闷闷抱怨，“你早知道还装作不知道！”

“我从来没有说不喜欢你啊。”他轻笑着掰开我的手，忽然又严肃起来，“你知道吗？阿锦，差一点儿，我以为我要失去你。

“我们成亲吧，阿锦。”

好像平地烟花起，瞬间照亮暗夜里的大地。我抬手，揉了揉湿润的眼角，这不是梦，我告诉自己，是我的心上人要我嫁给他。

六

那日柳珊珊寻到我们时，天已经黑透。

回柳府的路上，柳子言板着一张脸不说话，柳珊珊扯了扯我的衣角，小声啜泣着道歉：“对不起，阿锦姐姐，是我的错。”

我看着她白嫩的小脸皱成一团，十分心疼，转声劝慰柳子言：“你别板着脸了，又不是珊珊的错，这是天灾！”

他冷冷地哼了声：“还不是因为她贪玩？回去陪阿锦选嫁衣赔罪。”

啊？

于是柳珊珊这几天很忙，忙着为我们准备婚事。可是这样一个可爱的小姑娘，还没给我选好嫁衣就倒下了。

柳子言表面上一副好像早已料到的淡然样子，然而他还是一日一日地瘦了下去，他不停地加快婚礼进度，就怕珊珊撑不到那天。

我不想看到他不快乐的样子，哪怕一点点。

更何况，柳珊珊是这样好的姑娘，就在昨日，即使没有一丝力气，她还是努力对我微笑，说：“你和哥哥一定要好好的。要……替我好好照顾他。”

站在旁边的柳子言一动不动，待柳珊珊昏睡过去，他伏在我的肩上泣不成声。

我握紧他的手，一字一顿毫不犹疑：“你听我说，我一定会治好她的。”

我不是大罗金仙，可以随意更改凡人命数，我只是个妖精，可以用妖精的办法延长凡人命数，何止区区数十年。

从体内逼出龙珠，我只觉得撕裂般的疼痛。这么些年，它早已和我的内丹融为一体，这果然是吸纳海底灵气的宝物，我不过匀了几分灵泽给柳珊珊，片刻，她的呼吸渐渐有力，生命力也充沛起来。

每个深夜，我都会给柳珊珊匀灵气。柳子言见她一日日好起来，只当我确实有高明的医术。

昨日，他看见柳珊珊在院子里晒太阳，很开心地抱住我：“阿锦，我不知该如何谢你了，只希望成亲那天能够早些来到。”

十日后便是我与柳子言成亲之日，我特地回了趟衔锦湖，吵醒了乌龟，向他求取月锦纱，那是倒映在湖面的月光织就而成的珍稀面料，我想穿着最美的嫁衣嫁给柳子言。

他将月锦纱递给我时，脸色出现罕见的凝重：“阿锦，这是你等了很久的事情，你如愿我替你开心。但你万万要慎重，尤其要提防龙族之人的前来，特别是祁修，你万万不要被发现了。切勿大意。”

他的话让我心中不免恐慌，一些被我刻意忘记的事情难以控制地被我想起。

我拥有的龙珠，是我从龙宫偷来的，为的是更快修炼成人形。

我不过是衔锦湖的一尾鲤鱼，略有灵力而已，为了再见柳子言，我游到大河试图跃过那龙门，可那百丈高的龙门像是会生长一般，我无数次地跃进又无数次地跌落，那半丈距离近在咫尺，又遥不可及。

那时思念在内心疯长，我也不知道哪里来的胆子，竟然想到去偷龙珠。倒是运气，龙王生辰，侍卫松懈，让我有机可乘。

龙珠刚刚得手就被龙族大将军祁修发现，我实在斗不过他，九死一生才带着龙珠逃离，躲了他很久才敢回到衔锦湖。

我从来不敢使用龙珠，就怕气息暴露将他引来，但是现在的我不怕了，没有什么能够阻止我，阻止我和子言在一起。

七

我嫁给柳子言的那日，日光灼灼，像是停住了所有的山河岁月。珊珊的精神倒很好，站在我身边，细致地为我簪花编发，我说我是孤女无人送亲，珊珊笑着说：“我就是姐姐的娘家小妹。”着实让柳子言有些无语。

“嫂嫂，今日起你就是我柳家的人了，我看你最近为了照顾我有些精神不济，你要好好调理，好好生几个胖娃娃，到时候我带他们玩。”

即使我是个活了很久的妖精，也被她说得羞涩起来。

我即将成为柳子言的妻子，我沉浸在这样的幸福里，想象着我们未来的日子。

可我着实没有料到龙族之人来得这般快，拜堂的前一刻，忽然风雨大作，天昏地暗。红灯笼摇摇晃晃全数落地，我看见了祁修。

匀了太多灵气给柳珊珊，我着实体力不济，仅过了几招，他就现出本体将我带离。

我好不容易挣脱，竭力运气，冷笑：“你倒是纠缠不休。”

他冷哼一声：“鲤鱼精，你还不受死！”

“你就不能放我一马？就给我几十年，让我陪我的夫君老去，到时我自会亲自前往龙宫以死谢罪。”我悲戚地问道。

“你私盗我龙宫至宝，哪有生路可言？还来此害凡人，与其成亲。这么些年不得你踪迹，若不是最近感受到龙珠气息，还不知你要兴风作浪到几时，此番，是绝不会让你逃掉了。”

我被他一掌从云头劈落，周身灵力散尽。

“慢着。”他持剑离我越来越近，我几乎用尽所有力气与他说话，“你不要再上前了，龙珠现在已经与我的内丹融为一体，你若过来，我便毁了它。横竖都是一死，我可不怕龙珠毁掉。”

他迟疑了一会儿，正要开口说些什么，柳子言的声音忽然传来，他不停地唤我：“阿锦……阿锦……”

“阿锦！”柳子言的声音越来越近，我迫不及待地想看见他，可又不想他过来，我现在的模样我自己看着都害怕，我又该如何解释这一切？

那个身影越来越近，我挣扎着向他奔去，我想他是喜欢我的，是不会介意我是妖的，而且祁修顾忌着龙珠在我体内，几十年的时间想必他是能够给我的，我便能够与柳子言相守一世。

可我万万没有想到，在我即将握住他手的时候，忽然一阵闷雷声响，一声大过一声，一道闪电直直劈到他的身上，然后又是一道，接连不断。

我想要去挡住这闪电，却发现它的威力巨大，仅是余威就将我震飞出去。

“祁修，你好歹是龙族之人，就这样罔顾凡人性命？”那一道道雷劈下去，也将我的心劈得粉碎。他鲜红的喜服也掩不住汩汩流出的血，越发殷红。

恨意滔天涌来将我淹没，我祭出龙珠，此刻，它发出妖冶的红光，而我身上一股力量乱窜，让我压制不住。

祁修吓得连连后退：“冷静，你冷静，这不是我放的雷啊。”

我哪里听得进他的解释，我蓄满所有力量准备拼死一击，就在那一掌就要落在他身上时，竟然生生被人挡住了。

我恨恨地看向来人，却看到一张最熟悉的脸：“子言？”

他淡漠地看我一眼，然后不满地盯着祁修：“本君不过是历了个劫，龙珠就被个妖孽夺取，你们龙族已经这般无能了吗？”

不，这不是我的子言！绝不是！我的子言，他温润如同三月春风，怎么会露出这股桀骜不驯又阴鸷的样子？

“你……你是沧溟神君！”祁修惊呼。

沧溟神君，天帝座下四神君之一，司水。

他冲我虚虚一指，龙珠褪去红色，缓缓向他靠近，刹那间，像是三界里所有的痛苦在我的身体里突然而起。

倒下那一刻，我终于明白为何我会遇见宋公子，为何想去盗龙珠而它就被我那般轻易盗走，又为何会有神仙愿意帮我，助我与他相遇。

我是一颗棋子，只是让这个神君更强一步的铺垫。

一桩桩，一件件，都是安排好的，只为让沧溟神君历一个情劫。

我刚好做了那个劫。

尾声

瑶池盛宴，蟠桃盛会。

众仙对饮，谈笑间，推杯换盏，讨论着最近天界发生的事情。

“听说了吗？历劫的沧溟神君已经归来，这般，他的修为就更加精进，四大神君中，恐怕他是稳稳占据首位了。”

“是，我还听说王母娘娘身边掌管灵兽的白瑾仙子也是历劫归来，王母娘娘还有意将她许给沧溟神君呢。”

这厢这个仙人的话音刚落，天帝就轻咳两声，威严的声音便响起：“沧溟爱卿啊，你也独身了这么些年，我今日便做主将白瑾仙子许给你如何？”

沧溟的声音淡淡的，没有任何情绪，却是婉拒了天帝：“陛下，臣已孤寂了这许久，怕是照顾不好别人了。”

“爱卿怎知呢？你平日皆征战在外，怕是没有见过白瑾仙子，不如见见，只见一眼就许终身的事情也是不少啊。”

众仙皆笑起来，唯独沧溟，始终面无表情。

那一袭白衣的仙子缓缓走来，很是端庄的样子，然而眼波流转，藏着一分狡黠与一分不耐。玉簪斜斜插在她的头发上，行走间簪上流苏轻轻晃动。

果然是美人啊，众仙皆在心中暗暗赞叹，“肤若凝脂气如兰”放在她身上恰如其分。

白瑾先是向天帝王母行礼，再是向沧溟作揖：“神君，小仙是白瑾。”

沧溟的脸色逐渐改变，那仿佛剜心的疼痛在胸腔回荡，他忽然想起在轮回镜中看到的那些画面。

那个与他相似面容的人在衔锦湖畔遇到那个如水般清澈的姑娘，她喝醉酒拉着他哭哭啼啼倾诉相思意，谷底，他拥她入怀，许她白首之约。

若这不是一场劫，他们将是最平凡的人间夫妇，恩爱白头。

他有些恼恨地看着司命，这个安排劫难的星官着实太大胆了，也太懒了一些，两个神仙的劫他居然放在了一起。是该参一本的。

历劫后的仙人都会忘记凡间发生的一切，若不是他不小心在轮回镜中看到这些，他该如白瑾一般什么也不知。

心里涌起的一阵难过让他几乎窒息。怎么回事？即使神仙看到过往历劫也不过像是看他人故事，为什么他会有这般心痛的情绪？偏偏其中还夹杂着莫名的欢喜。

“姑娘。”凡间初见时的话语竟清晰想起。

“我，是沧溟。”他哽了哽。

努力保持情绪稳定，他缓缓向天帝叩首：“是臣鲁莽，白瑾仙子确实是很好的妻子人选。”

天帝捋了捋胡须：“准！”

众仙善意笑说果然英雄难过美人关，纷纷向他道贺，这桩婚事就这样被定下来。

没有人注意到，在道贺时司命星君意味深长的笑容。

坐在花轿里，白瑾感受着周围的喧闹声，只觉有些熟悉，她知她的婚礼是如何盛大，王母最喜爱的仙子嫁给了天界第一将军。

忽然她就想起王母的话。

“白瑾，你是我一心培养的人，你可知为了你的这一步我费了多少心思？我动用无数关系将你的劫数一拖再拖，才让司命写下这份宿命簿，才能悄无声息地将你们绑在一起。我故意让人引他看见轮回镜里他所历的劫，所以，他才会这般愿意娶你。”

“可是娘娘，他就算看见过往，也不过像是看他人过往一般啊。”她疑惑。

“是龙珠啊，它浸了你的心头血，又到了他手中，自会带给他一些凡人情感。”王母慈爱地摸了摸她的头，“瑾儿，沧溟功高盖主，难保他不会起什么心思。我走这一步也是迫不得已啊，除掉他，证明你对天帝的忠心。到时候，我自会好好赏你的。”

“是，娘娘。”每一个字都清晰有力。

她自小被王母养大，待遇与公主相差无几，王母就像她的母亲，是白瑾誓死效忠的人。

司命说，在凡间她与沧溟是夫妻。她被辜负死去，他追悔莫及，这般情感在沧溟心中会十分强烈。

所以希望她千万不要辜负了他写的这场好戏。

她不记得凡间发生的一切，但心里总有一股不甘，在见到沧溟时更加强烈。

“毁掉他。”一道声音喊。

她掀开轿窗旁的帘子，刚好途经瑶池。

“今年的荷花开得真是好，鲤鱼也大了一圈啊。”她叹道。花

蓝楹花下，少年慢行

文 / 洛摇缀　图 /Apr

一

心里眼里，全都是你

夏晓年踮着脚去够画有叶谦的巨幅海报。差一点儿，就差一点点！她指尖绷直，拼命往前伸，始终差了一厘米的距离。

“喂，你在干吗？”好像做贼当场人赃俱获，她跺了跺脚，从牙缝里挤出这几个字：“顾屿森，你不说话会死啊？”

“会啊。”他习惯性地拍了拍夏晓年的脑袋。

夏晓年瞪他一眼，终于还是妥协，扯了扯他的袖子：“你帮我把这张海报撕下来吧，小心点儿，别扯破了。”

他的神色有微妙的变化，没好气地将那张海报取下来塞到她怀里。夏晓年却觉得自己的脸颊红得发烫，真见鬼！第一次挨打被他发现，第一次出糗被他撞见，第一次收到情书被他嘲笑，仗着是自己的邻居，从小到大总被他看到自己最丢脸的样子。

“夏晓年，”他把书包甩在身后，“回家了。”

饶是心里憋了一千个无可奈何，夏晓年也只能屁颠屁颠地跟在他身后：“听说你是推理社的副社长，我感觉我思维逻辑清晰，一看就是个学推理的好材料，你觉得呢？”

“好啊！”他停下来，目光扫到夏晓年怀里的叶谦，嘴角扬起的笑意很快收了回去，“你是为了我们叶大社长吧？”

见夏晓年不说话，他径自往前走去：“就你这智商，基本也告别推理了。”

夏晓年小跑着跟上他：“那你说说怎样才能引荐我进推理社啊？每天放学请你吃冰？”

顾屿森犹豫片刻，严肃地伸出两根手指：“两份。”

“好，两份就两份！”夏晓年咬牙一抬眼，看到海报，初夏的阳光映在海报上，海报上的他竟然有些好看，让人想起那一天。

那还是去年冬天的事情，校辩论队的成员生病了，她这个替补队员被迫上场。

对方像是知道她的软肋，自由辩论的时候处处针对她发起强烈的言语攻击，夏晓年站在辩论场上有口难辩，连说话都开始结结巴巴起来。

“请问对方辩友，既然你已经承认了文学商业化的经济效益，为什么不推崇文学商业化呢？”

夏晓年一脸愕然，正准备紧张地起身，手却被叶谦按住了。

他修长的指尖微凉，站起身侃侃而谈：“可我认为，经济效益不如人文效益，文学如果一味地市场化，必将跌入庸俗的深渊……”

后面的话夏晓年都没有听清，只记得他落在她手上微凉的温度，夏晓年抬头看他，觉得自己的心跳好像漏了半拍。

自那以后，她就忍不住去搜集关于他的各种消息，在人群中找他又故意不看他，日记本里密密麻麻全是这个名字。

叶谦啊叶谦，我好像，喜欢你呀。

二

令人头痛的逻辑推理

第二天一早，夏晓年就收到了来自推理社深深的恶意，因为她遇到的入社考核人员是“铁面判官”叶谦。

“福尔摩斯住在哪里？”叶谦在本子上写着什么，根本没抬头看她。

夏晓年的手在桌面上画着圈圈。住在哪里？鬼知道他住在哪里啊……

顾屿森用手挡住嘴巴小声说：“贝克街。”

“哦，贝壳街！”她响亮的回答引来社团成员一阵哄笑，夏晓年挠了挠头，看到叶谦的眉毛皱了起来：“请你解释一下什么是叙诡？”

“叙诡……”她在桌子底下用力扯住顾屿森的袖子。

“叙述性诡计。”他一字一顿发音。

“徐熙媛归隐？”她小心翼翼地开口，试探的目光看向顾屿森，他以手扶额，这一句她是听清楚了：“夏晓年，你是笨蛋吗？”于是她狠狠踢了他的腿肚子一脚。

叶谦合上笔记本：“很显然夏同学的考核不及格。”他冷冰冰地说，和辩论场上帮她解围的叶谦判若两人。

顾屿森清了清嗓子：“我觉得夏同学还是很有热情的，不会可以慢慢学，希望大家给她这个机会。”周围窃窃私语的声音越来越大，顾屿森只说了一句话就让所有人安静下来，“不招她，我就退出。”

这玩得也太大了，夏晓年冲他直摇头，他却固执地看着叶谦，社长沉思片刻，终于松了口：“行，多她一个人也不成问题。”

夏晓年简直感激涕零，放学后马上买了两份尊享芒果冰犒劳顾屿森。

“你今天真是酷到没朋友了。”她狗腿似的双手呈上勺子，“不过你就不怕大家说我走后门啊？”

“管他们说什么，反正我罩着你。”他大口挖着芒果冰，冲她扬了扬眉毛。

他的眼睛太诚恳了，夏晓年忍不住伸手揉乱了他的头发。

之后夏晓年就跟打了鸡血似的，社里的活儿全抢着干，一心在叶谦眼前增加曝光率。她给他叠了很多小星星，装在一个透明的玻璃罐里。

夏晓年所有心思都放在叶谦身上，奈何落花有意流水无情，叶谦只把她当成芸芸粉丝中的一个，他拿一个小箱子装礼物，攒到一定程度就找社员帮忙退回去。

“他没有收我的礼物，可他也没有收别人的呀。”夏晓年一本正经地说，“这就证明我还是有机会的嘛。”

顾屿森伸手揉了揉她的头发，笑起来眼睛弯弯：“可以可以，这种生活态度绝对长命百岁啊。”

夏晓年冷哼一声，默默收起玻璃瓶说：“你又不喜欢别人，你怎么会懂？”

“你怎么知道我不喜欢别人？”顾屿森辩解道。

夏晓年嗅到了八卦的气息，她凑近了顾屿森问道：“是哪家的姑娘？我怎么不知道？”

顾屿森却岿然不动，在她眼前打了个响指：“你猜。”

还不待夏晓年说话，他就单肩背起书包走人了。

三

完美少女从天而降

顾屿森到底喜欢谁呢？夏晓年思索了很久也没找出个答案，不过她很快就没有这份闲心了，据说叶谦亲自招了一个名叫艾琪的女生，肤白貌美，还有一双大眼睛，严重动摇了她作为推理社唯一女生的社花之位。

叶谦照例开推理社日常的讨论会，他用粉笔在黑板上写下大大的“如何制造一场完美的不可能犯罪？”

社员们热烈讨论，顾屿森带头发言，他提出了“伪造自杀、催眠”等方案，修长的身影干净利落，侃侃而谈的样子就好像古希腊哲学家。

不过夏晓年的注意力全在新来的艾琪身上，她刚看到她的嘴角些微上翘，就听到叶谦喊了她的名字。

艾琪倒也不慌不忙地站起来，对着顾屿森的方向：“不知道你有没有看过东野圭吾的《嫌疑人X的献身》，教授为了拯救自己心爱的女人，就以交换死者身份的方式顶罪，伪造了一场看似完美的不可能犯罪。”

顾屿森点点头：“所以呢？”

“所以啊……”艾琪的嘴角娇俏地勾了起来，“这世上哪有什么不可能犯罪？只有不朽的爱和未死之心。”

她站在那儿，微风扬起发梢，就跟一个月下精灵似的。夏晓年看到冷若冰山的叶谦竟然笑了，他的眼底流露出赞许的目光，然后带头鼓起了掌。

完了完了，夏晓年在轰然的掌声中听见了自己心碎的声音。

接下来的好几天她都不在状态，跟顾屿森回家的时候也一言不发，像是辛辛苦苦种的白菜被邻家大婶抢走了一样。

这种闷闷不乐一直持续到一个傍晚，她留下来打扫卫生，看到艾琪和顾屿森站在门口的香樟树下，便偷偷凑了过去。

她没想到一个女孩连告白也能那样大方：“顾屿森，你愿意陪我解一辈子的谜题吗？”

这个一向任性的大少爷反倒有些不好意思。

“因为我足以与你相配。”少女背着手，夕阳透过香樟叶，把她的半张脸映得近乎透明。

顾屿森嘴角上扬：“我不清楚，我心里好像已经住了一个人，所以我……”

“没关系。”她稍稍歪着头，“我可以等你。”

直到艾琪走远了，夏晓年才冲出来双手拦在顾屿森面前：“你是不是傻？艾琪她是女神哎，我跟你一起放学回家这么多年，你心里有没有别人我还不知道啊？”

顾屿森还想说些什么，最终却硬生生噎了回去：“要你管。”他拨开她的手，夏晓年却再次拦在他面前：“不然你说，你到底喜欢谁？”

“这对你而言很重要吗？”顾屿森深沉的眸子凝望着她。

夏晓年直视着他的眼睛，这样的眼神太坦荡，让顾屿森觉得自己的心思是多么见不得光。

“你说出来，我可以帮你追啊。”

听到这句话，顾屿森的眸子倏然一黯：“我想还是不必了。”他叹了一口气，像是不死心，又抬起眸子问，“你就这么希望我和别人在一起？”

“其实我最希望你和艾琪在一起。”夏晓年打着自己的算盘笑着说，“这样就没有人跟我抢叶谦了。”

顾屿森看着她，眼底满是失望，仿佛冬天挂在窗户上的冰凌。夏晓年从没见过他这样的眼神，无端有些心疼，下一秒反悔的话几乎脱口而出。

“夏晓年，你是笨蛋吗？”他嫌弃地瞥了她一眼，把书包甩在身后，往小径走去。

四
不能说的秘密

后来夏晓年才知道，艾琪加入推理社就是奔着顾屿森去的，就像她奔着叶谦来一样。她托着腮给窗口的盆栽浇水，正要伤春悲秋一番，却看到好几天不见的顾屿森出现在教室门口。

夏晓年有些尴尬，明明是那么要好的朋友，却一时不知道该说什么才好。

顾屿森靠着窗台：“我答应艾琪了。既然我自己也不确定内心的答案，她又那么优秀，为什么不和她试试看呢？”

并没有想象中的狂喜，心里反倒有些空落落的，夏晓年推了他一把：“要请客啊。”

顾屿森笑了，侧着头看她：“现在你开心了？”

并没有，只是一种说不清楚的感觉，像渗水的水龙头一样滴滴答答，夏晓年难以形容，只好咧嘴冲他傻笑。

那之后顾屿森就再也没有放学后在门口等她了，她看着他们出双入对，一起解谜题，一起讨论诡计，一起吃饭，一起打打闹闹，果然长得好看的人往哪里站都是风景，让人能分分钟脑补出一部四十集的偶像剧。

比较令人意外的是，艾琪居然和夏晓年成了很要好的朋友，她们有时一起逛街，艾琪还会买跟她同款的裙子。

她们迈着一样的步调，吃着一样的香草冰激凌，逛书店的时候夏晓年挑了一本岛田庄司的推理小说。

艾琪眼尖，一下就把书抢在手里：“岛田流的作品，叶大社长最喜欢了。”

“是吧是吧。”夏晓年笑眯眯地说，“送他这个礼物他肯定会高兴。”

艾琪试探着发问：“你……该不会喜欢叶谦吧？”

夏晓年从她手里抢过书，不好意思地跑开了。

艾琪笑了笑，只有她知道自己到底在窃喜什么，开口对夏晓年道：“我觉得挺好的，你和他再般配不过了。”

可艾琪并没有如愿，和顾屿森在一起不过短短两个月就分手了。

这个惊天大八卦在学校里疯传，大家都说是艾琪甩了顾屿森，可艾琪知道，其实只是她那天穿了一条和夏晓年一样的裙子，学着夏晓年的语气跟顾屿森开了一句玩笑。

玩笑没有收到笑声，顾屿森沉默片刻，然后叹了口气问：“你不累吗？”

艾琪从没有一刻觉得如此委屈，可她什么话都没有说，只是站在那里，静候顾屿森的下文。

果然，他开口了，一字一句敲在艾琪的心上：“对不起，当初答应和你在一起的时候我的心很乱，大概因为还留恋一个不可能的人，所以想通过另外一段恋情去拯救自己。”

可其实离开了才发现，她在他身边的一切都已经成为一种习惯，他越不去想她，那种思恋就如浪潮一般层层叠叠涌上来。

艾琪又何尝看不出？他的眼神、他的动作，全都因为另外一个女孩而神采奕奕，她那么骄傲的一个人，放下身段模仿她，到头来却只收到一句——“你不累吗？”

他们两个人都太过聪明，顾屿森想通过一段新恋情拯救自己，可最后却拖着艾琪在这潭搅不清的浑水里越陷越深。

“对不起。”顾屿森很认真地说，“你怪我也好，恨我也好，可我真的不能再耽误你了。”

艾琪沉默片刻，轻轻点了点头，她重新扬起一个漂亮的微笑：“那你看着我走。”

她刚刚说完，就深吸一口气径自朝前方走去，顾屿森看着她的背影，她再也没有回头。

跟顾屿森分手之后的周末，艾琪还像之前那样约夏晓年喝奶茶，举手投足间很潇洒，丝毫看不出分手的迹象。

夏晓年小心翼翼地问：“听说你不要顾屿森了？”

艾琪想了想，没有回答这个问题，反而问她：“你知道顾屿森最喜欢的人是谁吗？”

又是这个问题，顾屿森喜欢谁简直是一个世界之谜！

“你呗。”夏晓年没心没肺地笑着，“天啊，该不会分手了还要秀一拨恩爱啊？”

艾琪摇头苦笑，这个答案其实呼之欲出。

“是你。”她轻灵的声音在夏晓年的耳边炸开，“他喜欢的人是你啊。”

夏晓年的手攥成着拳头，一时间万千思绪纷然涌来，她第一次慌不择路，原本坚定的内心也动摇起来。

顾屿森……如果真的有这个可能的话，她是不是会放弃叶谦考虑一下他呢？

夏晓年一时心乱如麻，她正考虑说些什么，就听到身后一个清冷的声音开口：“瞎说什么，我怎么会喜欢她？”

夏晓年转身，看着顾屿森一步步朝她们走来，他依旧用往常那种调侃的口吻，可眼神却有些黯然：“她这么笨，学习成绩差，还总爱给我惹麻烦，我怎么可能喜欢她？”

这一句，反而让夏晓年觉得始终压抑的气氛稍微缓和了，她长舒一口气，手肘敲到顾屿森的肩上：“还是不是最好的朋友了？”

顾屿森揉了揉自己的肩膀，对上艾琪震惊的目光。

是啊！他就是害怕，他害怕一旦摊牌之后连待在夏晓年身边的资格都会失去，因为太喜欢，才会患得患失，才会急于撇清关系。

那一天郑重的谈话以玩笑收尾，回家后艾琪给顾屿森发了一条消息，她其实有点儿心疼他，可敲出来的字却牙尖嘴利：

顾屿森，你活该当“备胎”一辈子！

顾屿森只是笑了笑，随手回了一句，语气中却充满无可奈何：

你知道她喜欢叶谦啊，我有什么办法？

五
一厢情愿，纯属误会

这个插曲随着暑假的到来而结束，今年的暑假十分燥热，夏晓年傍晚一个人窝在家里慢慢吸着西瓜汁，门口却传来一阵敲门声。

她揉着眼睛打开门，那团模糊的人影都快把夜空照亮了。天哪！是叶谦！

夏晓年明明心里激动得要命，却还得假装镇定地说：“叶谦，你怎么来了？”

叶谦顿了顿，面色有几分窘迫：“夏晓年，有一件事我考虑了很久，还是决定跟你说。”她的呼吸急促起来，心提到了嗓子眼：“什……什么？”

“我好像，喜欢你很久了。”

夏晓年睁大眼睛，心底的烟花轰然爆裂，炸得整个人都像在天上飞。

“你你你……先在楼下等我一下，我马上下去！”她手足无措地关上门，三两步跑回房间，用力掐了自己一下。

好痛！竟然不是在做梦！

夏晓年高兴得手舞足蹈，抓起手机迫不及待地跟顾屿森分享这个消息：“叶谦就在我家门口，他说他喜欢我很久了！”

电话那头停了片刻，最终冷冷地“哦”了一声。

“哎呀，不说了，我要去见我的梦中情人了。”不等她说完，顾屿森就挂了电话。

夏晓年对着手机扮了个鬼脸，快速换了一条连衣裙跑下楼，正准备甜甜地应一句我愿意，一群人却突然从门口拥进来高喊：“在一起，在一起！”

所有人都高呼着“在一起”，可她却清清楚楚地听到叶谦用略带歉意的声音说：“对不起，刚刚是在玩大冒险的游戏……你不会介意吧？”

哄笑声不止，夏晓年整个人都是蒙的，最终只能从牙缝里挤出一丝微笑：“哈哈哈，我早就猜到了。”

她跟着大家一起笑，笑得眼泪都快出来了。

一伙人出发前往下一个恶作剧的目的地，夏晓年看到叶谦的背影被大家簇拥着越走越远，越想越委屈，干脆披了一件衣服独自往后山散心。

没想到真的这么巧，居然在后山的湖边碰到了顾屿森，他一个人往湖里打着水漂，一副“全世界欠了他五百万”的表情：“干吗大晚上跑来深山老林‘虐狗’啊？”

“我被人骗了。”夏晓年抽了抽鼻子，抱着膝盖坐在他旁边，“他们只是在玩真心话大冒险，只有我一个人傻乎乎相信了。”

顾屿森跟满血复活一样，他嘴角溢出笑意，被他硬生生憋了回去，却逃不过夏晓年的法眼：“幸灾乐祸啊。”她睁着水汪汪的眼睛，一拳捶在他肩膀上，“信不信我分分钟哭给你看！”

“想哭就哭呗。”顾屿森仍是看热闹不嫌事大。

于是她真的“哇”一声，鼻涕眼泪一起下来。

“夏晓年，你不是吧？”顾屿森手忙脚乱地找着纸巾，找不到，就只好将她轻轻拥在怀里拍着她的后背，任她把鼻涕眼泪蹭在自己的衣服上。

那天的月亮掉进湖里，他静静地抱着她，多希望一刹那就白了头。

六

推理联赛最强战队

临近期末，学校里最盛大的比赛就是推理联赛。叶谦如临大敌，勒令每个社团成员本周五前上交十个原创谜题，作为推理大赛的备选。

时至深夜，夏晓年还待在社团的阅览室里，左手一堆推理小说，右手拿着笔，头一点差点儿睡着，被顾屿森戳了一下脑袋：“还没写完？”

她揉揉眼睛：“没有啊，你猜明天老叶会让我怎么‘死’？”

顾屿森觉得她睡眼惺忪的样子竟然有几分可爱：“你去休息吧，我来帮你。”

“那我先在隔壁趴一会儿。”夏晓年带上门后又把门推开，探进半个脑袋，“顾屿森。”

“什么？”

她透过门缝，看到他的指尖停在书页上，在乏黄的灯光下有一种上世纪的古旧情怀：“你是全世界最好的顾屿森。”于是他笑了，像漫天繁星都入了他的眼。

夏晓年睡醒后，发现顾屿森已经写完所有谜题，他趴在桌上睡着，眼皮微动，嘴角有一抹恬淡的笑。不知道梦到了什么，夏晓年抓了一件外套披在他身上。

本届推理联赛可以个人战，也可以组合赛，顾屿森说他可以带夏晓年玩玩，夏晓年也想多争取几个在叶谦眼皮子底下奔跑的机会，于是报了一个“宇宙最强战队”。

天知道顾屿森在名单上看到这个组合的名字时有多想翻白眼：“夏晓年，你可以再土气一点儿吗？”

“因为你这么厉害，跟你混肯定所向无敌！”

这话倒是中听，顾屿森扬了扬眉毛，着手去取第一个题目。

后来几天夏晓年都开启暴走模式，跟着顾屿森整个学校找线索，屁股还没坐热，顾屿森就拉着她快速奔往下一个地点。

他有时琢磨一个密码，会快速在草稿纸上进行排列组合。夏晓年趴在桌子上看他，觉得这个玩世不恭的男生专注起来简直好看得不像话。

经过几番辗转，顾屿森飞速翻阅着英语词典，终于笑着在纸上列出终极密码——

You had me at “hello”.

（你的一句“你好”，就已经使我沦陷。）

他举起那张字条看着夏晓年。

夏晓年虽然对解题过程一知半解，但这个答案还是深深戳中了她，这几天的辛苦像热巧克力一样慢慢融化，她由衷赞叹那行漂亮的花体字：“这个谜题太浪漫了。”

顾屿森丢给她一个密码锁：“想试试吗？里面有我想对你说的话。”

很多年以后，夏晓年只记得那天阳光特别好，透过细密的枝丫，在他身上晕开一片深深浅浅的新绿。

七

真人版“杀人”游戏

所有取得终极密码的人都要参加终极决赛，叶谦用社团经费在山间租了一栋别墅，准备在这里进行真人版的“杀人”游戏。

游戏一共有七个“平民”，一个“杀手”，“杀手”每天晚上可以潜入一个人的房间“杀”掉他，第二天大家集中推理凶手是谁。“杀人”途中碰到“平民”玩家，对方如果没有发现“杀手”，“杀手”也可以将其“处决”掉。

想想都刺激啊，夏晓年却哭笑不得，什么“杀人”游戏，她还是个宝宝……

她求助似的看向顾屿森，他只是耸耸肩，一副自求多福的样子。

百尺高楼平地起，成功还得靠自己。夏晓年第一晚就把所有能搬的东西都堵在门前，最后还是不争气地打通了顾屿森的电话，本来想说：“嘿，咱们去找凶手吧？”话到嘴边却变成了：“喂？你一个人怕不怕啊……”

顾屿森听到她的颤音，忍不住觉得好笑：“我在你门口，你开门。”

“啊？”夏晓年手忙脚乱，“你等等啊，我挪一下衣柜。”

对面很久没动静，在她费力推衣柜的时候，有个人影从窗台翻身而下：“我迟早有一天要被你的蠢气死。”

夏晓年张大嘴巴，自以为固若金汤的防守就这么轻松地被顾屿森瓦解了。

“早点儿睡，你睡着了我就该回房了。”他搬了把椅子坐在床头。

十几年的过命交情早使他们非常亲密，所以夏晓年并没有不好意思，她乖乖缩进被窝，露出两只圆圆的眼睛。

“看什么看，我太帅了，你睡不着吗？”顾屿森一手靠在床沿支着脑袋。

夏晓年瞪了他一眼，翻身沉沉睡去。

接下来的几日，总有人离奇“死去”，有时凶手甚至把现场设计成密室，挑战众人的智商。“这杀手咋不上天呢？”夏晓年抱怨，神经一天比一天紧绷，好在顾屿森每晚都会来陪自己。

一天晚上，她模模糊糊醒来，顾屿森已经走了，听见门口有动静，胆小的她却遏制不住内心的好奇，悄悄打开一道门缝。

有人打着哈欠走下楼，一个身影却突然从拐角边蹿了出来，他将棒球棍在他身后一挥，那个人错愕地转身，然后对方告诉他他已经“死了”。

夏晓年捂住嘴巴努力不让自己发出声音，那个背影就是化成灰她也认得，那是顾屿森啊。

顾屿森冲她比了个噤声的手势，跟进她的房间。

“你是‘杀手’，为什么还每晚来陪我？”夏晓年激动不已。

相反，顾屿森却显得很冷静："现在摆在你面前的路有两条，一条是告发我，还有一条是叛变帮我赢。"

身为正义的平民夏晓年迈不出叛变这一步，可她实在不忍心告发顾屿森："哎哟喂，你现在'杀'了我吧，你多的是机会'杀'我的。"

他双手抱在胸前，笑得一脸痞气："可我舍不得呀。"

夏晓年感觉脑子要"炸"掉了，她抱着脑袋在屋里转了几圈，最终自己撞在了墙上。她靠着墙滑下来："我不管，我'自杀'了。"

顾屿森"扑哧"一笑，他蹲下来揉揉她的头发："夏晓年，你是笨蛋吗？"

八

得不到的永远在骚动，被偏爱的都有恃无恐

那场推理联赛最后顾屿森拔得头筹，夏晓年心底莫名有一丝得意，他是全世界最厉害的顾屿森，他才不会输。

眼瞅着叶谦的生日临近，夏晓年下定决心殊死一搏，战线拉了这么长，叶谦得是瞎了才看不出自己喜欢他。她又不比谁差，最后一战，不成功，便成笑话！

她豁出去了，决心搞一件大事情。联合推理社的所有成员用蜡烛摆了一颗巨心，等叶谦一进活动室就高唱生日歌，然后她将手捧鲜花亲自向他告白。

计划比想象中还要顺利。叶谦推开房门，看到满屋摆成心形的蜡烛，唯一出人意料的是，他在一众人给他唱生日快乐歌时，回头凝望身边的女孩，紧紧拉住她的手。

后来夏晓年才知道，那个女生是艺术系的"系花"，叶谦在推理联赛上设计的那一系列密码，只是为了当着全校的面告诉她："你的一句'你好'，就已经使我沦陷。"

真是太浪漫了……夏晓年在那里站成了笑话。

生日歌越唱越尴尬，叶谦还以为是社里特地为他准备的祝福，社员们打着哈哈就过去了，只有夏晓年一个人奔出了活动室。并没有想象中的撕心裂肺，反而有一种奇妙的解脱感，也许在追逐他的这段日子里，她早已把自己的热情耗尽。

不过还是很难过啊，更多的是不甘心。她跟在他身后这么久，他怎么就不能转头看她一眼呢？

顾屿森递给她一张纸巾："别哭了。"

她扭过头背对着他。

顾屿森一股无名火"噌噌"往上蹿："有没有一点儿眼力见儿啊，你看不出来叶谦他不喜欢你吗？真是想不明白你为什么非他不可。"

他总是能轻易戳中她的软肋，夏晓年用袖子擦了擦眼角的泪水，冲他大喊："要你管啊，你是我的谁呢？"

顾屿森愣了愣，跟着唇边泛起一丝苦笑，他不住地点头，像是努力说服自己什么："好，这可是你说的。你以为我乐意成天跟在你屁股后面收拾烂摊子啊？"

他转身往相反的方向走去，走到一半又不放心地回头，夏晓年没理他，转身往黑暗中奔去。

如果时光能倒流，夏晓年真希望回到当时，跟顾屿森说一句"对不起"。我们总是不由自主地把最坏的脾气，留给最亲近的人。

九

十年踪迹十年心

再见到顾屿森，已经是暑假。空气中弥漫着冰棒和汽水的味道，他说他爸爸调到外地工作，一家人都要搬过去，明天就启程，他是专程来向她道别的。

夏晓年的心里突然像是被塞进了一个特酸的柠檬，呛得眼泪都快要掉下来。她以为来日方长，可许多事情根本来不及回头。

她对顾屿森挤出一丝微笑："走，我请你吃烧烤，姐姐请客！"

那天的夜色太美，他们去了以往常去的街边小摊吃烧烤，用竹签敲着盘子唱歌，互相吐槽对方从小到大的糗事。蓦然回首才发现，原来在这不长不短的十几年里，对方占据了最重要的时光。

后来夏晓年聊着聊着就睡过去了，顾屿森只好背着她回家，直到走到巷口最后一个拐角，他突然停下来，

看着睡得迷迷糊糊的夏晓年，觉得有些话现在不说，可能一辈子都没有机会再说了。

他附在她耳畔轻声说："我给你唱一首歌吧，你那么喜欢唱歌，还从来没有听过我唱歌呢。"

靠在他身上的人支吾一声，算是默认。

他舔舔干涩的嘴唇，声音清亮："老实说我怎么敢去说我爱你，老实说我对你的好不太刻意，所以我从来不提，保持最近的距离，最好的朋友我和你。"

顾屿森低头看着夏晓年细密的睫毛，目光也柔和下来："老实说我怎么会不敢去爱你，这根本不用浪费我一点点勇气，只是我们太熟悉。"

"好听！"睡得迷迷糊糊的夏晓年伸直了双手想要鼓掌，重心不稳差点儿跌倒。顾屿森扶住她，将自己的额头抵在她的头顶，好久，才发出一声极轻的叹息："夏晓年，回家了。"

他就是喜欢她，才会想和她做朋友，可他若是喜欢她，又怎么会甘心只做朋友？

顾屿森把夏晓年送回家后，在巷口望着她的窗口看了很久，才迈开步子慢慢往自己家走去，他想，这次搬家，也许就再也不会回来了。

夏晓年醒来的时候恰好是第二天清晨，昨天发生了什么全都不记得了，只记得顾屿森把沉睡的自己送回家，只记得他今天就要离开了。

想到这里，她从床上一跃而起，透过窗户看到巷子尽头停了一辆面包车，顾屿森提着行李箱往前走。

她连头发都没梳就直冲下楼，小巷子从来没有这么长，她跑了好久好久，像是回到了小时候，她沿着这条看不到尽头的巷子追着顾屿森。

听到身后有动静，顾屿森转身，她却在离他三米远的位置站住了，撑着膝盖直喘气，真的叫住了他，反而不知道该说些什么。

巷口的蓝楹花纷纷扬扬地飘落，她只来得及说一句："真美。"

"是啊！"顾屿森笑着，最后冲她挥了挥手。

他弯腰钻进面包车，夏晓年这才又叫住他："顾屿森！"他抬头，隔着蓝楹花雨看到她一字一顿对自己说，"你是全世界最好的顾屿森。"

面包车呼啸而过，把最后的告别也湮没在车辙里。

十
感谢你陪我将岁月凝成诗行

直到失去的那一刻她才明白，顾屿森是真的喜欢她，如果他不喜欢她，怎么会一次又一次容忍她的犯傻？如果他不喜欢她，为什么要跟在她身旁，为她披荆斩棘，陪她渡过一切苦难？

顾屿森总是欺负她，取笑她，可对她最好的人还是他。

那样的眼神骗不了人，在他扭头的那一瞬间夏晓年就发现了真相，可她没有说出口，说出口又能怎样？他还是要走的，不如故意装傻，以后说不定还能在微信上说说笑笑，跟什么都没有发生过一样。

好遗憾她一开始给他贴上的标签是"最好的朋友"，不然他们也许会有更曲折的故事。

夏晓年后来花了很长时间去解那个密码锁，试过各种排列组合，最后才发现那个开锁密码竟然是自己的生日。

她取出那张字条，上面只有一行字：

夏晓年，你是笨蛋吗？

音容笑貌，历历在目。她捂着嘴巴笑，笑着笑着就眨下了一串眼泪。

人们把晚来的爱都锁在密码里，自欺欺人地演说，撇清所有关系。

你真正想说的话我都懂，只可惜，顾屿森啊，我来晚了，你也晚了，太迟了。

那天晚上，夏晓年做了一个很长很长的梦，梦里的顾屿森还很小，依稀是初中的样子。他背着单肩包，斜靠在他们班级的后门上，他说："夏晓年，回家了。"花

矢车菊裙摆上的青春

YOUNG

文/梓芊　图/阿粟

“蓝色的矢车菊在裙摆上燃烧。

“一个少年在这蓝色的火里迷了路，他把裙摆的颜色，错当成了天空的颜色。”

01

听到开门的声音时，余希脸色煞白，当即把礼盒胡乱塞进床底。盒子里，是一条蓝色矢车菊花纹的裙子。余微微推门进来，冷淡地看了趴在地上的她一眼：“你在干吗？”

“我……我在锻炼身体，”余希急中生智，滑稽地扭起腰来，“一二三四五六七八……”

余微微瞥了她一眼，躺到床上玩起了手机。见她没反应，余希松了口气，熟悉的手机铃音响起，余希轻手轻脚地带上门出去接电话。

“喂，小希，送你的礼物还喜欢吗？”

听着对面嬉皮笑脸的声音，余希板着脸说：“林子桉，我劝你现在别出现在我面前，不然我可能会揍你。”

她冷淡地挂掉了电话，注意力却被不远处指示地图下站着的少年吸引了。少年皮肤白皙，凤眸上挑，眉目如画。

他背着重重的背包，戴着鸭舌帽，穿着干净的白色T恤和牛仔裤，被一群游客挤到边上，正迷茫地在图上寻找着什么。

“同学，有什么需要帮忙的吗？”余希挤过去，挂着招牌微笑，自来熟地搭讪。

“谢谢，不需要。”少年冷淡而礼貌地说。

余希的笑脸瞬间凝固，好在她功力深厚，仍旧厚着脸皮凑到他面前：“同学，我从小在这儿长大，你问我比自己研究来得快多了。难不成你一个大小伙子还怕被我拐了？”

少年这才仔细打量了余希一眼，她似乎经常晒太阳，皮肤有些黑，黑白分明的眼睛里闪烁着狡黠的光芒，短发湿漉漉地贴在脑袋上，脸颊上的雀斑显得俏皮又可爱。

他想了半天才终于说：“我在看去哪里买票。”

余希带少年走了熟人通道，看着走在前面的少年，她感觉他就像只待宰的羊羔——“肉肥汁鲜”。

余希的家在一座江南小城，小城倚江而生，风景甚好。这里几年前还很闭塞，后来整座城市被开发为旅游景区，每逢假期都有游客蜂拥而至。本来镇上设置了正规售票处，但像她这样的本地人，为了赚钱都会带游客走熟人通道，赚得不多，但细水长流。

余希在这方面是老手，她眼疾手快，胆大心细，善于察言观色，总能比别人多赚一点儿。

“同学，想知道我们这儿哪里景色最好吗？想知道在哪儿买最便宜的河灯吗？这些我都可以带你去，一天三十，我陪你一起玩个过瘾……”余希热情地介绍着，说得口干舌燥，而少年则不怎么理睬，只是偶尔应付地点头。

就在余希考虑如何让少年答应让自己做导游的时候，一道风一样的身影从两个人身边掠过，没等余希反应过来，旁边的少年一摸裤兜：“我的钱包！”

余希脑子一热便追了上去，瘦小的她在拥挤的人群里蹿得飞快。小偷趁红灯最后一秒溜过斑马线，得意地往后看，却没想到余希毫不犹豫地加了速。

“嘎——”转弯的三轮摩托车在刺耳的刹车声里停下，少年及时地拽住了余希的胳膊：“你在想什么呢？”

余希被他拉得摔倒在地，腿上划出一道口子。剧烈运动让她大脑缺氧，她努力睁大眼睛，发现眼前的世界忽然暗了下来，只有黄绿色的交通信号灯。

怪不得刚才差点儿被撞，她根本没看灯。她揉揉酸涩的眼睛，忍不住暗骂：这隐形眼镜骗人的吧……

02

余希没能帮少年追回钱包，还挂了彩，就在她担心自己这单生意泡汤时，少年买来药品，给坐在路边的她擦拭腿上的伤口。

“咝——”余希疼得龇牙咧嘴，嘴上却不饶人，“大哥，你轻点儿，你当是在擦地板啊？”

少年的眉始终蹙着，他沉默地处理完她的伤口，忽然抬头说道："谢谢。"

余希第一次见有人皱眉也能这么好看，夕阳碎光将他的眉目都染上了温柔的金色。余希的心猝不及防地漏了一拍，她慌乱地躲开他的目光说："我只是路见不平，才不是为了帮你呢！"

少年闻言"扑哧"一笑，摇了摇头，像是笑她连说谎都说不好，余希脸红着跳起来想走，但腿上的伤口疼得她嗷嗷直叫。"你住哪儿啊？"余希问道。

"我叫许铮，住在C酒店。"少年有些无奈地看着对面的小丫头，"怎么，小导游，你知道在哪儿？"

"那当然啦，"余希眼珠子一转，笑眯眯地说，"我带你去吧，就当是没要回钱包的补偿。"她一蹦一跳地带许铮到酒店附近的巷子口，说道："右手边第二个就是，我就不送你进去啦！"

许铮也不多问，嘱咐道："回去记得换创可贴。"

余希点点头，目送许铮消失在酒店门口，拖着受伤的腿离开，心里默念着：看不见我，看不见我……下一秒，一只手拍得她差点儿吐血，林子桉欠扁的声音在她耳边响起："小希，好巧啊！在这儿都能碰见！"

余希翻了个白眼，一脸郁闷地转过身，心里忍不住吐槽：能不巧吗？前面就是你家酒店。

许久不见，林子桉的皮肤被晒成健康的小麦色，他理了清爽的毛寸，星眸一挑，脸颊上漾着两只酒窝，露出尖尖的虎牙。

"有何贵干？"余希不耐烦地说，"没事我就先走了。"

"喂喂喂，我问你你都没说，送你的裙子还喜欢吗？"

哪壶不开提哪壶，一说到裙子，余希轻叹："林子桉，你以后能不在我面前晃了吗？"

"你明明喜欢，"林子桉打断她，"那天也不知道谁看裙子看了那么久。"

余希想起两天前，在橱窗看到那条裙子。耀眼的阳光下，明媚的矢车菊碎花开满裙摆，矢车菊的蓝色蔓进她的眼，像星星蓝火，足以燎烧寂静之原。

好吧，她承认，那条裙子确实很令人动心。但是这份礼物她不能收。

"我不喜欢，也从来不穿裙子。"余希平静地说，"裙子我改天还给你，以后别送这种东西了，我也不想见你，明白了吗？"

林子桉的笑意渐渐消失，半晌他才问了一句："余希，你真打算一辈子不理我了吗？"

余希沉默地垂眸，一瘸一拐地离开小巷。她没敢看林子桉的眼睛，即便他们的感情曾那么深厚。

林子桉和她是发小，从幼儿园到高中一直是同班同学。两个人从小如影相随，上山下河、互抄作业，连罚站都要一起，但凡她做的事，他都要掺一脚，关系好得羡煞旁人。就算是几年前家里发生巨变之后，林子桉也始终陪在她身边。

当时有同学当着余希的面八卦她的家事，林子桉替她打抱不平，反倒被人胖揍一顿。事后余希满脸心疼地看着挂彩的林子桉，他强颜欢笑："你没事儿就好。"

他一直都是她的一座堡垒，可谁都不是上帝，没有提前读过剧本，他们都不曾料到后来的事。她不是不想见他，而是始终跨越不了那道鸿沟……

03

余希慢腾腾地挪回家时已是傍晚，日色像煮沸的橙汁，空气中流淌着的黏腻让人燥热不已。家里静悄悄的，余微微还是保持着她离开前的姿势。由于不爱出门，余微微柔顺长发下的小脸有些苍白，显得眼睛格外黑。她此刻蜷缩在床上，瘦瘦小小的，令人心疼。

余希轻声进门换了衣服，准备去厨房里找点儿吃的。

别看余希在外面大大咧咧，不拘小节，面对余微微的时候，她反而拿不出姐姐的架势。她看起来很乖巧，但脾气像只猫，敏感得很。

思虑间，门外传来房东大婶催交房租的声音，余希小心翼翼地出去，赔着笑脸恳求她再宽限些时间。房东不耐烦，余希从口袋里摸出几张纸币塞到房东手里，咧着小白牙灿烂一笑："婶，说多话对嗓子不好，这些钱你拿着去买点儿冰糖炖雪梨。"

余希好说歹说，才把人打发走，房东边下楼边皱着

眉嘟囔：“这家人也真是，留两个孩子在家里哪里能成事？一点儿房租都要拖半天，还说要把房子买回来，真是的……”

余希的笑容逐渐退了下去。她回身环视自己的家，晚风吹起蓝色的亚麻窗帘，窗边摆着绿萝，客厅里放着简单的家具，简洁又温馨。

家里的布置经年不变，却已经物是人非。

那天下午的情景还历历在目。走廊的人议论纷纷，林子桉的妈妈突然冲进余希家里，不顾劝阻地翻箱倒柜起来。终于，林妈妈从花梨木匣子里取出一块古朴的玉佩，冲人群喊：“这就是他偷东西的证据！”

余希躲在墙角看着脸色煞白的父母，不明白他们在争吵什么。

余林两家是邻居，因为两个孩子关系好，彼此间都很客气，逢年过节还会互送礼物，谁都没有想到会这么当面反目。余希和不远处拉着林妈妈的林子桉面面相觑，分明能感觉到彼此之间的距离像是隔了万重高山。

吵过闹过，余爸爸百口莫辩，担上了“小偷”的罪名，在小镇上变得声名狼藉，囊中羞涩的余爸爸变卖了房子，转而租下来安置姐妹俩，没多久便和余妈妈南下打工以避嫌。

余希没再往下想，她扒了几口冷饭就拎着袋子出了门，打算再趁着旅游旺季多捞几笔生意。

镇上的游客多喜欢乘乌篷船和放河灯许愿。余希一有空就做手工河灯拿出去卖。

“卖星河灯喽，五块一盏，许愿就灵！”余希把手握成小喇叭状，在喧闹的人群里叫卖，她的手艺好，做的河灯是小巧玲珑的星形，入水也不容易散开，很受游客欢迎，不多时就卖得差不多了。她收拾东西准备回去，却忽然看到了从古玩店出来的许铮。

余希想起他还没答应让自己当导游的事，赶忙把剩下的河灯塞进包里，蹑手蹑脚地接近他，从背后猛一拍他的肩膀：“喂！又见面啦！”

许铮一脸茫然地转身，恍然道：“是你啊。”他随即看向她腿上贴得横七竖八的创可贴：“你的伤好点儿了吗？又出来乱跑？”

“没事没事。”余希干笑着试图把受伤的地方遮住，问道，“你在这里做什么？要我帮忙吗？”

许铮的神色黯然下来，眸色如星光被夜幕遮蔽一般。他显然不太相信余希的话，好半天才说：“你帮不到我的，其实……我在找人。”

他把这一天的行程都告诉了余希，余希这才知道，原来许铮不是来游玩的。她不禁深呼一口气，还好她刚才没有直接问他让自己当导游的事情，不然恐怕他们连朋友都做不成了。

“小镇虽然不大，但要找一个人并不容易。”余希听他说完，笑着扬了扬手里的星河灯，“来吧，我请你放灯，这可是最后一盏了，免费送给你许愿！”

许铮忍俊不禁，无奈地跟着她来到河边。

夜已深，放灯的人渐少，余希把灯举到许铮面前，让许铮点燃灯芯，火苗瞬间将两个人的脸映亮。

他许完愿，把星河灯递给她。余希看着他的眼眸中映着的星火，微微愣神。她下意识地接过来，结结巴巴地问：“干……干吗给我？”

“一起许愿啊，不是说只剩一盏了？”许铮笑道，火光在他眼里像点燃的星星，亮得余希失神了一瞬，她慌乱地抱着河灯许愿，心里却乱七八糟的。

他们在星河灯上写名字时，许铮突然问：“你许了什么愿？”

余希认真道：“我想赚很多很多钱！因为想要弥补自己犯下的错……”

她的声音渐小，许铮抿了抿唇，把星河灯放进了河水里，轻声道：“你听说过石头信吗？传说石头都是有生命的，你对它许愿都能实现，就像星河灯一样。”

“每块石头都有生命？”

许铮挑眉说道：“你的愿望太大了，我怕河灯承载不了，对这块石头再许一次吧！”还未等余希反应过来，许铮就拉过她的手，把萤石放在她掌心。指尖触碰，余希的脸泛了红。

虽然只是萍水之交，他们却把彼此当成了朋友。只有朋友才会这样毫无保留地祝愿对方的梦想能够成真啊……

许铮见女孩终于恢复了开朗，心情放松了点儿。

他从小喜欢石料雕刻，碰到好看的石头都会捡回来，这块萤石就是他最喜欢的石头之一。

初三那年，他在贴吧帮助一个网友复刻玉佩，可惜雕刻时出现失误，等他发现时已经时隔多日，再联系网友却杳无音信。这些年来他为那个失误懊恼不已，过得并不踏实。他当下的愿望是找到那个素不相识的网友，好让自己安心一点儿。

二人各怀心事地坐在星空下，却并不知道平静的河水中暗藏着的汹涌正在逐渐漫延而来。

04

回家后，余希把许铮送的萤石放到了一盏早就做好的星河灯里，扎在阳台的晾衣杆上，这样她半夜睡不着的时候，一偏头就能看到。

高考后的假期炎热而漫长，有时候余希会接到许铮的电话，他一直在小城里的古玩店和当铺里转，余希知道一定是和找人的事有关，但他的行动似乎毫无进展。

这天深夜时分，余希在阳台上和许铮通话，无意间回眸，却看到了漆黑的房间里，一声不响地坐在床边的余微微。余希被吓了一跳，轻声唤道："微微？"

余微微没看她，漫不经心地说："这裙子可真好看，你说是吗，姐姐？"余希这才发现，她手上拿着的正是那条蓝色的矢车菊裙子。

余希一惊，二话不说抢过裙子："我拿去丢掉。"

"余希，"余微微叫住她，语带哭腔，"你是不是也觉得我很可怜？"

余希停住脚步，声音颤抖地回答："说什么呢？微微，你长得漂亮，成绩又好……"

"是吗？"余微微撩起与炎炎夏日格格不入的长裤，腿上丑陋的疤从大腿蔓延到脚踝，在月光下显得恐怖至极，"留下伤疤的不是你，你懂什么？"

三年前，余微微出了一场严重的车祸，虽然爸妈变卖房子治好了她的腿，但车祸与余希有关，她腿上的疤痕便成了横亘在姐妹两人之间的鸿沟。那之后，余微微再也没有穿过裙子。一次余希甚至发现，余微微把柜子里五颜六色的裙子都剪成了碎条，孤独地坐在屋子里哭了很久。

余希怕自己会刺激她，也不再穿裙子。

"这条裙子……是子桉哥哥送你的吧？"余微微轻声问。

余希垂下眼，她知道，以前和林子桉出去玩时，余微微总是跟着她，虽然不怎么和林子桉搭话，但看他的眼神很亮。于是她抿了抿唇，抬起头笑着说："裙子是他让我带给你的，只是我怕你不想看到才藏起来……"

余微微半信半疑地问她："真的吗？"在余希的再三保证下，余微微第一次露出淡笑，迟疑了半晌才吐出不情愿的"谢谢"。

翌日，余希去买菜时路过林子桉家的酒店，想起昨晚和余微微撒的谎，犹豫着要不要找林子桉通通气。没想到林子桉先看到了她，笑嘻嘻地凑过来："喂，你是来找我的吗？"

"谁找你！"余希嘴硬地说。她转身欲走，林子桉却挡在了她面前："小希，你骗不了我，说吧，什么事？"

余希正不知如何开口，许铮的声音毫无预兆地从背后传来："麻烦你不要缠着我朋友。"

"你朋友？这是我朋友好吧？"林子桉蹙眉。

许铮一愣，低头问余希："你认识他吗？"

余希在林子桉期待的眼神里摇了摇头，说道："不认识。"

她神情恍惚，完全没注意到林子桉向来明朗的脸上此刻一片阴霾，她没头没脑地扯着许铮离开，走了半天，忽然发现拖不动后面的人了，她一头雾水地回头看他。

许铮歪着头看余希："你要拉我去哪儿？"

好像她也不知道该去哪里。余希尴尬得不知如何回答，此时的短信铃音解救了她。

下午三点老地方见。是林子桉发来的。

“怎么了？”许铮问。

余希把情况简单地告诉他，少年一眼看出了余希复杂的心情，沉默片刻，说道：“也许你应该给他一个解释的机会。”

“但我实在不知用什么态度面对他……”余希心烦意乱地叹了口气。

许铮轻拍余希的肩：“你好好考虑，我待会儿去花巷，你想好了要去赴约的话，我可以陪你。”

“这样吧，作为交换，我陪你去花巷，怎么样？”余希认真地问。

许铮看着少女微微蹙起的眉点了点头。

05

这是林子桉第一次用那么严肃的口吻给余希发短信，余希有些慌乱，但有许铮和她一起，她莫名地又有点儿安心。下午三点，两人一起来到河岸边。林子桉看到远处等候的许铮，冷声问：“他怎么也来了？”

“我待会儿要和他去办事，你放心，他听不到的。”余希撇撇嘴。

林子桉眼里浮上恼色。他们从小就在河边玩，所谓的“老地方”其实是他和余希的秘密基地。

小时候他们总来河边玩。余希自小水性好，和林子桉比赛游泳总能把他甩在后头。林子桉不服气，每年夏天都要拉余希比一比。后来随着两家关系的恶劣，这个约定也就慢慢被遗忘了。

他从没想过有一天她会带着外人来。

林子桉本来有一肚子话要说，此时却变了主意，他压着怒火道：“你不是总嫌我缠着你吗？这样，我们比赛游泳，你赢了我，我就再也不出现在你面前，行吗？”

林子桉见她不吱声，利索地脱了上衣就要下水，余希拉住他：“你疯了？今年水这么急！”

“你敢不敢？”林子桉恼怒地问，“还把我当朋友的话，就和我比！”

就在余希犹豫的时候，一只手突然抓住了她的胳膊，沉声道：“和女生比赛算什么本事？”

是许铮，他看到林子桉要拉余希下水，怕余希出事。

“那你和我比？”

许铮眯了眯眼睛：“好啊！”

尽管许铮朝余希露出自信的微笑，她还是不放心。

林子桉一声令下，两个人已经同时跳下水，一起迅捷地朝前方游去。一开始两人还不分上下，半程后，林子桉有些体力不支，渐落下风。余希在终点等了半天，许铮率先上了岸，她把衣服递还给他，说道：“抱歉。”

“没事，正好天热，凉快凉快。”许铮抖着一头水说道。他的眉目依旧淡然，毫不在意自己身上湿透了，反而关心地望着水面，等待林子桉上岸。

时间越来越久，余希慌了神：“林子桉呢？”

他们实力相差不多，按理说不应该这么久都不见人……许铮见情况不妙，迅速下潜，再浮上来时，对余希摇了摇头。

湍急的河流里没有林子桉半点儿身影。

就在余希慌了神，准备下水去找的时候，林子桉忽然冒出了头，眉眼弯弯，脸上的酒窝深深陷下去：“哈哈，小希，没想到你这么担心我啊？”

“你……”

余希的动作一滞，面色渐沉。她了解林子桉，这次输给许铮，他肯定觉得面上不好看。以前林子桉比不过她时，就耍赖钻到水底憋气。她每次都担心地找，哪怕已经发现了他是故意恶作剧。

“上来吧，水里凉。”余希冷着脸说，“许铮赢了，你以后不要来找我了。这么危险的事也别再做了，不是所有人都会担心你。”

余希抿着唇离开河岸，许铮瞥了林子桉一眼，转身跟上她。

夏日的傍晚，风温暖而柔和，很快就把许铮的衣服吹干，余希压抑住心中的沮丧，问道：“你还有什么线索吗？”

许铮愣了一秒，随即反应过来她是在说找人的事情，摇摇头，说：“没有。”

“有照片吗？”

“在钱包里，可惜丢了。”许铮叹了口气，见余希的脸也垮下来，“扑哧”一笑，忍不住揉乱她的短发，“好了好了，你看你现在的样子，丧气满满。”

“你是在摸狗吗……”余希不满地嚷道。

06

许铮要找的人是个大叔，但因为是在网上认识的，唯一的线索只有一块玉佩。照片丢了之后，他把能回忆起的部分大略地画出来，用这张图纸去找。

纸上是一款双鱼玉佩，周围有祥云环绕。余希觉得玉佩很眼熟，许铮却说是最普通的一种款式，到处都是仿品。古玩店的老板们也这么说，所以很难得到更多线索。

许铮蹙眉盯着自己画的图纸，仔细思考着要添加的细节。余希有些疑惑，再三措辞后小心地问道：“你要找的人，和这块玉佩有什么关系？”

许铮抬眸，说道：“这是他家的祖传玉佩。”

余希忽然想到了什么。当年她家那个被林子桉的妈妈翻箱倒柜找出来的东西，似乎和这块玉佩很像。但是这怎么可能和许铮有关系？许铮也明显不想再提与这块玉佩有关的事情，所以即便内心不安，她也没有再问下去。

许铮的事情毫无进展，余希和林子桉的关系也陷入僵局。而余微微像在策划什么重要的事情，每天早出晚归，她们见面的时间越来越少。

两天后的傍晚，余希帮许铮问了最后一家古玩店，和他告别后独自去医院取重新配的隐形眼镜。刚出诊室，却被一个长发的女生撞到，女孩穿着一件宽大的矢车菊花纹的裙子，显得身形格外消瘦。

裙子是耀眼的蓝色，而女孩，是余微微。

余希追上去抓住她的胳膊：“微微，你怎么在这儿？”

余微微哭得眼睛红肿，长发都粘在脸上，她重重地甩开她的手：“你是来看我笑话的吗？你早知道我会穿这条裙子来见林子桉是不是？为什么要这么做？”

余希心里“咯噔”一下，嘴唇发白地问：“林子桉在这儿？他和你说什么了？”

她颤抖地要掏手机，余微微则一把抓住她的手，抽噎着问：“他在这儿，还告诉我这条裙子是他送给你的……余希，你为什么要骗我？”

原来那天林子桉游泳时划破了腿，余希和许铮离开后，他又在河边吹了大半个小时的风，高烧到四十摄氏度，不得不住院。余微微今天来医院看他，他睡得迷迷糊糊，说了一句：“这不是我送给余希的裙子吗？”

一语惊醒梦中人，原来在他心里，永远只有一个余希。

余微微用力地推开余希，余希一个踉跄，装在口袋里的东西随即掉了出来。

那是一只普通的小盒子，上面赫然印着几个字：**色盲隐形眼镜**。

余希以为一辈子都不会有人知道这个秘密。

初三时余希的压力很大，在紧锣密鼓的几次考试后大病一场，高烧好几天。后来病虽然好了，却导致视觉神经受损。可连余希自己都没察觉到她眼里的色彩发生了变化。

中考之后不久是余微微的生日，余希答应带她去水族馆买金鱼，就在骑自行车载余微微回家的路上，余希忽然发现自己分辨不清颜色，不小心闯了红灯，被一辆转弯的公交车蹭倒在地。

后排的余微微被撞飞出去，怀中的鱼缸碎裂一地，碎玻璃划破了她的大腿，有一片还插进了动脉，险些丧命。为了救妹妹，爸妈变卖了房子，原本就不富裕的家庭更加贫困。爸妈没钱给余微微做疤痕祛除手术，她的腿上便留下了狰狞的伤痕。

余希事后去检查自己的眼睛，得知自己得了后天性红绿色盲症，但因为不想给家里增添负担，一直没说。她努力地赚钱，一方面是为了补贴家用；另一方面，她要自己去配隐形眼镜，不让别人看出来她的病情。

余微微消化了半天才说：“所以你一直瞒着我？”

“微微，你听我解释，爸妈也不清楚我的情况，我不是有意要隐瞒……”余希紧紧咬住下唇。她只是不想

这个已经遭受磨难的家庭遭遇更多的风雨，她是姐姐，是女儿，也是始作俑者。

只是关于自己的一切，她都不能说。

“你指望我原谅你吗？”余微微的眸中涌起泪光，“我告诉你，这一切都是你造成的，我这辈子都不会原谅你！”她狼狈地擦了把眼泪转身就走，矢车菊的裙摆在余希视线里渐渐消失。

是啊！从头到尾，错的都是她一个人。大厅中人来人往，她们这场闹剧引来了一众看客。余希觉得自己无法呼吸，她想离开，但没力气站起来。

一只温暖的手捂住她的眼睛，黑暗中，她听到了许铮温柔的声音：“想哭就哭吧。”随后他悄悄地把装隐形眼镜的盒子塞进了她的掌心。

灼热的眼泪瞬间落下，滴在少年的掌心，成为刻在他心间的一道疤。

07

许铮把她带离人群时，余希已经清醒了不少：“你怎么过来了？”

“我刚想起昨天派出所给我打过电话，说那个嫌疑人找到了，我的钱包能拿回来了。我不知道公安局在哪里，只能跟过来求助你了。”许铮的表情依然淡漠，眸光却格外温柔，他伸出手，轻柔地替她擦掉眼泪，说道，“我都看到了，你妹妹她……”

“别说了，”余希打断他，揉了揉自己的眼睛，“走吧，我们去公安局。”

余希带着许铮来到公安局，证明身份后，警察让许铮清点钱包。许铮找到夹层里的照片给余希看，照片上的图案与他图纸上画的没什么区别，但清晰了不少。

余希的呼吸停住了，她颤抖地接过照片，半晌没动。

果然如她所想，照片上，碧色的双鱼玉佩衔珠相随，鱼尾互接，这样的图案和玉色，分明和余家的祖传玉佩一模一样。

片刻之后，她深吸了一口气，说道：“许铮，我可能知道你要找的是谁了。”

当年余微微发生车祸之后，爸爸为了筹钱，打算把祖传玉佩当掉，但就在去当铺的当天，他把玉佩弄丢了。几天后，他看到林阿姨和街坊拿着那块玉佩炫耀。他想把玉佩讨回来，可林阿姨却不肯松口，称那块玉佩本来就是她家的。

情急之下，余爸爸只能想了个下下策——找人复刻玉佩，真假调包，先去当铺换钱。而他找到复刻玉佩的人，正是眼前的许铮。

“我当时也是昏了头，只想着赶快帮忙，却没想到弄错了雌雄鱼的位置。”许铮说。

他知道这个错误的严重性，但再联系余爸爸却联系不上。他在惴惴不安中度过高中，高考后，查出余爸爸的 IP（网际协议）地址，想要确认玉佩后来的状况，也因此来到了这里。

“我一直都相信我爸爸。”余希说，“可是他用假玉佩去调包，实在不是明智的选择，大家都在传他偷了东西，说他撒谎。”

“余希，这件事很蹊跷，明明是你们家的玉佩，为什么你爸爸被诬陷？”许铮犹豫地说，“你有没有想过，林家到底怎么想的？”

余希愣了几秒，恍然道：“我去找林子桉。”

林子桉仍旧在住院，看到余希来他有些惊喜，而林妈妈则面色不善：“你来干什么？”

“妈！”林子桉给林妈妈使眼色。

林妈妈瞥了她一眼，沉默地出了病房。

“游泳那天……对不起。”余希充满歉意地向林子桉鞠了一躬，林子桉一阵错愕，赶忙去扶她：“我们俩的关系，有什么对不起的？你来看我就很好啦！”

看着林子桉的酒窝，余希抿了抿唇，终于开门见山道：“你也知道，我一直都在为玉佩的事和你闹别扭，所以我这次来，是想问清楚当年究竟是怎么回事。”

林子桉的笑容凝滞了，半晌，他苦笑道：“其实上次约你见面，我就想把这件事告诉你，但我见那男孩和你一起来，一时冲动……”

接下来，余希从林子桉嘴里完完整整地了解到了三年前的真相。

原来当初是林子桉捡到了玉佩，他等不到失主，便回家把玉佩交给了林妈妈。林妈妈把玉佩据为己有，对外称是家里祖传的宝贝。等到余爸爸拿着与玉佩配套的匣子上门讨要时，她这才慌了神。

林子桉得知玉佩是余家的，知道是自己的错，他本该物归原主，却碍于妈妈要面子，不会同意归还玉佩，只能暗中和余爸爸商量好，故意支开家人，帮助余爸爸调换玉佩。没想到事后他妈妈发现玉佩雌雄双鱼的位置不对，立刻调了监控，发现了余爸爸调包一事。

所以这一切，其实都是林子桉造成的。他心中有所愧疚，才会在学校里处处维护余希，也会在俩人冷战之后还送她礼物，逗她开心。

因为他们曾经是最好的朋友啊！

“那你当时为什么不说？”余希忍住泪意问道。

“我妈说，说出去，人家对我们家人会说闲话。”林子桉抓住余希的手道，“小希，是我的错，我该早点儿告诉你……”

余希抿住了唇。她理解林子桉的做法，换作她，或许也会这么做。

在亲情与道德的对抗里，恐怕谁都没办法做出两全其美的选择，可是她能怪谁呢？怪林子桉不说出捡到玉佩的实情，抑或是许铮失误复刻出了假玉佩？其实……如果当初自己早点儿发现自己色盲的事情，没有让余微微发生车祸，这一切就都不会发生吧？

尾声

许铮快离开时，已临近夏天的尾巴。旅游旺季要过去了，小城渐渐冷清下来，只剩夏蝉最后的鸣叫。余希打算趁最后一批客人离开前，多捞点儿生意，好给家里减轻负担。父母接走了余微微，说是终于赚够了钱，可以替她做祛疤手术。

从医院回来后，她把全部真相告诉了余微微和父母。

余微微临走的时候，把那个礼盒还给了余希，而她没好意思当面说出口的话，也都留在了盒子里的一封信中。淡蓝色的信纸上，余微微亲手画了矢车菊的图案，娟秀的字迹将她敏感的内心敞开在余希面前。

她说：“深邃的蓝与寂静的风是你的梦，我不该拿走，对不起。”

余希终于鼓起勇气穿上了那条裙子，出门碰上林子桉的时候，他看着她的裙摆，脸骤然一红，像是被撞破了什么秘密。余希凑过去轻轻地抱了抱他，以表冰释前嫌。

往来旅客在江上渡船而行，余希便在岸边叫卖纪念品。许铮如同初次一般，毫无预兆地闯进她的视野。眉目如画的少年蹲下来，在她的摊子上买了根五彩绳，在余希替他系上时，凤眸一瞥，冷不丁冒出一句：“裙子很好看。”

余希抬头，少年的目光一如初见时那样清澈，她离他很近，近得能闻得到他衬衫上阳光的味道。她的心如擂鼓，垂着眼眸说：“谢谢。”

许铮和摆渡人商量好了价格，登上船后回眸去找余希，她一身蓝色矢车菊的长裙，在温柔的风中轻轻摆动。

已是近黄昏时，夕阳把河水染成金色，摆渡人唱起了江南民歌。伴随着河水起伏声的，还有余希的心跳。她跑了几步，冲船上的少年道：“许铮，下次我去找你！”她细弱的声音混在歌声里，像是一场美好的梦。

而那个远去的少年，忽地粲然一笑。花

文/麦九 图/高梦雪

仙人掌小姐的月光森林

我是谁？我在哪里？我为什么这么有钱

羽昼最近有点儿烦。

身为一个四海八荒公认的宇宙总裁，他觉得他的设定应该是这样的：坐在豪华办公室里，吹着空调喝着咖啡，听漂亮女秘书报告公司的收支情况，然后思考一些永恒的问题——“我是谁？”“我在哪里？”“我为什么这么有钱？”

这才是他的人生的正确打开方式，而不是此时此刻——

他正开着车，在一望无际的沙漠中，找一棵该死的仙人掌！

头上还顶着一个不断在烧烤着他的炙热太阳。

第一百家

时间倒回一个月前。

那时，羽昼还是很符合“玛丽苏文”的正确打开方式的，直到一个投诉电话改变了他的总裁生涯。

事情是这样的，如今六界通行，友好往来，不管你是妖魔还是鬼怪，只要拿到六界护照，就能在人类社会工作生活。

羽昼，作为“仙界执法者”“天师 F4”之一，主管仙界的出入口。

身为一个高级交警，羽昼心情好了就开着他心爱的橙色跑车，在出入口附近查护照开罚单，罚单开多了，他发现了一个巨大的商机，他决定开他的第一百家公司——“共享飞车”，提供飞车服务，方便大家出行。

羽昼很快就拿到执照，通过了试点试行，眼看就要正式上线运营的时候，出事了。

“都怪那个该死的酒仙！”羽昼把进到鞋子里的沙子倒出来，忍不住又一次咒骂。

“共享飞车”——只要扫码解锁飞车，谁都可以租用飞车。

那一天，羽昼的“共享飞车”很不幸迎来一个特殊的客户——酒仙。

这位酒仙大人平时没事就爱喝两口，何况那天他刚失恋，失恋的酒仙酒驾兼飙车，连人带车从天上滚了下来。万幸的是砸在荒无人烟的沙漠上，没有引起多大的动静，不幸的是，砸到仙人掌妖种的梭梭树林。

据说这一大片梭梭树是仙人掌妖好不容易种出来的，结果酒仙连人带车砸下来，树全死了。酒仙当场就被这棵暴怒的仙人掌扎得差点儿毁容了，然后，仙人掌妖一个投诉电话打到六界治安安全委员会，要求撤下羽昼的共享飞车。

眼看“煮熟的鸭子就这么飞了”，羽昼很生气，本来公司多一家少一家，他也无所谓，毕竟他已经这么有钱了，可是这是第一百家啊！他似乎有强迫症，追求完美，不把这第一百家开了，他会失眠的！

羽昼一接到委员会的通知，就给公关部下了命令，务必用一切方法，让仙人掌妖撤掉投诉。

公关部很给力，发挥羽昼集团一惯的作风——用钱“砸”！

你就是那个四海八荒的头号奸商羽昼

万万没想到，这次竟没有砸弯仙人掌妖的腰。

反而是公关部那些莺莺燕燕被扣下种树，只留了一个“活口”回来带话——

“叫你们总裁来跟我道歉！”

羽昼很震惊，这世界竟然还有用钱摆不平的人，他一定要会一会！

来之前，羽昼想，他一定要动之以情，晓之以理，拿出百分之百的诚意来感化这棵仙人掌，让他撤回投诉，但在暴晒六个小时还找不到人后，羽昼心里只剩咒骂，他要拔光仙人掌的刺！

羽昼很生气，他是龙族，一生气，整个天空就乌云密布，汇集在一起的乌云遮住了烈日。

四周凉爽了点儿，羽昼也终于看到了人，点缀着零星几株小树苗的荒漠上，几个灰头土脸的人正在种树，远远看过去，个个衣衫褴褛，神情沮丧，看上去像极了《植物大战僵尸》里的丧尸。

羽昼走近后，吓了一跳，这几个“丧尸”竟是他公关部的员工！

羽昼集团的公关部是六界出了名的“三高”，高学历、高能力、高颜值，可看看，那仙人掌妖对他的员工都做了些什么？竟把这些如花似玉的姑娘赶到大太阳底下种树！

简直毫无人性！羽昼怒不可遏，心如刀割：“你们受苦了！”

员工也认出了羽昼，纷纷扔下锄头，跑过来委屈地哭哭啼啼：“总裁救命！”

“等回去给你们每个人都买个包。”羽昼安抚员工，又问，“那棵仙人掌呢？”

仙人掌妖正在专心致志地挖坑，半个身子埋在坑里，身上的衣服也是灰蒙蒙的，要不是头上包着红头巾，都快和沙土混为一色了。

很好，坑都挖好了，羽昼点头，大步朝他走去。

仙人掌妖也注意到这边的动静，抬起头，竟是个女妖，脸包得严严实实的，只露出一双眼睛，眼睛倒是清澈黑亮。

这么没人性肯定是个丑八怪，羽昼恶意地想，忽然一阵风，把她的头巾吹开，赫然是张美貌鲜活的脸，朴素的衣着都没法遮住她浑然天成的清丽，反而把她衬出一股英气。他看她，她也看他，一个眼睛微微眯起，一个眼神大胆而张扬，散发出一种生机勃勃、欣欣向荣的劲头。

这是种极为少见的美，还似曾相识，羽昼沉思起来，他不想把她埋了，除了有强迫症，他还是个“颜控”。

仙人掌妖还站在坑里，拄着锄头，问：“你就是那个四海八荒的头号奸商羽昼？”

“……”羽昼努力跟她讲道理，“这是竞争对手的诋毁，其实我是个促进经济繁荣、积极纳税、年轻有为的创业好青年。”

“哦，”仙人掌妖点点头，“一个跟‘上面’关系很好的奸商。”

“……”

对着你，我生不起气，我心里头还高兴

仙人掌妖叫刺刺，妖如其名，一身刺。

羽昼和她商量，这件事归根结底是“共享飞车”惹的祸，能不能先放他的部下走。

刺刺坐着羽昼的爱车，在沙漠里飞了一圈，说：“这都是酒仙砸死的树，如果想放她们走，只要有人替她们把树种好就行了。”

羽昼立即站起来表示，他责无旁贷，愿意留下来种树。

刺刺看着白白净净的羽昼，眼神很怀疑：“你知道，除非十万火急，我们是不能在人间使用法术的。”

羽昼表示自己身为“仙界执法者”，比谁都清楚规则，会老实种树。

他指着蓬头垢面的下属，痛心疾首：“你看她们，脸黑了，皮肤糙了，连精神都萎靡了，真的不能再种下去了。”

“……看不出来你还是个体恤下属的奸商。”

“请叫我创业青年，谢谢。”

羽昼纠正刺刺的说法，指挥员工们快点儿走，员工们表示要留下来与总裁共荣辱，总裁不走，她们也不走。

羽昼又加了句：“走得快的再买个包！”

员工们立马消失了，刺刺看得目瞪口呆。

羽昼不好意思地笑：“哈哈，‘包’治百病。”

刺刺露出了“不是很懂你们”的眼神，递上一把锄头。

羽昼接过，他在刺刺的指挥下卖力地挖坑，心想，怪不得说“有情饮水饱”呢，他现在觉得太阳不晒了，口也不渴了，连沙子都变得可爱起来。

羽昼一高兴，漫天的乌云就一下子散开了，阳光又火辣辣地照下来。

刺刺停下来擦汗，纳闷了："怎么又热了？"

羽昼赶紧上去解释，他是龙族，龙族天生腾云驾雾，呼风唤雨，他又是龙族太子，所以这方面的能力特别明显，只要一生气就会满天乌云，一高兴就放晴。

"不愧是龙族，好高级！"刺刺一脸羡慕，眼珠滴溜溜转，问，"这么热的天，树苗都很难活下去，要不，你生个气？"

"没问题。"羽昼酝酿下情绪，他看着面前的刺刺，她的嘴角微微上扬，眼睛亮晶晶的，她笑起来怎么这么动人，他……他泄气了。

"怎么了？"

"对着你，我生不起气，我心里头还高兴。"

"……"

"真的，我见到你就高兴。"

"……"

刺刺脸一红，转身离开，给羽昼贴标签，还是个油嘴滑舌的奸商。

喂，管管你的——云

油嘴滑舌的"奸商"却真的在大沙漠种起树来。

没几天，羽昼的脸黑了，皮肤糙了，握锄头的手长满水疱，但精神还不错，虽然有时候会被烈日晒得生气，瞬间乌云密布，但只要看一眼身边的刺刺，就又放晴了。

刺刺也不像刚开始那样，对羽昼横挑鼻子竖挑眼，偶尔她还会递上一瓶水，说："休息一会儿吧。"

羽昼接过水，看着刺刺被晒得红通通的脸，心疼了，手一动，一朵厚厚的小乌云飘到刺刺头顶。

四周瞬间清凉了，刺刺惊奇地看着头上的小云朵，提醒羽昼：

"不能在人类社会使用法术，会被开罚单的。"

"没事，我们'仙界执法者'一个月有使用三次法术的权限。"

羽昼打开瓶盖喝水，太热了，连水都烫烫的。

刺刺看着他一身汗，白色头巾湿了，衣服上都是沙土，不复刚来那天的潇洒。她站到他身边，把小乌云带来的阴影分给他。

哟，都会心疼我了。羽昼心里美滋滋的。

接下来，拜这朵小乌云所赐，两个人一起干活，羽昼挖坑，刺刺种树，一个扶树，一个埋土。

小乌云尽职地跟着他们，他们走到哪儿，它就飘到哪儿。它调皮得很，一会儿变成伞的形状，为他们遮阳；一会儿变成芭蕉扇，为他们扇风；一会儿变成一颗心，"扑通扑通"地跳。

刺刺抬头，吓了一跳，脸都红了："喂，管管你的——云！"

她捂住嘴，刚才差点儿脱口而出：管管你的"心"。

羽昼得了便宜还卖乖，一本正经地训斥小乌云："不许皮！快把'心'收起来！"

小乌云很委屈，它明明是奉旨行事，它"嘤嘤嘤"地哭起来，局部下起小雨。

"哇！还会下雨！"刺刺兴奋地在雨中转了个圈，着实地清凉了一把，但她马上想到什么，走到刚种下的树苗旁，蹲下身，把小乌云当水壶，浇起树来。

小乌云："……"

雨水淅淅沥沥地落在树苗上，很快被蒸发掉。刺刺心疼地看着干巴巴的小树苗，说："希望这批能活下来。"

她的眼神很温柔，看着树苗就像看自己的孩子，有淡淡的忧伤和期待。

羽昼没见过这样的眼神，也没见过这样的人，一个正值芳华的女孩守着只见黄沙的荒漠，日复一日地种树，没人知道，她也不在乎，好像她从不怕寂寞，也不觉得孤独。

他就是想，收到包，她大概会很高兴

羽昼觉得自己有点儿喜欢刺刺，因为他想天天见到她。

一般他喜欢谁，便会给谁买包，很多很多的包。于是，第二天，闲置许久的拉风跑车驮着一车的包包回来，还都是限量版。

“这是什么？”刺刺惊了。

羽昼竟扭捏了：“送……送给你！”

刺刺想起他那句“包”治百病，大概明白他的意思，说：“你是想让我撤掉投诉吧？其实你不用这样，只要把树种好，我就会撤掉投诉的。”

她竟然以为他送包是为了让她撤掉投诉，事实上，他只是以为她收到包会很高兴。羽昼闷闷不乐，一整天都偷偷地看刺刺，琢磨着送什么能让她开心。

刺刺毫无察觉，她乐呵呵地挖坑、种树，悠然自在，仿佛太阳不晒，破掉的水疱也不痛，种树是件极幸福的事。

哦，她喜欢种树。羽昼得出结论。

傍晚，他问刺刺为什么要种树。

刺刺正在搭帐篷，她是仙人掌妖，并不需要住宿，晚上就变成仙人掌，扎根在沙漠里。这几天倒是委屈了羽昼，长手长脚地睡在车里，她看了怪不好意思的，决定给自己唯一的员工改善下住宿环境。

刺刺抬头，问：“你真想知道？”

羽昼点头，刺刺吹了声口哨，远处传来“丁零”声，一头骆驼跑了过来，刺刺一跃而上，把手伸向羽昼。

羽昼握住她的手，心猿意马。两人共骑，相当于她带他兜风，再“四舍五入”一下，他们已是男女朋友啦……

刺刺没身后的人那么多心理活动，等他坐定，就驾着骆驼风驰电掣地跑起来。

这是头能飙七十迈的骆驼，让它当骆驼太可惜，它分明是匹野马！野马一样的骆驼最后在一片绿洲前停下，绿洲水草丰美，波光粼粼，在放眼过去尽是黄沙的沙漠中，这汪绿色让人眼前一亮，有一种生机勃勃的力量。

饶是四海八荒的宇宙总裁也看愣了，刺刺问：“美吗？”

羽昼点头，刺刺笑了，她又说：“这里埋葬着我的爱人。”

“咔嚓”，羽昼的心裂了。

原来，喜欢上一个人，就是找到了自己的桃花源

刺刺讲她的爱情往事。

她说，她是仙人掌妖，这种妖呢，在妖界是极少见的，也挺不招人待见的。因为仙人掌天生一身刺，越长大，刺越坚硬。小时候，刺刺不会变身，总是不小心扎别人一身刺，所以她没什么玩伴，她就盼望着长大了，拿到护照，去人类社会看看。

人间多热闹，到处都是欢声笑语，到处都是霓虹灯。后来她来了，第一站是一座大城市，很繁华，她做了一名普通的白领，每天挤地铁，在地铁口买早餐，然后上班，忙忙碌碌，下班，挤地铁回家，一个人吃晚餐。

刺刺在那里生活了一年，发现她还是没朋友。下班后，所有人都像缩回壳的蜗牛，不想多说一句。原来热闹的地方也寂寞，刺刺发现，大家都一样孤独，所以他们养猫、养狗。她不能养猫，她是仙人掌，会扎疼柔软的动物。

刺刺离开了，她当起背包客，逃避生活，所幸她是棵仙人掌，光合作用就能喂饱她。

不知不觉她走到草原，遇见了一个在草原教书的青年，那是个孱弱的、脸色苍白的男人，他教孩子们读书写字，他跟着牧民的马车走走停停，他很受欢迎，所有人都喜欢他，孩子们围着他转。

刺刺看得很惊奇，她是有点儿怕小孩子的，因为小时候，她听到最多的就是“走开，你这棵讨厌的仙人掌”。她跟着那个男人，看他，观察他，却没有想走近他。后来，男人离开了草原，去荒漠种树，刺刺也跟了过去，看他在烈日下摇摇晃晃地挖坑、种树、浇水。

可是，他真的很笨，笨手笨脚的。终于有一次，刺刺看不下去了，走过去，扶住歪歪斜斜的树苗，男人抬起头，冲她温和地笑。那是一种类似老朋友重逢的眼神，简单的三个字——你来了。

起初他们并不怎么说话，只是极有默契地种树，后

来，他们就一起看大漠孤烟直，一起跟着野骆驼寻找水源，这片绿洲就是他们一起发现的，一起慢慢把绿洲变大。他跟她讲他的抱负，树把水留住，就会有很多植物生长出来，然后会有很多动物过来……

他说这话时，眼睛很亮，刺刺看着他，眼睛也很亮，脑子里冒出三个字——桃花源。

原来，喜欢上一个人，就是找到了自己的桃花源，就是不孤独。

但他们从不说出口，仙人掌妖若喜欢上一个人，就去抱抱他，若他没有被满身的刺扎伤，那就证明，他们是两情相悦。刺刺很想过去，问一句“你能抱我一下吗”，但她总是怕，怕扎伤他；她不怕他不喜欢自己，只怕会伤了他。

就这样过去了很久，他越来越瘦弱，终于有一天，刺刺鼓起勇气，想去向他表明心意，却看到他倒在草丛里。他已离世，刺刺在他怀里找到一封信。他说，他是个被医生宣告命不久矣的人，知道自己即将死去，他就从原来的生活出逃了。他流浪，行走，寻找生命的意义。他走过很多地方，遇见了很多人，最后找到归宿，也找到活着的意义。

他说：“谢谢你，很高兴遇见你，人生最后的一段旅程让我走得不孤单。”

“我也是，很高兴遇见你。”刺刺在心里回答，只是，她还是想问一句，“我很喜欢你，要是你也喜欢我，你能抱抱我吗？”

他永远也给不了答案，刺刺抱住他已冰冷的身体，她终于给了他一个拥抱。她满身的刺没有扎伤他，却扎在她的血肉里，钻心地疼。她把他葬在他们的桃花源里，没有墓碑，因为他说了，什么都不要留下。

她伤心茫然了一阵子，便继续种树，她想把荒漠变绿，像他曾经说的那样，树留住水，植物长出来，小动物也来了……

再后来，她发现，她再也不怕寂寞了，也不孤单了。

很久以后，她才明白，他还是给她留了东西——爱和希望。

你能抱抱我吗

为什么要种树？

因为对别人来说很苦很累的事，对刺刺来说，是爱情的延续，是思念的方式，是生命的意义。

故事讲完了，羽昼却被悲怆压得喘不过气，他问：“小时候的你一定很孤独吧？”

“是啊！还过得不快乐，都没人和我玩，”刺刺点头，“不过后来我遇见他，就好了很多。”

羽昼沉默，不知道在想什么，好久才又问：“他叫什么名字？”

“荏苒，陶荏苒。”

连名字都很有诗意，羽昼更惆怅了，问：“你还想他吗？”

“有点儿，”刺刺笑了笑，笑得颇为忧伤，“就是挺遗憾的，我第一次喜欢上的人，我连告白都来不及，到最后都不知道他的心意，也不知道他喜不喜欢我。”

“你这么好，他肯定也喜欢你。”

“可能吧。”刺刺笑笑，没再开口。

回去的路上很沉默，唯有驼铃的铃声在寂静的夜清脆悠扬地响着。

羽昼满心苦涩，他拿什么战胜一个道德高尚、宛若幽兰的死人？他只是个会送包的“奸商”。

远处的远处，是一轮巨大的白月亮，把沙漠照得清清楚楚，黄沙起起伏伏的褶子像极了海的波浪，有一种凝固的静美。

羽昼很久没有感受到这样的静美，他想起儿时看到的星河，一条长长的银白的河，河面宽阔宁静，沉淀着闪闪的星子，星光一闪一闪，流光溢彩，像无数星星碎在河里。

羽昼很想问刺刺，想不想一起去看看九天星河，去看满河星光。他张了张嘴，却一句话也说不出来。

接下来，羽昼明显蔫了，这个总是自带《乱世巨星》背影音乐的男人愁云惨雾，他不在状态，连带着小乌云也无精打采的。

刺刺问羽昼："它怎么了，是不是病了？"

单恋失败，能不病吗？羽昼心里想，嘴上却说："没事，晒的。"

"乌云也怕晒啊！"刺刺恍然大悟，叫小乌云去帐篷里乘凉。

会关心一朵云，为什么看不到我这么难过？羽昼幽幽地想，与这些道德高尚的人相比，自己真是庸俗！

他能怎么办？

只能乖乖种树。

羽昼很纠结，他想种慢一点儿，这样和刺刺就能待得久一点儿，或许时间一长，她就会发现自己不是个一无是处的奸商。可他又怕种树不积极，刺刺误会他消极怠工。他不胜其烦，秘书的电话还一个接一个，问投诉什么时候能撤，第一百家公司剪彩嘉宾都请好了。

"天天就知道开公司，庸俗！"羽昼把秘书骂了一顿，心情终于舒爽了点儿，回头看到刺刺关心的眼神。

她体贴地说："你回去吧，我会撤掉投诉的，以后不要酒驾就行了！"

"不用，你不要撤销！"

"为什么？"刺刺不解，"你待在这儿不就想让我撤掉投诉吗？"

"我……"我才不是为了那什么投诉，我是为了你，羽昼气得眼睛都红了，又不知怎么说，最后板着脸，一脸倔强地说，"反正你别撤销！树都没种好，撤什么撤！"

但树总有种好的一天，羽昼把酒仙砸死的树全部种好，刺刺也把投诉撤了，他再也找不到留下的理由。他磨磨蹭蹭，看着良莠不齐、干巴瘦小的树苗，眼神忧虑："感觉很难活下来。"

"没事，我会再种。"

"要是下点儿雨就好了。"

"是啊！"

两个人相对无言，刺刺提醒羽昼该回去了。

羽昼磨磨蹭蹭地上车，说："小乌云送给你吧，反正你也不要包。"

刺刺很开心地道谢，羽昼又说："取个名字吧……叫'宇宙总裁'怎样？"

刺刺愣了下，还是点头，说："好啊！"

真的得走了，羽昼开着跑车回去，现在他不觉得橙色跑车闪耀了，只觉得庸俗。

刺刺目送羽昼离开，她看着重归寂静的沙漠，不知为何，感觉有点儿空。

她抬头看头顶的小乌云，说："总要不习惯一阵子，对吧……'宇宙总裁'？"

叫它，好像叫他的名字。刺刺有些失落，她默默地往前走，隐约听到跑车的轰隆声。是幻听吧，他已经走了，刺刺正想着，就看到羽昼的车飞了过来，他跳下车，涨红了脸，喘着气，眼神很纠结，似乎在犹豫，但终究还是开口。

"他喜欢你！"

"什么？"刺刺很是莫名。

"我说，陶茌苒很喜欢你，他一直喜欢你。"

原来，她真的不喜欢他

羽昼几乎是把这句吼出来的，他递给刺刺一本书。

书名叫《白昼的月亮》，取自顾城的一首诗，“我愿作一枚白昼的月亮，不求炫目的荣华，不淆世俗的潮浪。”书的封面是一个巨大的白月亮，有个女孩坐在沙漠上看月亮，月亮很大，她的背影很小。

这些都不是重点，重点是这本书的作者叫陶荏苒。

“他是一名作家，这是他的最后一本书，写的就是他在沙漠的日子，他说他遇见了一个不像俗世中人的女孩，他很喜欢，可惜，因为他的病，他不敢表白。”

羽昼说，那天，知道她心上人的名字后，他就派人去查，没想到真让他查到了。陶荏苒是名作家，查出重病之后，就消失了，死之前，他把手稿寄给常合作的编辑，让她看着安排。

编辑很喜欢，就算联系不上作者，还是出版了。这本书是他去世后出版的，别说刺刺不知道，陶荏苒也没摸过。在这本书里，他做了世间最深情的表白，也做了最深情的告别，他说：“原谅我，我心爱的姑娘，没有余生去说喜欢你，若有来世，愿做一棵树，陪你看尽沙漠所有的落日和月亮。”

从拿到书，羽昼就很犹豫，要不要告诉刺刺，沙漠信息闭塞，她一心种树，如果他不说，她不会知道。他怕，把书给她，她对心上人更念念不忘，心里更容不下别人，不给她，看着她遗憾忧伤的样子，他又舍不得。

羽昼一直很纠结，本想带着这个秘密离开，但他还是回来了，他还是舍不得她心有遗憾。

“你看看吧，他想对你说的话，全在书里。”羽昼尽量平和地说。

刺刺点头，翻开书，打开第一页，她眼圈就红了，他写着——

献给刺刺，我默默爱着的姑娘。

羽昼安静地走开，他知道，她需要独处。

他在离她很远的地方等着，直到她看完才回来，问：“现在没遗憾了吧？”

刺刺点头：“没遗憾了。”

“开心吗？”

“开心。”

她知道，这段往事不是她的独角戏，而是两情相悦。

羽昼笑了，笑得很忧伤，也笑得很倔强，他坚定地看着刺刺，一字一顿地介绍自己：“我叫羽昼，龙族，长这么大，是个除了开公司赚钱、给喜欢的人送包，一无是处的商人，可我真的很喜欢你，刺刺，你愿意抱抱我吗？”

若和仙人掌相拥，要真心相爱，则平安无事，神仙眷侣；反之，刺穿血肉，难以愈合。

刺刺愣住了，一下子明白他的意思，本能地拒绝：“你会受伤的。”

“我不怕受伤。”羽昼很坚决，他知道现在不是表白的最好时机，甚至可以说很糟糕，她刚收到心上人迟到的告白，但他还是固执，甚至有些卑微地恳求，“没关系，抱一下吧。”

他刚来时不是这样的，满眼的不可一世，天之骄子的样子，不知为何，刺刺有些难过，她说：“羽昼，我不喜欢你。”

还没抱呢，他的心就开始痛了，羽昼不管，继续说：“就抱一下。”

她还是沉默，羽昼耍无赖：“你要不答应，我……我就踩死你种的树！”

他们僵持到晚上，又是一轮巨大的白月亮，月亮那么大、那么圆，仿佛伸手就能碰到。

刺刺想起那一夜，他们坐在骆驼上，就像一对追逐月亮的有情人。那晚她不小心往后一靠，碰到一个有力宽阔的胸膛，还有“咚咚”的心跳声，她感到一种久违的安心。

她继续坚定地拒绝：“我怕你会受伤。”

她总是怕别人受伤，所以她总是没得到就已失去，别人拥抱的是满满的爱，她抱着的是余生的遗憾，如果这是高尚者的爱情，那他还是想做个市侩的人。

羽昼手一伸，狠狠用力地抱住她，巨大的白月亮下，他紧紧地抱着刺刺。

这画面很美，随便一个角度都自成一景，只是刺刺坚硬的、长长的刺还是慢慢地长出来，一点点地扎进羽昼的身体里。他是龙，有世上最坚硬的鳞片，但当他卸下防备，也很柔软，会受伤。

血流了出来，刺刺哽咽地说："放手！"

羽昼仍用力地抱着她，刺一根根地扎进他的身体，羽昼也不在乎。他听到刺刺难过的哭声，他想，起码你为我流过一次泪。

最后，还是羽昼松开手，他擦掉刺刺脸上的泪，说："别哭，不是你的错，是我喜欢你。"

他放开她，一个人默默离开，刺刺抬头，看到月光下，男人蹒跚着离开，点点鲜血染红了沙漠。

羽昼找了个远远的地方疗伤，他的身体千疮百孔，但比不上心里的痛。

他确定离刺刺够远了，才倒下来，蜷缩着疼得不行的身体，好久，才像个孩子发出"呜呜"的哭声，委屈极了。

原来，她真的不喜欢他。

那一场伤心的大雨

那天夜里，沙漠下了一场大雨。

前所未有地大，下了整整一夜。新闻说，这个季节下雨不科学，如果硬要解释，只能说是奇迹。有人说是龙王显灵，他们看到云层里有一条威风凛凛的龙，说得活灵活现，好像跟真的一样。

刺刺在滂沱的大雨中找羽昼，但大雨把羽昼的痕迹洗刷干净，什么也没留下。

后来她也没再看到他，沙漠还是那样，日复一日的荒芜，什么都没变，就像他从来没有来过，只是刺刺看着日渐茁壮的树苗，很想告诉他，树都活下来了。

羽昼的第一百家公司"共享飞车"还是开起来了，但多了几条新规定，若违反了交通规定，按照情节轻重捐相应数量的树；还有，若积累的里程数多了，公司会派人在沙漠种树，树的品种有梭梭树、沙柳、樟子松、胡杨……

六界刮起一股"飞车种树"风，有很多志愿者在羽昼的公司经过培训，跑来种树。

沙漠竟难得地热闹起来，连酒仙都跑来当志愿者，还捐献了一百棵沙柳给刺刺赔礼道歉。

刺刺问他："羽昼还好吗？"

"好着呢，谁能好得过四海八荒第一'奸商'！"

两人又说了几句，刺刺问："龙生气会阴天，开心会放晴，那伤心呢？"

"下雨啊，连绵不绝的暴雨，以前人间大涝，就是龙族有龙失恋闹的。"

酒仙讲了几个龙族趣事，刺刺心不在焉地听着，想，那晚雨那么大，他一定很伤心。

酒仙要走时，刺刺托他给羽昼带个口信：**小树苗长大了，小乌云也长大了。**

酒仙摇头："带不了，他坐牢呢。"

"坐牢？"

"你不知道啊？他违反六界规定，破坏自然平衡，在沙漠乱施云布雨，被抓起来坐牢了！"

"那你还说他很好？"

"不好吗？在牢里修身养性，过过清闲日子。"

刺刺："……"

就是喜欢，觉得你什么都好

刺刺去看羽昼，他被关在天牢里。

像酒仙说的，那里确实挺好的，连脚镣都是纯金打造的。

羽昼没料到刺刺会来看他，猛地站起来，脚镣"哗啦啦"作响，他一时间也不知道说些什么，只讪讪地说：

“你……你怎么来了？”

刺刺笑笑，打量牢房的环境，龙族天生爱亮闪闪的东西，所以羽昼这牢房打造得金碧辉煌的，却格格不入地放着几本书，都是关于沙漠、种树、物种平衡、自然循环的。

两个人像老朋友一样聊天，都有些欲言又止，又什么都没说，要走时，刺刺看着面前沉静不少的男子，问：“伤……都好了吗？”

“早好了。”

“疼吗？”

“不疼。”

羽昼满不在乎的样子，刺刺看了不知为何更难受，她刚想说什么，羽昼打断她：“别说对不起，不喜欢从来不是你的错。这样……挺好的。”

刺刺心里一动，犹豫半天，还是问：“你……喜欢我什么？”

“不知道，”羽昼羞涩地笑笑，一说这个，他总像个情窦初开的孩子，忐忑不安，又赤诚天真，他说，“就是喜欢，觉得你什么都好，就是看不得你一个人，舍不得你孤单。”

这句话说得刺刺脸都热了，她说了句“下次再来看你”后就匆匆走了。

刺刺回去的一路都在想羽昼，想着想着，她的心似乎变成了朵朵白云，又柔又软。

其实，他走后，她总是想他，她的孤独病又犯了。她给了羽昼一身千疮百孔的伤，羽昼也在她心里开了个洞，空空地回荡着思念，现在这空洞又被甜蜜一点点地填满，她想他，想到他就开心。

没几天，刺刺又来看羽昼，羽昼心花怒放。

接下来的日子，她经常来看他，他们谈天说地，她跟他讲沙漠的事，他跟她讲狱友的趣事，就这样一年又一年，直到很久很久以后的一天，刺刺要离开时，问：“你还愿意抱我吗？”

羽昼愣了一下，没迟疑，冲过去紧紧地抱住她，这次没有刺穿血肉的刺，他们拥抱在一起。

刺刺把脸埋在羽昼怀里，想，原来这就是拥抱，这就是两情相悦。

“你不怕再受伤吗？”

“为你，我再被扎一百次也愿意。”

刺刺笑，果然是个“奸商”，甜言蜜语一堆。

很快我就能出去和你种树啦

他们就这样成了男女朋友。

每次刺刺来看他，羽昼便要手牵手在狱友们面前走一圈，明目张胆地秀恩爱。

狱友们大多是单身，恨恨地写了投诉信，强烈要求，赶紧把这个“奸商”给放了，这是精神凌虐，他们再也不想看到他！

所以羽昼总是在减刑，每次他都乐滋滋地对刺刺说，他又减了多少年，很快就能出来了，出来后就带她去看九天星河，去看长河落日，去沙漠开辟绿洲。

“很快我就能出去和你种树啦！”

“好啊！”

“还……还要一百年。”

“没事，我等你。”

羽昼看着刺刺微笑的样子，心里暖暖的，最好的爱情，大概就是这样。

他又问刺刺：“现在你还觉得孤独吗？”

“不会，”刺刺摇头，“有你呢。”

羽昼笑了，这句话甜到他了，他牵着刺刺的手，笑着往前走，他没说出口的是——“知道吗？我最大的幸福，也是不再让你孤独。”

那个在沙漠绿洲的晚上，刺刺讲了她的爱情往事，也讲了她的小时候。她不知道的是，其实她和羽昼早有过一面之缘。

那时的羽昼还是个小龙人，小小的龙族太子到妖境游玩，走到哪儿都众星捧月般，而刺刺只敢远远地站着，偷偷看他们。有一天，小羽昼注意到总是躲在角落里的小仙人掌妖，想邀请她，却被旁人拉住了。

“太子，那是个长刺的怪物，会扎伤您的。”

“对的，我们这里没人愿意跟她玩。”

羽昼想说，他有最坚硬的鳞片，才不怕扎，但身边的随从不停地劝说，羽昼只得作罢，只是看着那小孩儿来来往往总是一个人，怪可怜的。

有一天，仙人掌妖趁没人在，跑去问小羽昼：“如果我没有刺，你愿意和我玩吗？”

羽昼点了点头，没当回事。没想到，过几天，小仙人掌妖来了，带着一身的伤口，身上密密麻麻全是洞，她的脸色煞白煞白的，却努力笑着问：“现在我没刺了，咱们能一起玩吗？”

她竟把自己身上的刺给拔了！其实那天答应她，羽昼根本没在意，现在看到这一身伤口的小仙人掌妖，什么都没想起来，反倒被她的一身伤吓坏了，“哇”的一声哭了起来。

随从很快围了过来，嫌弃地赶她，大声地嚷嚷道：“滚开，你这个小怪物，你吓到太子了！”

羽昼被抱着，好不容易平静下来，他看到小仙人掌妖眼里的光芒慢慢地消失了，变得暗淡无神，无助地站在那里，她身上的伤口还在流血，她却感受不到似的，喃喃自语：“我以为，没有刺，我们就是朋友了。”

可拔了刺，她还是怪物，还是没人和她玩。

小仙人掌妖默默地走了，后来，羽昼也回到龙族，但不知为什么，小仙人掌妖一身伤地站在众人面前被骂怪物的画面总是不时浮现在眼前，等他慢慢地长大后，他才发现，自己有多伤人，她不是怪物，是他不守承诺。

羽昼曾试图去妖境找她，但没人知道她的去处。

就这么一晃好多年，直到那天，他看到在挖坑的刺刺，他一眼就认出她了，那个拔光刺想和他做朋友的小仙人掌妖，那一刻，羽昼说不出心里的滋味，他只知道，如果能回到从前，他会不顾一切地去牵她的手，跟她说：“你不是怪物，你只是会长刺的仙人掌，我们一起玩吧，我有鳞片，我不怕扎。”

刺刺没有认出羽昼，羽昼也不愿她回想起小时候的孤单岁月。就这样吧，挺好，羽昼留下来陪她种树，也慢慢地把她种在心里。他终于明白，他为什么来沙漠，他就是来陪她的，余生不再让她一个人。

爱，就是不孤独。

刺刺探监回到沙漠，她骑着骆驼来到绿洲，走走停停。

她絮絮叨叨，像跟老朋友闲聊，她说：“荏苒，你放心吧，我以后都不会再孤单了。”

他在书中说——“我的姑娘总是很孤独，好想有个人，能陪在她身边。”

现在，她已经找到那个让她不再孤单的人。

他叫羽昼，除了送包什么都不会，简直一无是处，可她——

喜欢他。花

麦九：

不知道细心的读者有没有发现，这篇的设定和《花羽季②年华未央》中的《和汪星人友好相处的日常》是同一个类型的，讲的都是一些在人类社会混得不太行的妖怪的趣事。比如上一篇，堂堂大天狗沦落为宠物狗。这篇呢，讲的是一个仙人掌妖的故事，希望大家喜欢，愿大家都不孤单，有酒有花有人在身边。

金沙锁骨千山月

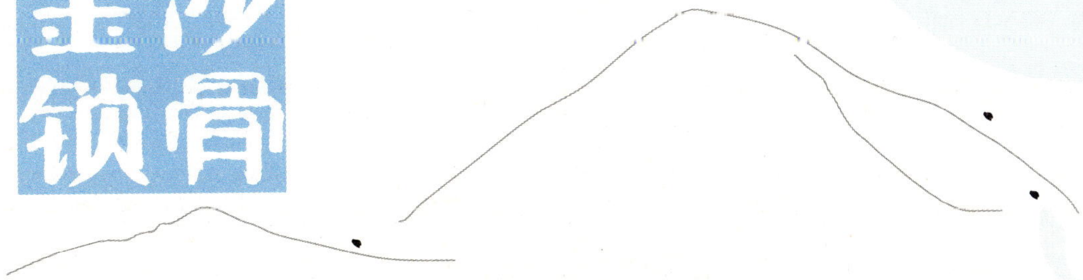

文／青舟醉客

图／公羊子

一

走了好久了。

要去何处呢？她也不知道。

这些年，阿隐走过了很多地方，如同一只没有目的的鸟，一直在漂泊，跃过河流险滩，翻过崇山峻岭，跨过万水千山。从风吹草低见牛羊的塞北草原到青水碧于天的江南小镇，从毒瘴丛生、风霜刀剑的蛮荒之地到车水马龙、花月正春风的帝都京畿。

阿隐一直在走，一直在找，只是要去往何处，去找何人，她却一无所知。

她是在江南一座荒废已久的竹篱茅舍中醒来的，身上一袭葛布青衣，手腕上套着一只亮闪闪的银镯子，上面刻着两个簪花小楷，如含苞待放的桃花蕾，学堂的夫子告诉她，那念“归矣”。

“陌上花开，可缓缓归矣。”

夫子文绉绉地念出这么句诗，告诉阿隐，这镯子有些年头了，很久以前给她套上这镯子的人，大概是希望她能回去找他吧。

“你知道那人是谁吗？”她问夫子，从醒来开始，她的脑海里就空荡荡的，不知道自己姓甚名谁、家住何处，也记不起前尘往事、是非因果，生命中没有任何色彩和经历。可夫子只是无奈地摇摇头，告诉她，自己也不知道。

她满脑子里只反反复复地回荡着一个声音：向前走，不停地走，去找一个人。

因为忘记了所有，于是，她给自己取名为阿隐。

阿隐漫无目的地流浪着，风餐露宿，粗茶淡饭，昼夜不歇，直到落脚在丝绸古道上客商云集、人流如织的高昌古城，一直催促着她行走的那个声音忽然变了，告诉她：留在这里，等着。

二

这一等，就是三年。

阿隐渐渐爱上了这种感觉，安定，平静，就像鲛人忽然生出了双脚，脱离飘忽不定的海水，踩在坚硬厚重的大地上，带着欣喜，让人心安。高昌这座城池，给阿隐的，就是这种感觉。

阿隐在漂泊的过程中，无意间拾得一块玉佩，那是一位富商家里世代相传的传家之宝，在阿隐归还了玉佩后，富商就给了她十两金作为酬谢。到了高昌古城后，阿隐就用这笔钱开了一家小酒馆，招待南来北往的客商游侠，丝绸之路上人来人往，络绎不绝，阿隐的酒馆，生意倒也红火。

她卖各种各样的酒，从中原的“竹叶青”到江南的杏花酒，从西域的葡萄酒到塞北的“烧刀子”，但凡是能遇见的酒，她总要购一些放到酒馆里，酒有千般味道，人的偏好也有千种类型，有备无患，总归是没错的。

而阿隐，也是一个喜欢饮酒的女子，不同于侠客那般豪爽地鲸吞牛饮，阿隐喜欢的，是在夜晚客人稀少的时候，一个人坐在靠窗的位置，独自开一壶“烧刀子”，听着冷风从耳畔呼啸而过，风轻云淡地自酌自饮。

她还有一位不请自来的伙伴——裴嵊，此刻，裴嵊就坐在她的对面，旁若无人地倒了一杯酒，龇牙咧嘴地灌入腹中，然后忙打开手里的水囊，狼吞虎咽地喝起来。

裴嵊是高昌的城主，三年前，喝得醉醺醺的他摇摇晃晃地闯入酒馆，看到正在温酒的阿隐，惊为天人，之后，就死皮赖脸地跑到阿隐的酒馆中讨酒喝。

见有人自寻死路，阿隐也不阻拦，友好地为他斟上一杯酒，这种从塞北来的“烧刀子”，又叫断肠烈，据说是世间最烈的酒，只怕整个高昌，鲜有人喝。

裴嵊见阿隐如此干脆利落，喜笑颜开地举起酒杯一饮而尽，然后满脸通红，喉如火焚，马不停蹄地跑到后厨喝水，待到情况稍微好转，又跑到阿隐面前，大骂她是蛇蝎妇人。

“是你自己过来讨酒的，我请你了吗？”阿隐面无表情，轻飘飘地回道，既没有对狼狈不堪的裴嵊心生同情，也没有因裴嵊的谩骂而恼羞成怒，只是风轻云淡地陈述着事实。

裴嵊一下子不说话了，后来，他将阿隐当作了无限的乐趣，白天处理完府中的事务后，就跑到酒馆来，随身携带一个巨大的水囊，陪着阿隐喝酒。

喝一口酒，灌一口水，那“断肠烈”，他从初见时的避之不及到如今能龇牙咧嘴喝下一整杯。

“这‘断肠烈’哪里是酒，分明是穿肠毒药，我府里新来的酒才好呢。”裴嵊眉飞色舞，手舞足蹈，“那可是西域上好的葡萄酒，几个波斯商人刚刚给我的。”

“要不要和我去尝尝？”他循循善诱道，“阿隐，只要喝过那葡萄酒，你一定会对这‘烧刀子’不屑一顾，葡萄美酒夜光杯，想想看，多美的画面。”

“你带来给我吧。”阿隐头也不回地吩咐，转身上楼，她熬不住了，需要歇息一会儿。

自到高昌，每逢十五，满月之日，她就会心如刀绞，肝肠寸断。

三

次日，兴冲冲携酒而来的裴嵊没有如愿以偿地见到阿隐，酒馆的舞姬告诉他，阿隐今日并不在酒坊，昨日深夜，她同一个白衣男子急匆匆地出去了，至今未归。

“你可认识那男子？”裴嵊疑惑地问。

“我如何认识？”舞姬捏着绣花帕子，巧笑嫣然，“不过，那男子说来倒和波斯商人有些像，肤白胜雪，高鼻凹眼的，还长着满头金发。”

裴嵊苦涩地笑了笑，不说话，一个人坐下，抄起一只杯子，打开葡萄酒自酌自饮起来。

带走阿隐的那个男子，是在她昨夜痛得快要昏死过去时敲开她的房门的，然后，未等阿隐开口，就将一粒散发着异香的药丸猝不及防地塞入她的口中。

“你心痛，是因为你故地重游，却遗忘了所有。”男子面带悲悯的神色，缓缓地说，“一个有血有肉的人，却没有半点儿记忆，心不正是残缺的吗？如此，又怎会不痛？”

见男子如此一针见血地道出事实，正欲发问的阿隐，忽然愣住了。

男子自称乌琊，来自千里之外的安息古国，不过这是很久以前的事情了，他已经在这高昌，等了阿隐多年。

似乎是看出了阿隐心中的疑惑，他也不恼，只道：“你我之间的事情，早已不是三言两语能说清楚的，你若是愿意，就随我来吧。”

而后，阿隐就连夜随他到了这座荒废已久的宅院，进入院子的那一刻，她的脑海里忽然飞快地掠过一些片段，有欢笑，有哭泣，有滔天的大火，还有四处逃窜的人和满地鲜红的血液。

乌琊忽然沉默下来，将不知从何处寻来的一只油灯塞到阿隐手中。

借着微弱的灯光，阿隐穿梭在荒废已久的宅院里，脑海里不由自主地浮现出一座华丽的宅院，仿佛那就是这座宅院原本的模样。只是那时的绿瓦红墙，如今变成了断壁残垣；那时的高楼连苑，如今只剩下陋室空堂；那时的郁郁苍苍，如今已是芳草萋萋……

阿隐就这样穿梭在宅院里，垂泪到天明，这是她自竹篱茅舍醒来后，第一次如常人一般泪下。不知为何，她忽然就想起了裴嵘，昨日，他们可是相约要一同饮酒的，如今，裴嵘想必早就携酒而来，若见不到自己，他一定很失望吧。

于是阿隐提起裙裾，欲跑回酒馆，却被身后的乌琊一把拉住：“你今日的遭遇可都是拜他所赐，你为何还要去见他？”

阿隐的心中不知为何就生出一股怒火，她一把甩开乌琊的手，怒喝道：“关你何事？”

是啊！关自己什么事呢？那满腹深情，从来都只是一厢情愿罢了。乌琊的手停留在空中，久久不曾垂下。

四

再次见到乌琊，是在半年之后的中秋佳节。

半年以来，裴嵘与阿隐日日相聚，谈天说地，酌酒相伴，他遣散了城主府诸多仆役，只邀了阿隐一人前来喝酒赏月。

明月皎皎，清风徐徐，又有佳人在侧，心情甚好的裴嵘刚举起酒杯，正欲感叹几句月圆花好，乌琊就风风火火地闯了进来。

不过半年未见，他那满头的金发竟染上了一层银霜，眉眼黯淡，面容憔悴，眉目沧桑，与阿隐初见时的意气风发简直判若两人。

看到乌琊，裴嵘先是一惊，手中的酒杯猝不及防地摔落在地，接着他神色大变，指着乌琊怒喝道：“你来做什么？”

“我来带她走！”乌琊的回答斩钉截铁，面露讥讽之色，“如今的欢愉不过是你一时偷来的，你以为能持续多久？”

“偷来的又如何？”裴嵘怒目圆睁，面色狰狞，“今朝有酒今朝醉，他日，我裴嵘即便粉身碎骨，万劫不复，也无怨无悔。”

乌琊苦笑，低声答道：“可粉身碎骨的，从来不是你，而是她，半年前，我就想带她离开这是非之地，却不承想，即使如今的她早已将过往一一忘记，可还是要回来找你，如此，你还要将一切都瞒着她吗？”

裴嵘沉默许久，俯身默默地收拾好酒具，转身离去，只淡淡地留下一句：“那你说吧，我累了。”

乌琊从袖中取出一个小小的白玉匣子，轻轻打开，推到阿隐面前。匣子里装的是一枚白皙如雪的药丸，异香扑鼻，此物名唤“醒心丹”，是乌琊按照古代丹方，耗尽多年心血才炼成的，可以令失去记忆的人在睡梦中寻回往昔。

阿隐也不多加追问，取出药丸，一口吞下，自从半年前服下乌琊给的药丸之后，她在月圆之夜心如刀绞的毛病就再也没有犯过，所以她愿意相信乌琊不会害自己。

不过须臾，阿隐便觉得阵阵困意袭来，很快，她就靠着椅子安静地睡去，而不久前收拾酒具离开的裴嵘也不知何时出现在身后。

“把她扶回屋吧，外面天凉。”乌琊说，他很想上前，像裴嵘一样抱抱她，可又觉得他们之间如隔万丈深渊，不可跨越。

裴嵘抱起她向屋内走去。

恍惚间，裴嵘觉得自己仿佛又回到了从前的那个中秋之夜，她趁父母不注意，喝多了甜腻腻的桂花酒，如现在这般，昏睡在花园的亭子里，然后自己找到了她，小心翼翼地将沉睡的她抱回屋内。

那时，依旧是今晚一般的模样，明月皎皎，灯火阑珊，却是风华正好，不识干戈。

“你不要怨我。”裴嵘抬头，望着天空中明晃晃的月亮，沉默良久，长叹一口气，“我也知道这欢愉不过是刹那烟火，可有关感情的事，从来都只会越陷越深，如何能轻易割舍？”

“可你这样不管不顾，会害死她的！”

乌琊低声嘶吼，又似是想起了什么，冷冰冰地嘲讽道：“若真能一死了之，倒也是解脱，可惜，她却是连死也不能的。”

她只能一次次地重复着迷失、归来、绝望以及流浪的轨迹，一遍遍地尝尽相思之苦，求而不得，循环反复，无止无休……

五

阿隐做了一个很长很长的梦。

梦里的高昌，依旧如现在这般繁华，熙熙攘攘，人来人往，只不过梦里的她不是酒馆的老板娘，也不叫阿隐，而是城主的小女儿，姓耿名晏。

梦里的城主府，就是乌琊曾带她去过的那间院子，不似当日所见，此时的城主府，雕梁画栋，高楼连苑，所过之处皆是琪花瑶草，假山池沼，说不尽的富丽堂皇。而年幼的耿晏，最喜欢做的事就是一个人穿梭在院中的九曲回廊内，摘花撷草，编成花冠，饰于头顶。

阿晏的父亲是位将军，常年在外征战，甚少回家，所以更多的时候，空荡荡的城主府只有母亲和年幼的她。母亲是一位温婉贤淑的大家闺秀，嘴角总是挂着浅浅的笑意，她喜欢教自己描红写字，每当自己不愿意时，母亲就诱惑她道：“阿晏不是最喜欢父亲了吗？等你学会写字了，就可以给父亲写信了。”

想到未曾谋面的父亲，年幼的自己只是不悦地嘟了嘟嘴，甩甩酸痛的小手，继续由着母亲手把手地教她写字。

第一次见到父亲，是在五岁那年飘雪的冬夜，与父亲一同归来的，还有一个昏迷不醒的孩子。

“这孩子，怎么都冻成这样了？”母亲急匆匆地赶上前，接过父亲怀里的孩子，扯过一旁的白狐裘将他紧紧地包裹起来，然后将一个汤婆子塞到他的手中。

“一切都结束了。”父亲换下寒光凛凛的铠甲，温柔地看着母亲，“以后我会一直陪在你和阿晏身边，我们一家三口，再也不会分开了。”

他说着，上前一把抱住自己，反反复复地问：“阿晏，想父亲没？”而自己则响亮地回答了一声：“想。”然后父亲就将自己举过头顶，哈哈大笑起来，母亲则在一旁柔情似水地看着，清朗的笑声回荡在屋内，久久不曾消散。

阿晏不知道那个昏迷的少年是什么身份，父亲只告诉她，这个少年，叫裴嵘，以后就和我们住在一起了。

对于这个忽然多出来的客人，阿晏并没有多少敌意，相反，还很喜欢，他会不厌其烦地教她背诵《诗经》，即便自己屡屡取闹也面无愠色；他会骑马载着她穿过高昌的大街小巷，带她吃遍各种珍馐美味；会在春日带她去城外的御河泛舟，看尽两岸的湖光山色；也会在深秋带她去大漠游走，看大漠孤烟，长河落日。

宜言饮酒，与子偕老，琴瑟在御，莫不静好。

随着年华的流逝，有懵懂的心思如破土的藤蔓，缓缓在二人之间萌芽生长，父母对这一切也乐见其成，甚至许诺，待阿晏过了及笄之年，就为二人举办婚礼。

若时光一直如此，风平浪静，波澜不惊，她和裴嵘，也许会从青梅竹马成为一对佳偶，白头偕老，人人称羡。可世事无常，她所期待的岁月静好，终究还是被战乱打破了。

六

这一年，阿晏十四岁，裴嵘十七岁，沉寂多年的安息忽然发动了战争，裴嵘和父亲奉命出征，奔赴沙场，阿晏和母亲则在家中日日祈祷，盼望他们能得胜归来。

“中原人说天聋地哑的人生来聪慧，可预知祸福，正因如此，上天才剥夺了他们的语言和听力，怕其泄露天机。那么，你说裴嵘会好好的吗？”

闲来无事，阿晏总喜欢对着家里救回的西域少年喃喃自语。这是一个双耳失聪、双目失明的少年，是阿晏不久前从城外救回来的。那时的少年浑身是血，筋骨皆断，不省人事，被阿晏捡回家中后，耗费了诸多药材才救醒，仍然没有彻底恢复，所以阿隐每日都会亲自煮好药物，伺候着他服下。

“我都忘记了，你喉咙坏了，又听不懂我说什么，如何能给我回复呢？”阿晏叹息着，轻轻吹好一勺药水，将银勺凑到他的唇边，示意少年张口喝药。

素日乖巧听话的少年，却扭过头，将喂药的阿隐晾在一旁。阿晏笑着骂了一句“挑剔”，以为少年是怕苦，所以收回手，转身去拿蜜饯，少年却凭着感觉，拿过药碗，仰头将浓浓的药汁一饮而尽。

“原来竟是要自己喝药呢！”阿隐见少年行动如此敏捷，心想这少年应该恢复得差不多了，因为等待而一直阴郁焦灼的心也平复许多。

看着少年喝完药后，阿隐收拾好药碗离开房间，却在迈出院落的那一刻，依稀听见背后传来少年一声叹息。

阿宴等回了裴嵘，却没有等回父亲，父亲战死沙场，尸骨无存，只剩一个头盔随大军归来，母亲见此，当场昏厥，再也没有醒来。五日后，城主府挂满缟素，阿晏望着灵堂上的两口棺木，哭得肝肠寸断。

“伯父伯母放心，我一定好好照顾阿晏，视她若珍宝，一生一世，不离不弃。”下葬的那一日，裴嵘拉着阿晏的手跪在父母的墓前，郑重许诺，也就是在这一日，西域少年忽然不辞而别，杳无音信。

阿晏为父母守了三年孝，这三年中，高昌的一切事务皆交予裴嵘处理，裴嵘俨然成了高昌的新主人，对此，阿晏并不怎么在意，只觉得二人夫妻一体，无须过多计较。

出孝以后，二人成婚，可新婚之夜，阿晏独坐喜房之内的时候，却有另一个身着红色嫁衣的女子挽着裴嵘的手臂款款出现。

“这是箬靥，是安息的公主，以后你就喊她‘姐姐’吧。”裴嵘如是说。

什么？

阿晏难以置信地看着眼前的一切，手里捧着的苹果摔落在地。龙凤花烛，鸳鸯锦被，红妆花嫁，这本是她和裴嵘的婚礼，可如今，裴嵘却告诉自己他要娶的竟是别人，而自己，不过是一个妾。

“为什么？”阿晏含着泪水望着裴嵘，“你明明说过，要照顾我一生一世的。”

“可我没说过要娶你为妻。”裴嵘的眼神冰冷而无情，“箬靥是安息的公主，当初我能取胜，多亏了她提供情报，所以，我不能委屈她。”

不能委屈她，所以只能委屈自己了？

阿晏苦笑，不过一夜之间，昨日还对自己山盟海誓的青梅竹马，如今就含情脉脉地与他人生死相许，这一切，竟要比跌宕起伏的话本还要精彩。

阿晏厉声呵斥，将裴嵘赶出了喜房。可苦日子，还在后头。先是府中的旧人被裴嵘换走，紧接着阿晏就被赶到了偏院居住，厨房的人更是看人下菜碟，每日给她的皆是残羹冷炙，而箬靥更是三天两头地为难自己，洗衣做饭，伺候起居，稍有不顺心，非打即骂，裴嵘却对此视而不见，每日只知道与箬靥耳鬓厮磨，甜言蜜语。

她看得满心苦涩，却依旧固执地以为，裴嵘同箬靥在一起，一定有什么不为人知的苦衷。

七

半年后，趁裴嵘离府外出的时候，箬靥第一次找上了阿晏，她扶着丫鬟的手，居高临下地看着阿晏，出言讥讽：“昔日高高在上的高昌明珠，如今却沦为粗活婆子，看人眼色过活，这样的日子不好受吧？”

阿晏不答，继续劈柴，箬靥的挑衅侮辱，她早已习惯。

“你以为你这样委曲求全，裴嵘就会回心转意吗？别痴心妄想了！”箬靥面目狰狞，“他的所作所为不过是为了夺回高昌城，这本就是他父亲的封地，不过被你父亲霸占了，这叫他如何能忍？你大概还不知道吧，你父亲战死沙场，正是他一手策划的呢。”

阿晏想把箬靥的话当作胡说八道，但接下来对方陈列出来的种种事实又不得不令她信服。

高昌，原是安王封地，安王与安息勾结，意图夺取天下，却被驻边的将军耿缙发现，诛杀了安王府中众人，可安息人却趁乱救走了安王刚刚出生的独子。

八年后，安息被耿缙重创，迁都远遁，安王独子也被耿缙救回高昌，取名裴嵘，养于府中。耿缙以为稚子年幼，只需真心相待，就能收获真心，不承想安王独子在高昌八年，自小就被灌输耿缙乃是他的杀父仇人，早已对耿缙恨之入骨。

“你知道你父亲是怎样惨死的吗？”箬靥舌灿莲花，却字字是血，“他是为了替裴嵘挡箭而死的，可他哪里知道，那些乱箭，本就是他未来的东床快婿为他准备的。”

阿晏只觉得心如刀割，扑倒在地上失声痛哭，箬靥看着阿晏失魂落魄的样子，趾高气扬，拂袖而去。

阿晏苦笑，原来，自己所以为的心有苦衷不过是别有预谋，自己所信任的少年郎君不过是狼子野心，她的满腹痴心皆付诸东流了。

夜幕降临，门外马蹄声传来，裴嵘兴冲冲地敲开阿晏的院门。

“你来了。”

阿晏面无表情地打量着裴嵘，将他迎入屋内，未等对方开口，先为他斟了一杯酒。

“你八岁到我们家，爹娘视你如己出，我也将你视为亲人，不承想，我们推心置腹的亲人，其实是个心怀不轨的小人，裴嵘，你午夜梦回时，就不怕爹爹的亡灵向你追魂索命吗？”

裴嵘正欲解释，却见阿晏拿起桌上的酒杯一饮而尽。想到她方才的话语，裴嵘一惊，暗道不好，果然，不过须臾，阿晏跪倒在地，七窍流血，面目全非。

她死死地盯着裴嵘，拼尽最后一丝力气打翻烛台点燃屋子，想与他同归于尽，可箬靥却带着仆役风风火火地闯了进来，将木桶里的水泼在裴嵘身上，将他带离火场。

熊熊烈火漫上身躯，可阿晏却感觉不到丝毫疼痛，二十载年华如梦，心心念念的金玉良缘不过是黄粱一梦，如今，她终于解脱了。

八

梦中的阿晏不省人事，然而，阿隐的意识还在继续。

“阿晏……”

裴嵘望着火场，声嘶力竭地呐喊，心仿佛被人生生剜去了一般，他回过头，一把掐住箬靥的脖子，死死地盯着她：“你这个毒妇，究竟和她说了什么？”

旁边的丫鬟被裴嵘的模样吓得打了个寒战，忙将白天发生的事情一五一十地告诉了他。裴嵘大怒，将箬靥摔到地上，拔出佩剑，毫不留情地刺入她的胸膛。

“你……”

箬靥垂死挣扎，怒目圆睁地看着裴嵘，恍然大悟，苦笑道：“裴嵘，原来这些日子你对我的百依百顺，不过是虚与委蛇罢了，可笑我竟以为你是真的心仪于我。你自以为将一切算计得天衣无缝，却没想到你的爱人对你不够信任，如今，求不得，放不下，裴嵘，你与我，终究是一样的。”

原来，城主府的旧仆早已藏有安息的奸细，在成婚之前便给阿晏下了毒药，不出三个月，阿宴就会毒发身亡，箬靥遂以此为要挟让裴嵘与她成婚，换取解药，裴嵘无奈，只得虚与委蛇，企图找出解药的藏身之处。

为了博取箬靥的信任，他不得不对阿晏冷眼相待，可当他终于套出藏解药的地方取回解药时，阿晏却因为箬靥的蛊惑自焚。

裴嵘虽是安王独子，也曾在安息生活了八年，但安息人对自己别有用心，为了明哲保身，他只得装出一副对耿缙恨之入骨的模样。

他拼死从火中抢回了阿晏，可阿晏身受重伤，不省人事，唯有一息尚存。于是，他找遍天下的奇人异士，企图让阿晏醒来，直到乌琊出现。

他说，要想让这类奄奄一息的人康复，只能以过往交换，借助药物，让他们忘记过去，然后远离苍凉阴冷的高昌，去一个温和之地，慢慢休养苏醒。

于是，乌琊给阿晏服下了药物，而裴嵘则在她的腕上套了一只银镯，上书“归矣”二字，希望她苏醒之后回到高昌，然后拜托远去的客商将阿晏送往温暖如春的江南之地，而阿晏离开后，裴嵘也服下了乌琊给的药物，昏睡过去，等待着阿隐苏醒后的归来。

阿隐终于醒了过来，只见床前坐着裴嵘和乌琊二人。

“裴嵘，你娶我吧。”阿隐静静地看向裴嵘，坚定地说。

“好。”裴嵘点点头，他不知道阿隐在梦中究竟看到了多少，但只要阿隐开口，他就会义无反顾地答应。他在高昌等了这么久，为的不过是能和她在一起，即便粉身碎骨、万劫不复，也在所不惜。

十日后，阿隐出嫁，可新婚不过半个月，裴嵘就卧病在床，缠绵病榻，奄奄一息，阿隐心急如焚，看遍了高昌的所有大夫，得到的回答都是“准备后事”吧。

“不要为我担心，我在高昌苟延残喘多年，就是为等你归来，如今终于得偿所愿，我已经心满意足了。”裴嵘面色温柔，他知道，这是他应得的，乌琊早就告诉过他，那药物虽能使人沉睡，让时间在其身上停滞，可醒来后，却会加倍消耗人的生机，可他，无怨无悔。

“我不会让你死的。”阿隐的手轻轻拂过裴嵘消瘦的面颊，语气温柔，她静静地注视着裴嵘片刻，然后转身离去。

“我知道你有办法的。”阿隐跪在乌琊面前，恭敬地恳求道。既然此前乌琊有办法将一息尚存的自己救回来，如今也一定有办法救裴嵘，“我求你，救救他，即便是付出任何代价，我都愿意。”

乌琊苦笑，自己苦心孤诣多年，竟然还是这样的结果，他心心念念的都是她，但她的心里却从来都只有裴嵘。他咬咬牙，说出了几个字：“用你的过往来换。”

阿隐点点头，她愿意将自己的生机给予裴嵘，唯留一息，然后服下药丸，重复流浪和遗忘的轨迹，从头再来。

在客商运走阿隐的那一天，裴嵘和乌琊一起去送了她，裴嵘将阿隐手中的银镯摘下，套上了一枚玉镯，依然刻着“归矣”二字。

裴嵘微笑，与远去的她挥手告别。

她曾说，即便隔着万水千山，她也会归来。

那么，即便是千年万年，他也会在高昌等她。

九

夜色浓郁，繁星满天，有瑟瑟寒风自大漠深处刮来，其声呜呜，恍若人泣。

商队披星戴月，渐行渐远，无人发现，在浓浓的夜色中，有一辆乌黑色的马车悄无声息地跟在商队的后面，车上坐的是乌琊。他本是安息的祭司，年少修炼时走火入魔身受重伤，幸得阿晏相救，醒来的第一眼，便爱上了这个眉眼温柔的女子，为了留在她身边，他不惜装作天聋地哑的残疾之人。

可阿晏，满心满眼，只有一个裴嵘。

于是，他运筹帷幄，助安息恢复了国力，又以开疆拓土为诱惑，鼓动安息国王对高昌发动战争，企图让裴嵘死在战火之中，不承想耿缙替裴嵘挡下了乱箭，让裴嵘捡回一条命。后来，他又借箬靥之手拆散了阿晏和裴嵘，消除阿晏的记忆，让裴嵘沉睡，希望有一天她在异乡苏醒后，自己能有机可乘。

可即便如此，阿晏的眼里，还是只有裴嵘一人。

他嫉妒，他不甘，他一次次逆天而行，拆散二人，于是，他们之间的一切，就如同屋檐滴落的雨水，年复一年，重复着旧时的轨迹，无止无终。

没有什么能阻止他的决心，正如没有什么能毁灭她的爱情。

“所以，即便山长水阔，相隔万里，我也会披星戴月，回到你身边……”花

奔跑吧！女官大人

文/温不语
图/鸦青染

顾家有小女，一朝步秋闱。

十指不沾阳春水，却将笔杆挥。

“喂喂喂，成天打打杀杀，打怪除妖多浪费。不如与我做羹汤，酿壶桃花醉。”

乾光八年冬，季王府梅香暗涌，寒风呼啸间尽是飞雪。

顾宝衡死瞪着袅袅茶烟后的那张脸，偏偏当事人不自觉，甚至掩唇轻笑，小鹿般柔弱的眼神往这边一望，成功令顾宝衡眯起眼，很好，这发小得扔了。

她劈手抢过对方手里的茶杯，左手叉着腰，右手悬在半空中不停抖着那只杯子，气呼呼地审问：“说！你是不是被假季云书附身了？”

季云书小心翼翼地看着她，脸上泛起无辜，一副受了惊的模样：“宝衡妹妹，你可知今天被追杀的男人就是四皇子沈昭初？”

“少岔开话题！四皇子又怎样？我还是女官大人……我用石头砸晕了四皇子？”天哪！还有比这更惊悚的吗？

她捂住脸，方才的事情历历在目——

大雪纷纷扬扬下了一整日，顾宝衡从吏部回来时，天已黑透，一路走来连个行人都没有。行至恒宾楼附近，忽然听见刀剑划破衣服的声音，难道误闯了刺杀现场？她果断转身，准备溜之大吉。各路好汉，你们看不到我，看不到我……

脚踩在积雪上，“咯吱咯吱”作响。“啪”的一声，她感觉自己踢到了什么，一低头，雪坑里静静躺着一块玉佩，再一摸自个儿腰间，空无一物。就在她犹豫着要不要捡起来的时候，眼前闪过一个身穿华服的男子，右手捂住受伤的肩膀，鲜血顺着手臂蜿蜒流下，雪地上霎时绽开一朵朵绝美的“花”。蒙面女在后面紧追不放，足尖轻点，人已飞身上了屋顶。

顾宝衡趁机拾起玉佩，来不及擦干净上面的残雪便揣进怀里，躲在暗处艳羡不已：哦，天哪！这就是传说中的江湖人士？太酷了！

男子武功不济，加之有伤在身，在几条小巷子里窜来窜去也占不了上风。蒙面女甩手丢出一枚暗器，引来顾宝衡惊呼：“壮士小心！”

想来是她突然出声，抑或是这一声声势过大，那男子脚底一滑摔了个四仰八叉，暗器擦着他的头皮飞了出去。

蒙面女也怔了一瞬，旋即提剑刺去。男子狼狈地倒在雪地上，绝望地闭眼，又猛然睁开，怒瞪着顾宝衡的方向，隔了老远也能感受到他浑身散发出的强大怨念。

顾宝衡尴尬地挪了挪身子，摸到一块冰凉的东西，石头？

“哐”！

已经刺到男子身上的剑被石头弹飞，蒙面女怒然回头，又一块石头砸过来，她迅速挡开，石头直直地掉在了男子身上，他闷哼一声，带着对顾宝衡的无限鄙视晕了过去。顾宝衡吐舌，对不起啊，壮士，祝你喝一碗放了香菜的孟婆汤，下辈子喜乐安康。

不待顾宝衡开溜，蒙面女运起轻功朝她飞来，狠狠掐住她的脖子。呃——顾宝衡生平头一遭如此痛恨自己没有本事还爱管闲事！她铆足了劲想要掰开蒙面女的手，哪知越挣扎呼吸越急促，眼前有好多小星星在吹着唢呐绕圈圈……

隐约听到蒙面女倒吸了一口气，冷若蛇皮的手猛地松开，人也退到了几步之外。顾宝衡一下子瘫软在地，喘着粗气揉脖子，余光扫到身旁多了一个红衣男子。稍微平复了一下心情，她抽空抬头给自己的救命恩人报以感激一笑。八颗牙还没露全，笑容已经僵在嘴角，一双杏眼瞪得比十五的月亮还圆，活像见了鬼。

那举着长剑的男子红衣白裘，凛冽的寒风卷起他的衣摆，飒飒作响，平日里不着一饰的长发用红色绢带随意束起，一语不发却不怒自威。没错，这就是那个一阵风刮来都怕他撑不住的季小王爷！

看着他此刻不可一世的表情，谁都不会相信他曾那般弱柳扶风，迎着顾宝衡质问的目光，他冲她眨眨眼，眼神里充满戏谑，简直是在挑衅她：小样儿，被我耍了十几年吧……

顾宝衡抬起头，不知者无罪，她很快又竖起满身的刺：“不对！我只是为了救人，四皇子还得给我开表彰大会呢！你……你老实交代，到底哪一个你才是我认识的季云书？”

闻言，季云书抖了抖眉毛，心知自己瞒不过去了，只得上前安抚这只奓了毛的小猫，见她没有躲开，这才松了一口气，把她按到椅子上坐下，娓娓道来。

那一年，季云书堪堪十岁，跟着乳娘住在顾家附近。突然有一天，从皇宫里来了好多人要带走他，那时他才知道自己就是老皇帝一直在寻找的沧海遗珠。他走的当晚，乳娘自尽。

老皇帝对他极为宠爱，甚至有传言说要改立季云书为太子。可惜好景不长，老皇帝没过多久便驾崩了，太子继位后，封他为季亲王，在京城赐了府邸。他当然知道当今圣上把他留在眼皮子底下的用意，便从那时起对朝政退避三舍，不务正业地开了恒宾楼。

皇帝也不难为他，反而心情不错地对他表示了开张大吉，却连块牌匾也没送，这令一心想要靠噱头大赚一笔的季云书耿耿于怀了好一阵子。

“我是何模样，并不会改变什么。”季云书弯下腰与她对视，逆着光，他白玉似的脸颊泛着红晕，眉眼温柔，目光坚定，“即使重来一次，我依然会这么做。宝衡，我本不想让你深入这些你看不见的黑暗，如果可以，我希望你百岁无忧。”

就如同蹲的时间太久，顾宝衡只觉得浑身一阵酥麻。她默默吞下口水，在他的凝视下，心跳越来越快，毫无规律，似乎，有什么东西，悄然改变了。

很奇妙啊，心口发热发烫，平日里这张百看不厌的漂亮脸庞，此刻竟不好意思再直视。顾宝衡眨眨眼，躲开他炽热的目光，一向利索的嘴皮子打了结：“那……那你今天赶来救我，不就全暴露了吗？”

季云书摊手，无比委屈道：“没办法啊，谁让你从小就笨，总追着我让我带你一起玩，口齿不清还老喊我‘鱼苏得得’。精心伪装十几年，若是不能保护你，我还隐藏什么？”

“……啊，四皇子的伤势如何了？”她蓦地站起来。

忒能破坏气氛了，季云书暗叹。他刚想去捏她的脸，便听下人敲了敲门：“王爷，刑部传话，那名女刺客在狱中自尽了。”

墨

蒙面女一死，那场刺杀便成了一桩悬案，即使下令彻查，也很难查到蛛丝马迹，更何况，顾宝衡根本没有插手的资格。

她这个女官当得着实憋屈。

自从五年前那个负责调查宾州连河决堤贪污案的女官殁于任上，朝廷对此却没有任何解释，致使五年来再没有女进士上榜。顾宝衡算是迎难而上，每天在吏部被“黑面神”崔尚书挑三拣四，做一些跑腿打杂的琐碎小事，速度慢了还要挨他一顿臭骂，以至于她现在做什么都是一路小跑，偶尔经过长廊时还能听到一阵起哄声：“跑快点儿！崔大人追来了！”

顾宝衡咬牙，越想越不甘心，这件案子怎么能少了她？她好歹也是目击者啊！不行，她要去找崔尚书讨个说法。

正巧，“黑面神”也有事找她。不等顾宝衡开口，他就绷着一张脸，硬邦邦地宣布：“顾氏宝衡，二甲赐进士出身，今授予直隶狄州知府之职，下月初上任。”

这种时候把她赶去狄州？顾宝衡不服气：“崔大人，下官可否参与四皇子遇刺一案……”

“小小进士，还没戴上乌纱帽，就妄想议论朝堂之事，还不谢恩退下？”

顾宝衡被噎得直翻白眼，低着头称是。

哪知脚还没有迈出去，外面传来太监尖细的嗓音：“太子驾到，四皇子驾到！”

她只好无奈地退回来，跟着一屋子的大臣恭谨地行了官礼，太子沈昭凌在众人身上扫视了一圈：“诸位无须多礼，本宫只是随处转转。”

沈昭初没有像他皇兄那样摆架子，他上前一步，冲顾宝衡豪气地抱拳，笑若朝阳：“多谢顾大人当日手下留情啊！”

呃，呵呵……顾宝衡不好意思地摸摸鼻子。

“听闻顾大人与季王叔是深交？”沈昭初笑呵呵地问道。

顾宝衡微笑：“下官何德何能与王爷攀交情，不过旧识罢了。”

沈昭初张张嘴，还想追问什么，却被沈昭凌打断了：“早就听人说起今年的国试有一位女官上榜，原来就是这位，巧笑倩兮，美目盼兮，真是个妙人。”还是个胆敢正面打量他，毫不怯懦的女人。

顾宝衡很乖顺地垂下眼眸：“殿下过奖，下官一介布衣，承蒙天恩浩荡，才得以入朝为官。”

“顾进士何必谦虚呢？能在及笄之年考中二甲，必然才情颇高，将来定大有作为。”

沈昭凌很是赞赏地将顾宝衡夸了一番，把她说得天上有地下无的。沈昭初也深深望她一眼，两个人挥一挥衣袖，不带走一片“雪花”。

送走两位皇子，同僚们立马凑过来，有祝她前程似锦的，有讽刺她攀上高枝的，而顾宝衡却若有所思。相较心思深沉的沈昭凌，沈昭初爽朗亲民，难怪皇帝对四皇子越发宠信。这场风雪夜刺杀事件，太子究竟扮演了什么角色？

想不通，顾宝衡挠挠头，这事儿还是得去找季云书商量。

她垂头丧气地走出吏部大门，迎面过来一个小丫鬟，对她行礼：“季亲王命奴婢恭请顾大人移步御花园。”

这丫鬟正经有礼，真的是季云书那厮教出来的？顾宝衡好笑，随口问道：“恒宾楼最近生意如何？”

小丫鬟愣了一下，谨慎摇头：“奴婢不知，顾大人还是请吧。”

顾宝衡不说话了，气氛突然变得很微妙，她转了转眼珠：“我就在这里等，你去叫你们王爷过来吧。”

小丫鬟为难：“这……岂有让王爷来见臣子的道理？”

顾宝衡干脆环起手臂，坐在凉亭的凳子上：“不用装了，到底是谁派你来的？”

话音未落，不远处响起了拍掌声，沈昭凌从暗处走出来：“顾大人真是冰雪聪明，本宫果然没有看走眼。”

顾宝衡微微扬眉，规规矩矩地行了礼：“殿下这是何意？”

沈昭凌挥手示意小丫鬟退下，见顾宝衡清丽的小脸上写满了防备，不禁低声笑道：“放轻松，本宫不过是对顾大人一见钟情罢了，没想把你怎么样。”他身姿修长，高贵优雅，只是笑容里多了几分试探之意。

“下官蒙殿下垂爱，但恐不才难孚期望。”

沈昭凌上前握住她的肩：“宝衡真的不懂本宫之意，还是在欲擒故纵？”

顾宝衡一哆嗦，慌忙避开，拧着眉回道：“下官乃商贾之女，实在不敢对殿下妄动心思。”

沈昭凌诧异片刻，勾唇轻笑：“顾大人不必妄自菲薄，本宫说过，假以时日，你定飞黄腾达。到时还需顾大人你来辅佐本宫，一同治理这凤岚国了。”

兜来转去，原来是想收她为己用，顾宝衡故作遗憾道：“殿下谬赞了，下官生性愚鲁，才疏学浅，实难高攀。”

沈昭凌重新审视顾宝衡，眼眸深邃不见底：“识时务者为俊杰，如果顾大人不想将自己的亲人也牵扯进来，本宫相信你会改变主意的。”

“宝衡，我本不想让你深入这些你看不见的黑暗，如果可以，我希望你百岁无忧……”她忽然想起了季云书。皇家的人果真是不择手段，直到此刻，顾宝衡才理解当年季云书的乳娘为何选择自尽，她是不想成为季云书的弱点啊。

但是，纵然他翻手为云，覆手为雨，她也一定会守护好自己所珍惜的一切给他看！顾宝衡报以一笑，作揖：“恭送殿下。”

纸

黄昏时分，季云书派人来请顾宝衡。再次登上恒宾楼，她竟有一种恍若隔世的感觉。一想到再过不久她就要前往狄州赴任，再相见不知是何年岁，忍不住多看了那人几眼。

季云书却像是在跟谁赌气，扭头去盯窗棂上的积雪，不冷不热道：“那女刺客的身份已经查出来了，她叫阿七，本是个孤儿，和城里的乞丐住在城西那间破庙里，几年前在她病重的时候，有人将她带了回去。”

“所以……”顾宝衡猜测，“阿七为了报恩，甘愿替他行刺四皇子，甚至在任务失败时牺牲自己来保全那个人？”

“不排除这种可能。”季云书面色凝重，“线索到这里就断了，那些乞丐并没有看清那个男人的长相，只说他腰间佩带了一块花纹奇特的玉佩，我已找画师根据他们的描述绘制了花纹图案。剩下的事也只能交由刑部处置了。”

如果那个人真的是沈昭凌，阿七以命相报，以他的性子，或许只是懊恼自己赔了夫人又折兵吧。顾宝衡叹了口气。

季云书靠着椅背，一双桃花眼眨巴眨巴，阴阳怪气地问道：“宝衡妹妹冰雪聪明，今儿个怎么会不懂我那好侄儿约你见面的深意呢？”

顾宝衡右眼皮突突直跳：“你听到了？那你还不出来帮我？”

“帮你？帮你保媒拉线？”他挑高了眉，酸不溜秋地控诉，“我看你与他聊得挺欢啊，害羞得脸都红了。”话一出口，那叫一个郁闷，他这是灌了多少斤陈年老醋？

不提这事儿还好，一想起沈昭凌的威胁，顾宝衡不由得咬紧嘴唇，蹲角落里纠结去了。

季云书最见不得她为难，默默唾弃自己没出息，嘴上却认真道：“我跟你一起去狄州。”

顾宝衡毫不犹豫地拒绝：“不行！你留在京城，帮我照顾我爹，万一，我没能回来……”若再早些，哪怕早一天，她绝对会欢天喜地地拉他蹚浑水。可是现在……她不敢赌。她的致命弱点，一个是老爹，另一个就是季云书。

他答得干脆：“我会替你安置好顾府上下所有人，以此为条件，让我陪你一起去。”

“你傻啊？我现在就是一条随时会被开膛破肚的鱼，你还非要争着当配菜！”顾宝衡急得眼眶通红。

季云书安抚地摸摸她的发，笑若春风：“你这么彪悍，难道还保护不了我吗？”

顾宝衡恼了，一脚踩过去。季云书也不躲闪，只是搂着她的手臂又紧了紧：“信我一次，我不会让任何人

伤害到你。”

“你怎么还不明白，我不是担心我自己，我是担心……”

她的尾音俨然已经带了哭腔，季云书却没打算放过她，依然步步进逼：“担心谁？”他凑近她的脸，低眉耳语，吐气如兰，“宝衡，回答我……”

她闹了一张大红脸，干脆破罐子破摔，一掌拍在他脑门儿上吼开了：“我就是担心你，就是喜欢你，怎样？”

季云书满足地伸出魔爪拍拍她的小脸，笑得顾盼生辉，风情万种：“宝衡妹妹，狄州我是去定了。”

完了，跟这人讲不清了，与其现在阻止他跟去，还不如想办法在出发前绑架他。顾宝衡撇嘴，扭头就走。

那人跟在后面：“喂喂，不如趁早选个日子，我去府上提亲吧。”

她没好气地回道：“提什么亲？我的仕途才刚开始，别闹。”

腊月初一这天，一辆不起眼的马车出了城门，沿着官道奔向狄州。虽说是官道，可沿途不是山沟就是阴森森的树林，棉布帘子被掀开一条缝，露出小半张脸，滴溜溜的杏眼灵动有神：“宋大哥，你确定没有走错路？”

“顾小姐，您就放心吧，过了前面的驿站，咱们就到狄州境内了。”

顾宝衡扁扁嘴，嘟囔着狄州怎么破成这样，不甘心地放下帘子，卷进一股寒风，软榻上的男人裹紧身上的绒毯，抱着暖手炉闭目养神道：“这个问题你每天都要问一遍，十几天了还没问够？”

这人真是可恶，出发那天她特意提前了两个时辰，没想到刚出城门就被王府的下人拦住，她只能眼睁睁地看着自家随从驾着马车先行一步，自己不情不愿地拎着包袱爬上了季云书更为低调的平民马车。

顾宝衡瞪他一眼，侧身去拿包袱，一块血红色的玉佩掉了出来。

“咦，它怎么会在我的包袱里？”顾宝衡把玉佩正反翻看，惊奇地发现上面刻的花纹很像一只凤凰栖息在梧桐枝头。

季云书不知何时侧躺在了榻上，手撑着脑袋：“看起来挺别致的，拿来我瞧瞧。”声音透着浅浅的鼻音，不似平日里的轻柔，慵懒十足。

顾宝衡递过去：“这是我在四皇子遇刺那天捡到的，还以为是我掉的呢，当时天色太暗我没细看，回去才发现这不是我的，就让丫鬟收了起来，事后一忙也忘了这茬。”

季云书对着角落那颗夜明珠的光照了照，用指腹反复摩挲了半晌，终是沉了脸色：“宝衡妹妹，我们摊上大事了。”

冬日的天黑得特别早，季云书撩起帘子，隐约可以听到不远处杂乱的马蹄声，他不禁暗骂自己有“乌鸦嘴”的潜质，此处到驿站大概还有半个时辰的路程，他下意识地攥紧身边人的手：“宝衡，从现在开始跟紧我，死都不能松手！宋宇，你把车丢下，骑马去前面的驿站搬救兵！快！”

季云书挥剑挑断套绳，抱着顾宝衡纵身跳出马车。与此同时，宋宇翻身上马：“王爷放心，属下一定完成任务！”说话间，已扬起马鞭飞奔而去。

季云书放飞一只信鸽，牵着顾宝衡朝森林跑去，她不明所以：“那只鸽子是飞去哪儿的？”

他扬唇，笑得如同一只狡猾的狐狸：“京城。敢对你下毒手的人，总得付出点儿代价。”

砚

夜色笼罩在寒风刺骨的树林，这里刚下过雪，两个人深一脚浅一脚地踏着冰雪前行。顾宝衡已经冻得手脚没了知觉，更别提一向畏冷又把身上御寒的狐裘给她裹上的季云书了。只要一想到走在自己身前的他，她就一阵心疼，眼前也渐渐模糊。不能哭，这种时候她必须更坚强。

季云书蓦地停下，将顾宝衡整个挡在身后。北风呼啸的林子，洁白晶莹的积雪，一群黑衣人在发现顾府的马车里空无一人后兵分两路，一部分沿着官道继续堵截，另一部分从树林折返，终于逮住了某只待宰的羔羊。

“几位大哥挺冷的吧，不如咱们先找个地儿喝杯热茶暖和暖和？”季云书缓缓举起手中的剑，对黑衣人开玩笑。

对面那群人才不理会他，几把剑泛着冷光，“咻”地刺穿空气，几个人飞身围攻季云书身后的顾宝衡，树上的积雪簌簌落下来。

季云书迎着几个人的剑气不闪不避，一把软剑使得游刃有余。虽然能暂时抵挡住轮番上阵的黑衣人，可他不计后果地护着顾宝衡，一不留神后背上已经挨了一剑。

见他受伤，顾宝衡心里着急，一脚踹开扑过来的刺客，扯过季云书的手朝来时的方向跑去，如果她当时没看错，那边有一个陡峭的山坡。

季云书大半个身子靠在她身上，脸色有些发青，沉默片刻，终是艰难地张口，声音嘶哑轻飘：“宝衡，松手。”

她惊讶地看向他，固执地摇头：“你说过，让我死也不能松开你的手！”

“现在是我死，松手。”

身后的脚步声越来越近，顾宝衡一跺脚：“一样，要死就一起死！”她用手扬起足够大的狐裘，裹住两人，然后紧紧抱住他的腰，一起从满是积雪的山坡滚了下去。

再睁开眼的时候，顾宝衡只觉得浑身酸痛，尤其是脑袋，滚下来的时候也不知道撞了多少块石头。手探入怀中，还好还好，官印和文书还在。狐裘披在两个人身上，而季云书趴在她的身侧。

这里是哪儿完全看不出来，四周静悄悄的，隐隐能听见狗吠声，看样子那些黑衣人没有找来，现在只要等救兵到来就好。她感激地朝天空笑了笑，大难不死必有后福，她伸手去拍季云书的后背，打算叫醒他。

她刚触碰到他的红衣，只觉指尖一片湿冷。今晚月光皎洁，待看清他后背上的那片黏腻有多大，她倒吸了一口气。

难怪他要她放手，难怪他会说现在是他死……顾宝衡抹去脸上滚烫的泪，眼中瞬间燃起怒火，使劲儿揉搓着季云书的脸：“你给我醒醒！不许睡！”那个人手指轻颤，眼皮总算动了一动。

裹紧他身上的狐裘，她愤恨地在他耳边继续骂：“季云书，你个杀千刀的！你要是敢死掉，我就嫁给街东头的二狗子！”

“咳咳，宝衡，街东头那位叫二虎子啊……”季云书好笑，强撑着坐起来。她慌忙去扶，让他靠着自己。

她盯着他身上的血，不禁哽咽，小拇指戳戳他的手背，声音微颤：“季云书，跟我拉钩，你不会死的。”

“还没娶到你，我怎么舍得死啊？”他惨白着脸，无力地咧嘴笑，抬手钩住她的小拇指，却扯到了后背上的伤口，顿时整个上半身一阵钻心地疼，“扶我起来，这里还不算安全，我们要尽快找个地方躲起来。”

顾宝衡使劲儿搀起一个受了伤的男人，扶着他一瘸一拐地走在雪地上。

何其幸运，两个人很快便看见前方有一间破庙。

她找来几张破席子铺在他身下，摸黑解开季云书沾着血的中衣，不免又扯到皮肉，他疼得龇牙咧嘴，顾宝衡的心狠狠揪了一下，眼泪“唰”地就湿了满脸，又怕他看见，当即撕下外衫的布给他简单包扎了一下，顺便转移话题：“喂，你那天说的话还作不作数？”

季云书翻白眼：“顾大人，我每天都要说好多话的。”

故意的，他一定是故意的！她对着他的膝盖一阵猛戳，磨牙道：“就是你想来我家提亲的话……”

等等，他好像听到了一个关键词，激动得翻身坐起，痛并快乐着：“这么说你答应了？哎哟，我没听错吧，能不能让我掐你一下？我怕这是在做梦。”

“……闭嘴！”

破晓时分，宋宇带着季云书安排的人寻到了破庙。

直到双脚迈进狄州府衙，顾宝衡悬着的心才算放下。可还没安生几天，京城来了一道密旨，再一次打破了两个人平静的生活。

顾宝衡看着季云书拿出火折子点燃那块明黄色的破布：“喂，现在已经安全了，你可以告诉我这到底是怎

么一回事了吧？”

季云书从怀里摸出一方画有图案的绢帕，抖开：“你捡到的那块玉可是世间独一无二的栖梧血玉，卖了绝对能赚不少钱，据我所知，几年前，皇上将它赏给了老四。喏，这帕子上是画师绘制的玉佩图案，你瞅瞅，花纹是不是一样的？”

顾宝衡呆滞：“你是说，阿七是四皇子的人，他自编自演了一场遇刺的戏码来陷害太子？”

季云书点头：“这样一来所有事情就都能讲通了。那天下着大雪，沈昭初独自在我的府邸附近做什么？既然阿七行刺的目标是沈昭初，为什么会在最后关头放水，转而去袭击成事不足败事有余的你？还有，在我划伤她的时候，她几乎连反抗都没有便束手就擒，简直就是送上门等我抓。”

一连串的问题砸下来，她不甘心地忍下了他对自己的评价：“你是说，四皇子和阿七就是在故意引你上钩，让你当这场行刺事件的目击者？”

季云书忍不住冷笑：“或许还有另一层深意，沈昭初对我的伪装有所怀疑，他要借此来试探我。毕竟在我的王府，到处都是眼线。当他查到是你捡走了这块玉，自然就能顺藤摸瓜发觉我在调查阿七。”

想不到，阿七用生命来成全的男人居然是四皇子，他明明看上去那么和善……顾宝衡沉默。季云书握了握她的手：“宝衡妹妹，皇家是最不需要感情的。”

她瞥他一眼：“那你呢？皇帝的密旨可是叫你回去继任皇位呢，你不心动啊？”

“有什么好心动的？这不过是皇帝自己的家务事。”季云书面上一派云淡风轻。

太子是五年前宾州连河决堤贪污案的幕后主使，并涉嫌谋害当时负责主审此案的女官，而四皇子更是在寝宫私藏龙袍，意图篡位，这么刺激的话题被他轻飘飘地揪到了明面上，文武百官像是商量好了一样，纷纷奏请严惩太子与四皇子，以儆效尤。那老狐狸千防万防，还是被他摆了一道，这会儿必定对他恨得牙痒痒。

怎么可能还会如此好心让他去当接班人？

顾宝衡对他内心的盘算一无所知，她从石凳上跳起来，扯着他的袖子晃：“那你要怎么回他？”

季云书眨眨眼，眸子里星星点点，像极了七夕天边的小银河：“抗旨呗。”

说罢，他提笔在纸上写道：臣弟生平唯有两大爱好，一是收集银两，二是与顾家小女组团过日子，故皇兄所托之事实在无能为力。所幸皇兄龙体安康，云书会在狄州每日祈福，愿娘娘早日诞下龙子，以保凤岚国江山传至千世万世。

顾宝衡微窘。

转眼又是一年冬。

顾宝衡赶走第六个媒婆，堵着门直跺脚：“我还没让人眼前一亮，嫁什么人？”

眼前这个发福的胖子是不是亲爹啊？自从她回京述职，她爹就开始变着法子安排她相亲，短短几天，整条街都知道她急着嫁人，连街东头的二虎子也在偷偷打听顾家小姐出嫁能陪多少嫁妆！

顾老爷也很头痛，想他顾家世代经商，怎么传至顾宝衡这一代，偏偏出了个女官？思来想去，终于忍不住在太阳底下凌乱暴走：“丫头片子，我这么辛苦把你拉扯大，你不接手布庄的生意也就罢了，连上门的媒人也给轰走了，你这么欺负一个老人真的好吗？”

顾宝衡默默擦汗，或许在她爹眼里，梦想就是在梦里想想，与现实无关。

罢了，再这么拖下去也不是办法，她咬咬牙，闭上眼红着脸嚷道：“嫁妆给我准备好，我去提亲！”

“跟谁？”

“季王爷！”花

不受伤/不人生

文/麦 九

那个女孩站在河塘边，她说不清楚心里的感受，这个男人折磨了他们很多年，他有精神病，一酗酒就乱打人，但不发病的时候，他就是她的父亲。如今他死了，醉酒失足淹死在河塘。

这一年，她十岁。

十六岁那年，女孩辍学，离开学校的那天，女孩没有回头，她望着前方，觉得人生完了。

十九岁，她想学别人进货去摆摊，却被骗光了所有积蓄。看着无法拨通的号码，女孩感到身边的光一点点暗下来，再也看不到希望。

这是我身边的一个同学，她家有三个孩子，一对双胞胎姐妹和一个弟弟，她是双胞胎里的妹妹。小时候，我去上学，会经过她爷爷开的小店，那个干瘪的老人日复一日地坐在小店里拉二胡，二胡声凄凉，我还太小，听不出多少世事艰辛，只觉得这声音太令人难过。

她生性活泼开朗，就算身上承载了很多悲伤的往事，她给我最多的是她阳光的笑容，看起来总是那么快乐。

长大后，我才懂这笑容的力量，再不幸的事也无法阻碍她笑得漂亮。

我并不想讲一个励志的故事，因为我们都太过平凡。毕业后，我们和许多人一样，渐渐断了联系，只从别人的口中得知她零星的消息。我只知道，她没有被一次次的生活暴击打败，爸爸去世了，她擦干眼泪，帮妈妈分担家务；辍学后，她坚持自学；被人骗了，她咬咬牙，重新攒钱，继续拼搏……

我最后一次见她，是在同学聚会上。她没有小时候那样活泼，沉稳很多，但眼里的光亮还在。我们见到彼此都很高兴，就算人生际遇不同，相见还能微笑，就感觉一切都很好。后来，我听说，她嫁人了，过上了幸福的生活。不知道她坎坷的人生会不会再起波折，但是我相信，无论怎样，她都能挺过去，因为她就是这样一个打不败的人。

不知道大家有没有看过一部电影，名字是《被嫌弃的松子的一生》，有些人的人生好像注定要被不幸不断碾轧，看不到希望。我的同学如此，身边好多不幸的人亦如此，但比起不幸，更让我唏嘘感动的是，他们不惧碾轧，依旧鲜活地活着。

而我佩服这样不会被生活打败的人，所以这次我写了一个关于成长和爱的故事。

她叫宋秋旻，是个除了花钱什么都不会的“公主病晚期”少女。

有一天，一场车祸，她失去了父亲，爸爸在网上被称为“马路杀手”，她也被贴上“凶手女儿”的标签，以为转学能逃开一切，结果开学第一天就碰到受害者的儿子，她的青春要何去何从？

他叫陶晏之，是个有着漂亮脸庞和讨人喜欢的性格的少年，大家都亲切地叫他阿晏。一场意外，他失去父亲，还要跟“凶手女儿”朝夕相对，是选择仇恨还是原谅？

她叫楚夏，人称“楚大王”，是个童星。曾经她是无人不知的“国民女儿”，现在的她是个被笑过气，怕

被别人认出的普通高中生。后来，她想重新开始，有希望吗？

上面三个被不幸无情碾轧的少年少女，是我的新书《你离开后，我才学会告别》的主角，他们都曾遭遇生活的悲伤，但是他们都不愿意就这样被打败。因为他们都清楚——无受伤不人生，人生再难，也无法阻拦他们笑得灿烂。

楚夏唱了一首谢春花的《借我》——“借我不惧碾轧的鲜活，借我生猛与莽撞不问明天，借我一束光照亮黯淡，借我笑颜灿烂如春天。”这也是我想说的，借我朝朝暮暮，借我孤勇向前，借我赤子之心，借我青春不悔，借我逆风向阳。

无论命运多么粗糙难过，我心中始终点点温柔。

如果可以，我想穿越时光，去遮住我的同学的眼睛，不让她直面曾经的惨淡。

但我们都知道，没有时光机，小时候，我们没心没肺地快乐着，长大后，才恍然意识到她曾经的困苦，却已经来不及安慰。我只能在文中找一个地方，一个不用告别彼此的地方，一个少年赤诚未变的地方，一个明媚温暖如当初的地方，一个始终笑得天真烂漫的地方，把那些迟到的安慰化为希望，化为温柔，化为阳光，播种在宋秋旻、阿晏、楚夏身上。

这是我的梦田，如果哪一天，你来到我的田地，希望你们闭上眼睛，感受到的是轻柔的微风。

你离开后，我才学会告别。

可你知道吗？阿晏，我永远永远不会告别你。

宋秋旻永远不会告别陶晏之，而我，在故事里等着你。花

麦九

青春文学作者，处女座。

江湖夜雨时点灯讲故事的人，一叶轻舟一壶酒，来者皆是客，欢迎来听。喜欢讲小情小爱、小甜蜜、小忧伤的故事，相信一切平凡皆有动人处。

在没有我的故事里

文 / 韩十三

当我觉得自己老了的时候，墙上的壁钟还在不停地旋转。

“咔嗒咔嗒”，每一秒都不留恋。

当我觉得春天还在的时候，隔壁高中围墙上的蔷薇花已经败了。

一场暴雨，落红四散。

这世间总有很多事情，能让人一瞬间读懂光阴，一转身刹那长大。

譬如《蔷薇花墅 16 号》里那个名叫梁寒，本来衣食无忧、家境优渥的男孩。他瞬间长大的时候是在家族企业轰然倒塌的那一刻，而我的人生没有他的精彩。

想来，让我觉得自己一下子长大了的时候是 2008 年那个炎热的午后，从殡仪人员手中接过爸爸骨灰时的那一刻。骨灰还是热的，包在红布包里，那么轻，却压得我几近窒息。

他们说，终究要推倒老旧的回忆才能在废墟之上建立新的城池。

很多时候，我们跟某个人分别，亲人、朋友又或者暗恋许久的女孩，其实是在告别当初的那个自己。

我依旧记得大二那年春天，自己一个人坐九个多小时的夜车，赶往一个有海的城市看望那个女孩时的情形。

其实，彼时的我们早已分手。

我坐在曾经追逐过的海岸边看四五点钟初升的朝阳，在退潮后的沙滩上捡拾被海水磨砺成椭圆形的透明石子。

我压低帽檐，在她宿舍楼下徘徊。

一个人走进曾和她一起去过的餐厅点了一份西红柿炒蛋盖饭，我坐在她喜欢的靠窗位置上吃饭时，窗外成排的芙蓉花开得正好，一直延伸到马路的尽头，海洋的对面。

我都想好了，如果在餐厅里偶遇了她，我就很自然地告诉她，我来看望这片海，顺便看看她。

终究没有遇到。

我只好把一包“心相印”的纸巾放在餐桌上，不知道她会不会用。

我踮起脚尖，把那些透明的石子放在宿舍到餐厅必经之路的一棵树的树杈上。

我想，也许有一天，她从树下经过，“嗒”的一声石子掉在她的脚下，她低头一看，便笑了。

图书馆二楼的电子阅览室，我一个人坐在电脑旁，看一部曾跟她一起看过的韩国电影，身旁的座位是空的，如同屏幕里不敢打开声音的静默画面。

然后，我就走了。

一个人坐在 10 路双层巴士的上层角落里，贴在窗户上，看右手边绵延不断的大海，远处白色的灯塔、古旧炮台。

最难过的离开，该是像从未曾到来。

七年以前，我曾在某本杂志的情感专栏里写过这样的话——每一场爱情，我都想要挽留。

每一场别离，我都想要铭记。

难过的是，七年以后，有些本以为能够忘记的，依然残存在记忆里。

它们就像是长久暴露在日光下的颜料盒，慢慢地蒸发，凝结成了色块，一旦遇水，终究会在整个一去不返的青春里氤氲留恋。

2012 年，我遇见了一个比我小八岁的女孩，她的单纯勇敢一如当年奋不顾身的我自己。

我们在一个大雪纷飞的冬季发誓相守一生，当然，这相守还包括我们共同的小小公主。

身为人夫了，身为人父了。肚子微微发了福，责任也渐趋饱满。

我渐渐蜕变，由爸爸面前的那个小男孩变成了女友面前的大男生，最终成为妻女左右的男人。

所以你看，我们总是这样一次次地告别不同的自己，曾经年少无知的，曾经奋不顾身的，曾经仿若崩塌了全世界的自己。

就这样，我们长大了。

告别了一个个想起来会莞尔的自己。

告别了一段段除了自己之外其实并不能感动其他人的故事。

想来，这就是时光只进不退的遗憾吧。

所以，这个仁慈的世界，总会用某种不可知的方式赐你一场场离别，教你变得坚强。

因为……

经年以后，我们终将生活在没有彼此的故事里。

韩十三

写作十余年，希望自己的文字能给读者带去暗夜里的一丝微光，仅此而已。这部小说中的主人公原谅了很多人，包容了很多事。而我，只想站在青春的对岸，原谅当年奋不顾身的自己。

当天使接上地气：那些隐藏在偶像光环下的宝藏少年

主持人：鹿鸣昔

嗨，各位小可爱，大家最近有没有喜欢上新的偶像呢？小鹿哥我可是墙头爬了一座又一座，花心得不行，这样不好，自我检讨五秒钟！

不过在爬墙的过程中，我也发现了一些有趣的事情——别看偶像明星们个个精致有型，在镜头前都是人间仙子，私底下可能像一座大金矿，藏着许多小秘密！俗话说，有的人看上去光鲜，私底下袜子都滑到了脚底板。今天我为大家介绍的这几位少年少女，可不是袜子滑到脚底板那么简单了！

罗正：偶像里唯一开过挖掘机的人

最近大热的《偶像练习生》大家是不是都在追？在一百位小哥哥里，有那么一位鼻梁逆天挺翘，侧颜无敌，却天生一股丧丧气质的花美男吸引了主持人的注意，那就是——罗正小哥哥。

这位小哥哥最近爆出来的一段经历可谓十分了得，他曾在一家艺术影楼当模特。参加节目后，影楼力挺罗正，并写了一段潸然泪下的初识经历："还记得第一次见罗正，他正在开挖掘机……"

后来，竟然还真被扒出罗正驾驶挖掘机英姿飒爽的照片，知情人士表示罗正本科专业是土木工程，当时是在实习啦！

但无论如何，这个有趣的误会为娱乐圈增添了浓墨重彩的一笔：曾有个"男神"，开过挖掘机。

白敬亭：机智光辉下的说唱灵魂

我是在《明星大侦探》里被小白圈粉的，这位少年不但外表清秀出众，脑子转得更是奇快无比，高颜值高智商，简直魅力满分有木有？于是我又找了小白参加过的其他综艺节目来看，不看不知道，看完简直要为小白出色的 Rap（说唱）才华而倾倒！

早年小白微博转发的一些内容就充分展现了他对 Rap 的喜爱，后来去了《快乐大本营》，勇敢秀出了自己！

"我是白敬亭，不是谁的替代品。不认识我也不要紧，希望有一天能把你吸引。"好诚恳的自我介绍！瞬间就点燃全场的热情！后来在其他综艺里，小白频频秀出自己的 Rap 绝技！

刘昊然：

口误男孩的尴尬人生

“国民弟弟”刘昊然因在一部戏中的“女护士”造型在热搜上霸榜了几天，那妖娆的走姿勾魂摄魄，我见犹怜。一身正气的昊然弟弟仿佛被打开了一个奇妙的开关，开启了不一样的自己。

最近网上一个关于男星“翻车”的视频里，昊然弟弟的发言“失误”简直让人笑岔气：“大家都说我是什么钢铁男……其实，还真不是……”

What（什么）？这是什么意思？观众愣了一秒钟后发出了“丧心病狂”的笑声，昊然弟弟这才发现自己口误了！赶忙挽回局面，严肃命令：“不许笑……听我解释！”可惜，观众笑得更响亮了！

还有一次活动中和小米 CEO（首席执行官）雷军谈话，结束后致谢时，昊然弟弟脱口而出“谢谢昊然”，迅速戳中全场观众的笑穴。自此以后，他得到了一个新称号——快乐源泉。

黄子韬：

“表情包”会武术 谁也挡不住

霸道总裁谢小飞、街舞团团长、表情包界的扛把子、自带笑点、综艺“泥石流”……这些截然不同的标签在黄子韬身上竟神奇地融合在一起，形成了一种诡异的和谐。当你发现了韬韬的萌点之后，就算他再做出什么不合常理的事情来，你都不会觉得有什么问题，反而越看越萌，是可爱“本人”了！

他表露出来的样态实在是太特别，以至一些非常严肃的事情，放在他身上就显得很有反差感。一直走唱跳偶像路线的他，竟然已经习武十一年了，自幼儿园就开始学习，这个时长足够说明他不是玩玩而已，而是真实地将其作为人生的一部分，认真对待。韬韬曾经去少林寺习武，获得过青岛棍类武术冠军，他不错的身手还获得了成龙大哥的青睐，这才有了邀请他参演电影《铁道飞虎》的后续。偶像都这么拼了，我们还有什么理由不努力？

景甜：

是小仙女也是满分作文作者

肤白胜雪，衣品极高，护肤有一套。大甜甜出现在我们面前时，总是一副清新美丽的仙女形象，最近还与“乒坛诗人”张继科牵手成功。

谁能想到这样一位仙女，竟是隐藏的学霸呢？

景甜顺利通过高考进入北京电影学院表演系，并且语文作文获得满分。主持人自认水平不差，高考作文也被扣了三分，这满分该有多难啊，竟然被甜甜考到了！仰望！她的高考分数在艺术类里实属优秀，而且她通过这个分数，改变了当时很多年轻明星因为表演而耽误学业的形象，也让我们对这位美少女刮目相看。

甜甜透露要多看书和看电影才能提高写作水平，各位小粉丝，赶紧拿出本子记下这不可多得的明星学霸作文满分的经验吧！

看了这么多关于宝藏少年的介绍，各位是否对自己喜欢的偶像有了更深层次的了解呢？其实不管开挖掘机、说Rap、练武术、写满分作文，每一位光鲜亮丽的偶像，都以一种努力奋进，向上拼搏的姿态，面对人生。我们也应该像他们那样，通过不断地学习来充实自己，做自己喜欢的事，一步一步，朝着梦想迈进。

祝愿每一个心怀梦想的你们，都可以美梦成真！花

“小花”们购物车里的秘密

主持人：丁慕然

啾啾姐：我的计算器呢

“啦啦啦，啦啦啦，拼完了薯片拼芒果……”

最近的“小花”们不知道中了什么毒，所有人都在唱这首广告歌，其实我对这首歌也非常熟悉，但是我对这款软件是敬而远之的，用蓝焰的话来说，就是——

“再给你十个计算器，你也算不清楚自己到底该怎么买这堆东西会更划算。”

是的，我数学不好，但是这并不能阻挡我买买买的手指，当然了，也不能阻挡有些“坏孩子”故意捣乱的热情。

“啾啾姐，‘大魔王’上次是不是说让我这周把稿子整理好给他放到办公桌上？”

丁同学啊，作为一名老编辑，问这样的问题，还选在我利用午休进行抢购的时间，导致我算错了“满减”的优惠券张数，多花了好些钱出去，你的良心不会痛吗？

“啾啾姐，我想了一下，还是来和你拼单比较划算呢！”

耳耳宝贝啊，我刚刚那么真诚地邀请你的时候，你是怎么拒绝我的？虽然说卖萌无罪，我也抵挡不了你漂亮的大眼睛，但是你知道我要把十几件物品的价格重新计算，重新思考怎么样买更划算的时候，能不能露出一个内疚的表情来安慰我？

“啾啾姐，你的东西都买好了吗？满减凑够了吗？我想买一件衣服……”

小鹿，你这是和耳耳商量好了来欺负我的吧！（此处有啾啾姐伤心的哭声）

原本一年一度的“双十一”就够让我心累了，现在又多出了“年中大促”的活动，每家店的优惠方式都不一样，优惠券的领取方式更是千奇百怪，导致我清完购物车的时候仿佛打了一场激烈的仗，浑身酸痛。

一向超凡脱俗的洛师兄端了一杯热气腾腾的红茶，一脸关切地坐在我身边，看了看我电脑上的一长串订单，然后苦口婆心地对我说：

“啾啾啊，人生在世，‘享乐’二字，你何苦要把自己搞得这么疲惫呢？你看你买的这些东西——这副耳坠，你明明有一副很类似的了，况且还是冬天的款式，现在戴不合适；再看这些零食，我记得小鱼干是你上个月一直心心念念想吃的东西，你却为了一块钱的优惠让自己忍了这么久；还有这个小玩具，这个杯子，这条小毯子……啾啾姐啊，‘人生得意须尽欢，莫使金樽空对月’，及时行乐吧……”

洛师兄说的这句诗放在这个语境中总感觉怪怪的，但我还没来得及细想，也没来得及感谢他的关心的时候，我的手机发出了提示音——“还有十分钟，购物车里的面膜就要开抢了！”

“啊啊啊，我的计算器呢？”

整个办公室都回荡着我惊慌的咆哮……

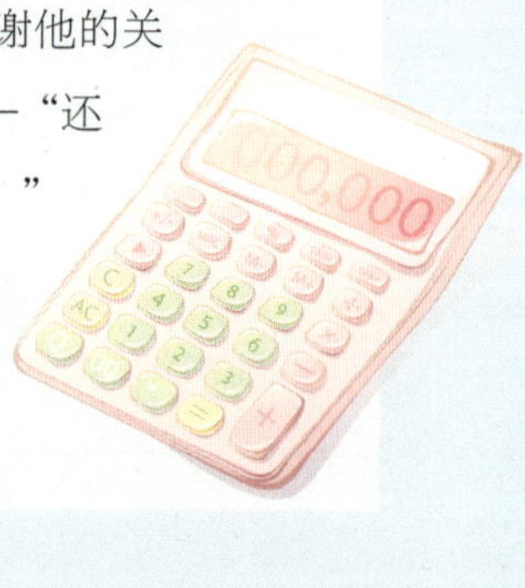

知识改变命运，科技改变生活，欢迎收看这期的《您好，有快递》栏……不不不，我是谁？我在哪儿？（快递小哥：“先生您好，这是您的快递，请签收，麻烦给个五星好评哦。”）啊！这么重的箱子！我发誓我再也不……（洛师兄：“有款猫罐头性价比不错，还参加了这期的满减活动，你考虑一下跟我拼个单？”）好了，别说了，我买！

综上所述，你们知道这一期的《花羽季》为什么迟到了这么久吗？经历了各种购物节，收快递收到手软的丁某人，今天就带着摄像机，为你们揭开小编们购物车里的秘密！

蓝焰：购物车居然满了

一年不知道几度的购物节又开始了，我终于获得了喘息的机会——哼，别以为我不知道，你们三三两两凑在一起，根本就不是在讨论工作，而是研究各种购物优惠活动！

泡上一杯红茶的我，把文档窗口最小化之后，点进了我没看完的网页。某宝上的故宫文创店铺，是洛师兄推荐给我的，说是作为我们编辑部开发周边产品的参考。我带着一种悠闲工作的心情翻看着各种周边产品，并且把我认为有参考价值的物品一件一件加入购物车，以便后期查找。

“嗯……种类不少，价格不高，产品个性非常鲜明，不错不错！”我暗自思忖着退出了店铺，进入购物车重新看了一遍物品之后，看到了店铺的优惠信息，心中略略计算一番，返回店铺又选了几件物品，“这样的话，就是比较划算的购买方式了。”

正准备下单，突然又看到了某宝的购物节优惠活动，习惯性地仔细阅读了一遍活动规则，我抬头看了一眼几个抱着计算器“噼里啪啦”乱拍的人，微微一笑：“哈哈，数学不好的凡人们哪。”

彼时，我并没有意识到一向以冷静自诩的自己已然完全堕入某宝的“圈套”，兀自畅游在各家文创店铺中。就在我哼着家乡小曲愉快地把喜欢的物品加入购物车时，一个非常不友好的对话框突然跳了出来：“您好，您的购物车已满，无法加入新的物品。”

什么？这是什么意思？这不是个虚拟的购物车吗？又不是超市那种手推车，怎么还有满了这一说？

重新操作几次，这个冷冰冰的对话框一直冷漠地提示无法加入，需要删除已有物品。轻易不发火的我怒从胆边生——这些东西都是我精挑细选出来的！都是我准备要购买的！怎么能删除呢？

“啾啾，帮我看一下，这种情况怎么处理？”像我这般谦和的人，这种时候当然选择求助自己的最佳拍档了，然而我没有想到的是……

“蓝焰，你在干什么？不是在审稿子吗？怎么在逛某宝？”

愤怒的声音直击我的心脏，我如梦方醒，捂着心口深深吸了三口气，抬起头面无表情地迎上几个人探究的目光，一本正经地沉声说道：

“我只是在为后续的项目开发买一些样品回来，并不是你们想的那样……”

“我们想的那样是什么样？”洛师兄的眼睛里满是“幸灾乐祸”。

“蓝大，《花羽季④》还缺几篇稿子，你要是再不抓紧审核，我就要顶不住读者的催问了。”丁蓦然哀怨得宛如深宫妇人。

“或许，蓝大大真的是在工作呢？”小耳朵一如既往地像个小天使一样。

“那也该先审稿子啊。”小鹿一把将我推回深渊。

“你先把那些不参加某宝满减活动的物品购买了，不就腾出空间了吗？”啾啾是好人！

不等我泪流满面，我的电脑屏幕上就映出了几个人影，啾啾得意的声音随后传来：

“你们几个，看着他，不审完稿子，不许他下单！”

所以，欲戴王冠，必承其重，我去审稿子了……

鹿鸣昔：女孩的心思男孩你别猜

近来刷微博，看到很多关于“求生欲”的话题，内容大同小异，比较典型的“送命题”——女孩问男孩：“你觉得这款口红的哪一个色号适合我？”

面对所谓的口红试色图例，我不禁笑出了声，这些颜色明明差别很大啊，怎么会无法区分呢？综合女孩子们的长相、皮肤妆容颜色、衣着颜色、发色等因素，选择一支适合她的口红并不是什么难事，为什么会成为一道“送命题”呢？蓦然哥整理着他刚刚收到的猫罐头，对我说我还是太年轻了。这激发了我强烈的求知欲，于是我打开某宝，找到了小耳朵桌子上口红的品牌店，打开了热销的一款，点进颜色选择页面……

三秒钟后，我惊呆了！颜色A和颜色F不是同一个颜色吗？颜色D和颜色Q有什么区别？颜色H和颜色M、颜色N不一样吗？眼花缭乱的我最后决定虚心求教，于是我敲了敲小耳朵的桌面。

“小耳朵，你看我刚刚给你发的信息，截图里面那两个颜色，有什么区别？”

“好的，小鹿学长！”

小耳朵总是这样积极开朗，然而当她看完我发给她的图片后，绽放着阳光笑容的小脸明显更灿烂了些。

“天哪，小鹿学长，在你身上究竟发生了什么样的故事，让一向钟情于各种科技产品的你竟然开始研究口红色号了？”

小耳朵这一嗓子喊出来，我瞬间成了编辑部所有人的目光集中点。

“哟，小鹿长大了，有小秘密了。”始作俑者蓦然哥，一脸“看热闹不嫌事儿大”的表情。

“这已经不算是秘密了吧？小耳朵，你赶紧把你喜欢的色号告诉他，省得他自己纠结。”洛师兄说这话的时候，头都不抬，手指还在飞快地打字，忙里偷闲地关心我，真让我“感动”。

“呵呵呵……”蓝大魔王啊，你赶紧处理一下积压的稿子可好？

眼看着热闹有放大的趋势，我还没想好怎么解释，趴在我屏幕前的小耳朵又是平地一声雷：

“天哪，小鹿学长的购物车里面不仅有一大堆口红，还有粉饼、眼影、眉笔以及各种护肤品，哇，好齐全啊！”

“你已经不是我们认识的那个小鹿了。”蓦然哥微笑着总结道。

“能告诉我，到底是什么改变了你吗？”小耳朵笑嘻嘻地凑上来。

我相信此时此刻的我脸已经红透了，火辣辣地烧到了耳根，在众人的注目下，我深吸一口气，捏了捏小耳朵的鼻梁，笑着说：

“我关注的并不是这些东西本身，而是想要知道你的需要，离你的生活更近一点儿，离你的心也更近一点儿。”

话音落地，整个编辑部仿佛被按下了静音键，所有人的目光依旧在我身上，而我此刻内心充满勇气，我抬起手正准备抚上小耳朵的头顶，却听见她宛如银铃般的笑声：

“哈哈哈，小鹿学长最近在学习土味情话吗？”

后来，“小花园”里流行着这样一个话题：今天的小鹿“表白”成功了吗？

是谁总说小耳朵对我有好感的？给我出来！我的“表白”明明石沉大海了啊！所以说，女孩子的心思啊，还真的是不要猜比较好。

丁蓦然：你就是我的全世界

人生就像一架天平，一端放着付出，一端放着收获，好的人生，天平一定是平衡的，付出源源不断，收获可能会迟到，但一定会到。

就像年中大促活动时下的订单一样，血汗钱源源不断地流入商家的腰包，我的包裹可能会迟到，但是一定会到，还会一起送达！

“这是你今天收到的第几箱猫罐头了？这大小，这分量，你晚上怕是需要一辆小货车。”

路过的洛师兄戳了戳我怀里抱着的箱子，我满足他的期待，给了他一个生无可恋的表情，如果我知道这些包裹会一起送达，说什么我也不会去抢零点那拨优惠。

“别这么难过，活动开始的那一个小时，优惠力度很大的，买到就等于赚到，你不亏。”

他像是看穿了我的心思一般，给了我一个兄弟间的友好安慰，但我依旧很难过，因为这个人说话的时候，向来是发糖在前，“补刀”在后。

“我也买了，不过我比较聪明，地址填的是我住的公寓。”

看着洛师兄得意地远去的背影，我万分想要把他刚刚收到的假发掏出来编成两个麻花辫再打个蝴蝶结！

但是，我不敢……

“这么多箱子，蓦然哥，需要帮忙搬运吗？”

雪中送炭，小鹿简直就是小天使的化身！我还没来得及给他一副感激涕零的表情，跟在他身后的小耳朵就给了我一个晴天霹雳。

“蓦然哥，你的购物车里，除了和六六喵相关的东西之外，还有别的东西吗？”

还有别的东西吗？

我急忙打开我的某宝购物车，一样一样看过去：猫粮、猫罐头、猫玩具、猫爬架、猫薄荷、猫窝、猫砂……这还是我丁某人的购物车吗？我深吸一口气，闭上眼睛，陷入回忆。

曾经看中了一款机械键盘，后来因为比一年的猫粮还贵而放弃了计划；曾经决定买一套拼图，后来因为那价格足够买二十个猫罐头而改变了计划；曾经挑选了一些物美价廉的坐垫，后来因为猫窝太可爱而忘记了初衷……这样的事情，从六六喵来到我身边开始发生，一直到现在，它终于成功地攻占了我的购物车，霸占了我的血汗钱，吃得比我多，睡得比我早，可是身上的肉，一点儿没见长！

悲愤的我借来了小鹿的电子体重秤，上面显示的数字让我稍有安慰，好吧，从瘦骨嶙峋到膘肥体壮的确需要时间，可是六六喵啊，你可是一只橘猫，你怎么可以这样让我没有成就感？

洛师兄说，也许它觉得按时按量吃饭，好好锻炼身体，保持不胖的体形，做一只与众不同的橘猫，能得到我更多的注意。我看了看电脑旁边的相框里卖萌的六六喵，再看看购物车，忽然就有了努力工作的动力。

六六喵啊，你需要我的关爱，我也需要你的陪伴。我不怕人笑我身为猫奴无药可救，只怕你有一天回了喵星，我这一购物车的东西，将无处安放。

煽情结束，我要做回我自己！

其实，曝光购物车这种事情，一开始我是拒绝的，毕竟我堂堂七尺男儿，玉树临风，风流倜傥……

“喵！”

“好了好了，知道了，你埋好了就从猫砂盆里出来吧，我马上就给你清理。”

“主子”在上，我帅不过三秒。不要笑我，这是每一个铲屎官乐此不疲的事情。

事实上，被依赖和被需要，本身就是非常浪漫且让人无比幸福的事情啊！花

好看的宫斗千篇一律，精致的美学万里挑一

——《延禧攻略》里的刺绣之美

主持人：夏耳耳

小夏最近迷上了火爆的清宫剧《延禧攻略》。还原史实的人物设定、高级灰的色调、电影的质感，都让它从众多宫斗剧里脱颖而出。除此之外，这部剧还动用了大量非物质文化遗产：绒花、缂丝、香云纱、刺绣……每一处的小细节都透露着匠心。

清朝是刺绣发展的鼎盛时期，清代宫廷服装的刺绣工艺繁杂，据说，满族姑娘自幼开始学习刺绣，有些家族的女孩子需要绣十至上百对各种飞花纹枕顶绣片，才可出嫁呢。

这次，小夏就为大家介绍针尖下的非遗——刺绣。

刺绣针法

平金绣：

剧中女主角魏璎珞的“主角外挂”之一就是出类拔萃的刺绣技能。她用孔雀羽线为皇后娘娘绣礼服时提到的“平金绣”，是一种历史悠久的刺绣针法，绣出的作品以色彩淡雅著称，绣品光亮、平匀齐整，具有富丽辉煌的装饰效果。剧中的龙袍采用的就是平金绣的绣法，小夏看见这条“龙”的时候被萌到了，还以为是剧中出现的乌龙，一查才知道，原来历史上的龙都是这么没有“偶像包袱”的。

刺绣图案大有讲究

古代的达官贵人为了显示富贵和地位尊卑，按照森严的等级将服饰色泽、用料、刺绣图案做严格细致的划分，让鸟兽、山川等各种不同的图案成为文、武官衔划分的明显标志。比如在清朝，就有文官绣鹤、武官绣虎等讲究。

在民间，百姓们在重要场合所穿的服饰上的图案也大有讲究，小夏最关注的就是中式婚礼礼服了，毕竟“凤冠霞帔”是多数少女们都有过的浪漫梦想！传统的中式婚庆礼服被称为龙凤褂，龙凤褂上有着繁复的图案，图案立体华美，一针一线都富含巧妙匠心，有着多种吉祥的寓意。

手推绣：

它可以让绣娘根据自己对图案的理解以针代笔在不同面料上绣制出美丽的图案，需要用专供缝纫、刺绣的机器，配合灵活的手部操作进行推绣。它常与改良过的旗袍结合在一起，制成手推绣旗袍，穿着既时尚又带有民族特色。

打籽绣：

它是在古老的锁绣绣法基础上发展而来的，这种绣法绣好后的花纹由无数的小圆点组成，如同镶着很多小珍珠，拥有强烈的色彩对比和突起饱满的颗粒感，最适合表现花朵的花蕊和鸟兽虫鱼的眼睛。

盘金绣：

它是平金绣的简化，起到装饰、美化与调和色彩的作用。适宜绣制台毯、被罩等实用品与装饰性较强的欣赏品。盘金绣所用的绣线一般以双金（绣线有“双金”和“单金”之分）为主，因其线条方向依样盘旋，所以才得名。

盘金绣源于宫廷，也留下了皇家绣房的不少规矩。据说，春天风高，盘金绣线每根丝线都要打上蜡；冬天西北风一吹起来就要歇工，以免手上的倒刺刮线；刚吃饱饭不能绣，怕口中的浊气扑了绣片……所以盘金绣绣出来的珍贵服装，在古代往往只有皇家、大臣们才可以穿。

刺绣的技法除了上述几种之外，还有错针绣、乱针绣、网绣、满地绣等，刺绣在许多地方、许多民族都有自己独特的绣法。

龙凤褂常见的图案有龙凤、蝙蝠、祥云、海棠、福字、石榴、蝴蝶、鸳鸯等，蝙蝠谐音“福”，一般会绣有五只可爱的小蝠，寓意五福临门；祥云代表吉祥，祥瑞；海棠与玉兰、牡丹、桂花相配，有玉堂富贵的吉祥意境；碧波有财富与福气绵延不绝的美好寓意和象征，意在为新人带去一生的财富与顺遂好运；鸳鸯或者蝴蝶寓意着成双成对；牡丹花寓意富贵花开；石榴寓意着多子多孙……

龙凤褂图案绣得越密越珍贵，龙凤褂上的红色越少也越昂贵，例如褂皇，基本上看不出来红色，因此也是龙凤褂中最昂贵的。刘诗诗结婚的时候穿的就是褂皇，全手工金丝银线，价值近百万元。

经过小夏的介绍，你是不是也爱上了美美的刺绣了呢？近年来流行的简单容易上手的“十字绣”也属于刺绣的一种哦！小夏也在学习十字绣，可奈何是个“手残党”，呜呜呜……大家如果有好的绣品，欢迎拍照告诉我们，@花羽季官方微博哦！花

漫漫路，慢慢走

文 / 莲沐初光

五年前，我和弟弟曾经爆发过一场激烈的争吵。

那时候，弟弟高考分数很好，他坚持要报考南方一所科技院校。我的爸妈不同意，他们舍不得让弟弟去那么远的地方。我也不同意，那所学校名气虽大，但资历尚浅，教学思路和其他大学完全不同。

弟弟最终坚持了自己的选择，我生气了，在电话里狠狠地说："你为什么这么固执，不肯听我们的意见？"

弟弟理直气壮地说："只有我才知道我适合什么！我知道你们想让我去那些老名牌，可是都不适合我！"

我愤愤然挂了电话。

那一年，弟弟去了非常遥远的南方，甚至可以看到热带的海。

四年后，弟弟面临毕业，打来电话说："我打算申请留学，专业是计算机科学。"

我妈质疑："可是你的大学专业不是物理吗？"

他"哦"了一声，回答："我大三的时候换专业了，还是觉得计算机科学最适合我，顺便纠正你一下，计算机科学不是计算机专业，这是两个领域。"

我不知道哪里来的怒气，抢过手机说："你看，你换专业了，说明你当初坚持自己的选择也不是全对。"

电话里，我弟的语气很无辜："姐，难道完全听从别人的选择，就是对的？就算我换专业了，那也是我自己的决定，不后悔。"

挂上电话，我妈崩溃了一小会儿，突然自愈了。她的理由是，这孩子从小到大都没让人操过心，那现在他的决定也肯定是对自己最好的。

我也后悔旧事重提，毕竟弟弟这么多年就在高考志愿这件事上叛逆了一回，其他时间他都是懂事的、努力的。

弟弟读的大学和其他学校不一样，老师南方口音极重，教材全部是英文，他经常做实验到深夜，天知道他付出了多少努力。

现在他一步步继续自己的学业，虽然艰难，但至少是发自内心地热爱。

我反而突然陷入了迷茫，我一直都很听话，我现在走的路，就是正确的吗？

当年我高考的时候，一直很想选择中文系，可是爸妈希望我学习会计，于是我就把高考志愿改成了财务管理学。

扪心自问，我并不喜欢财务管理学，但我还是在大学里认真学习，当上了学习委员，年年拿奖学金。

那不是我自己选择的路，而我走得也并不快乐。

想到这里，我扭头对妈妈说："妈，我想跟你商量个事——我要辞职，当一个专职作家。"

我妈白了我一眼："你怎么也这么让我不省心？现在的工作又稳定待遇又好，你怎么能想到辞职？"

我只能将这个念头掐灭。

可是"专职作家"这个想法，就像离离原上草，一点儿小火花就能引发漫山遍野的大火。

因为我的写作渐渐上了轨道，业余时间已经不够用了。除此以外，我还要省出大量的时间去查阅资料，积累素材。

去年，我再次提出辞职专职写作的想法。就像五年前，父母激烈地反对弟弟的高考志愿一样，他们反对我做出的决定。

这次，我没想到，弟弟支持我。他说："我姐喜欢写小说，就让她写啊。你们以她现在的工作为荣，可是那是你们喜欢的路。为了你们的面子，就要牺牲我姐的梦想吗？如果她做不了自己喜欢的事情，这一辈子都不安心。"

我很感激，私下里对他说："谢谢啊，没想到你这个学霸会为我说话。"

我弟说："姐，决定了就不要动摇。别人的意见未必就是对的！只有你自己，才知道什么对自己最好。"

他的话，一直被我放在心里。

去年，我辞职了。

写作是一条很艰苦的路，我经常要看大量的资料书，写文到深夜。可是每当我想起弟弟说的那句话，就觉得在这个世界上，我还有一个坚定的支持者。为了不辜负这个人，我不能放弃。

辞职后写的第一部书就是《琅玕馆·浮生十二愿》。这上下两本书，十二个章节，十二个愿望，十二个故事，其实都是我的希冀。同时，也想最后说一句，漫漫人生路，拥有愿望原本是一件美好的事。但别人强加给你的愿望，如果不是真心想要，请一定要摈弃。花